MILLICENT LIGHT

GIERIGE HAUSFRAUEN UND IHRE STANDFESTEN MÄNNER

EROTISCHE GESCHICHTEN

BLUE PANTHER BOOKS

BLUE PANTHER BOOKS TASCHENBUCH
BAND 2518
1. AUFLAGE: AUGUST 2021

VOLLSTÄNDIGE TASCHENBUCHAUSGABE
ORIGINALAUSGABE

LEKTORAT: JASMIN FERBER

COVER:
© ARTHUR-STUDIO10 @ SHUTTERSTOCK.COM
© YKVISUAL @ SHUTTERSTOCK.COM
UMSCHLAGGESTALTUNG: MT DESIGN
GESETZT IN DER TRAJAN PRO UND ADOBE GARAMOND PRO

PRINTED IN POLAND
ISBN 978-3-7507-0008-6
WWW.BLUE-PANTHER-BOOKS.DE

INHALT

MIT DEM GUTSCHEIN-CODE

ML7TBJBMF

ERHALTEN SIE AUF **WWW.BLUE-PANTHER-BOOKS.DE**
DIESE EXKLUSIVE ZUSATZGESCHICHTE ALS E-BOOK
IN DEN FORMATEN PDF, E-PUB UND KINDLE.
REGISTRIEREN SIE SICH EINFACH ONLINE ODER
SCHICKEN SIE UNS DIE BEILIEGENDE POSTKARTE
AUSGEFÜLLT ZURÜCK!

Heisses Dildospiel und der Voyeur

Seit sie in das neue Haus gezogen waren, fühlte sie sich einsam.

Roger, ihr Mann, hatte ihr versprochen, es würde alles anders werden, wenn sie nur erst einmal hier wohnen sollten. Gemeinsame Wochenenden im Bett. Er wollte ihr den Kaffee ans Bett bringen und sie mit dem Besten vom Besten verwöhnen. Lange Massagen, wundervolle Liebesstunden.

Lotta rekelte sich in den Laken. Der kühle Stoff war ein reizvoller Kontrast zu ihrer Haut. Die Satinlaken waren sündig rot. Sie liebte den Stoff, strich mit den Fingern darüber und krallte sie hinein. So sollte es aussehen, wenn er sie von hinten nahm. So wollte sie sich fühlen, wenn er sich tief in sie versenkte. Sie stieß und rammelte.

Ja, es waren diese Vorstellungen, die ihr den Abschied von ihrer alten Wohngegend leichter gemacht hatten. Bei solchen Aussichten sagte sie dem biederen und engen Appartement gern Lebewohl.

Das Haus war eine Augenweide. So gut wie alle Zimmer auf einer Etage, deckenhohe Fenster, helle Räume und die Einrichtung war der Hammer. Roger hatte es mit Einrichtung gekauft. Stilvoll sollte es sein. Modern und bequem. Und der Innenarchitekt war ein Zauberer. Alles war so, wie sie es sich gewünscht hatte. Helle durchdesignte Möbel. Tiefe Liegeflächen, Leder und das in Farben, die die Räume gemütlich wirken ließen.

Die ersten Wochen hatte sie sich wirklich wohl gefühlt. Es ging ihr gut. Den Entschluss hier einzuziehen, wollte sie nicht im Geringesten bereuen. Doch es hielt nicht lange an. Roger begann nach drei Wochen, abends wieder länger auszubleiben.

Ihre Zweifel über seine Treue fingen an, erneut zu schwelen. Genau aus diesem Grund hatte sie doch dem Umzug zugestimmt. Sie wollte ihn aus dieser verruchten Gegend holen. Scheinbar war es ihr nicht gelungen. War sein Wunsch nach anderen Freuden so groß, dass er wieder in alte Bahnen rutschte?

Ihre Nägel bohrten sich in die teuren Laken.

So eine Scheiße!

Wie sollte sie dagegen ankommen?

Sie dehnte ihren Körper auf der Matratze, bewegte sich über den glatten Untergrund. Rieb ihren unteren Rücken gegen den Stoff und ließ die seidene Wäsche eine zarte Berührung nachahmen. Sie sehnte sich so unendlich nach körperlicher Wärme.

Er fehlte ihr. Sein sanftes Streicheln. Das sachte Schweben seiner Finger dicht über ihrer Haut. Sie brauchte ihn. Wollte sein Gewicht auf ihrem Körper spüren und sich in Ekstase unter ihm winden.

Ihre Finger begannen ein Eigenleben. Sie fanden zurück zu ihr, legten sich auf ihre glühende Haut und imitierten die von ihr so sehnsüchtig vermissten Berührungen.

Lotta gestattete ihnen, kryptische Zeichen auf den Bauch zu malen. Jeder Kreis, jede Biegung hatte eine Bedeutung. Brachten die Stellen, über die sie schwebten, dazu, sich mehr zu wünschen. Sie ließ sie über ihre Haut tanzen, in rhythmischen Wellen über die Kurve ihrer Rippenbögen gleiten. Sie wanden sich entlang einer Erhebung, um in das folgende Tal hinabzugleiten. Intensive Spuren der Lust zu hinterlassen und durch diese zärtlichen Berührungen ihre Sehnsucht anzufeuern. Wären ihre Finger in Farbe getaucht, würde ihr Bauch ein impressionistisches Kunstwerk sein. Kreise, Linien, Bögen, jede geometrische Form würde sich auf ihr abzeichnen.

Sie liebte es, ihren Körper zu erforschen. Sie brauchte es, berührt zu werden. Und es machte sie unendlich traurig, dass Roger sie zurzeit so wenig beachtete. Er war ein viel gefragter Mann, das mochte schon sein, doch auch sie hatte Bedürfnisse.

Ihre Finger legten einen begehrlicheren Rhythmus vor. Immer drängender und fordernder wurde das Streicheln. Wunderbar mutige Fingerspitzen eroberten die steilen Kurven ihrer Brüste. Wie einst die Bergsteiger tasteten sie sich über jeden Zentimeter ihrer ansehnlichen Schwellung. Langsam und vorsichtig, so als würden sie nie gekanntes Land entdecken, erklommen sie die Hügel. Mit einem Jauchzen und freudigem Tanz einer Polka huldigten sie dem Gipfel.

Rot und geschwollen. Hart und steif begrüßte dieser die Ankömmlinge. Jedes Streicheln, jedes noch so leichte Erkunden wurde zu einem Fest. Sachte, kontinuierliche Umrundungen. Immer wieder ein Hinabgleiten und Aufsteigen der Fingerspitzen. Ihre Haut war überfordert. Die Reize ergriffen nicht mehr nur die Haut. Nein. Sie stiegen auf, versprachen dem Kopf wundervolle Gedanken und eine andere Menge an Sinnesreizen machte sich auf den Weg durch ihren Unterleib, hinab in tiefer gelegene weiche Gefilde, die pulsierend und zuckend nach mehr lechzten.

Dieses verlangende und sengende Feuer zwischen ihren Beinen veranlasste sie, ihr Becken den Fingern entgegenzuheben. Mit ebensolchem freudigen Enthusiasmus, wie ihre Brüste erklommen wurden, erkundet diese neugierigen und forschen Finger ihren Venushügel. Glatt und so seiden wie die Laken unter ihr fanden sie die Haut über das Fleisch gespannt. Kein steiler Berg, kein tiefes Tal. Eine langsam anschwellende Anhöhe, die gepolstert durch empfindsames Fleisch sich vor ihrer intimen Mitte erhob. Sie streichelte den leichten Hügel. Spürte die samtene Haut. Die Wärme hieß sie willkommen, glühte unter den Fingerspitzen und ihr Körper spannte sich. Wie sehr wünschte sie sich grobe und raue Finger an diese Stelle. Aber auch Rogers schlanke und glatte.

Ja, wünschen durfte man doch.

Jetzt allerdings musste sie sich mit ihren Eigenen zufriedengeben und diese … o ja … diese waren so aktiv dabei, sich den Weg weiter nach unten zu bahnen. Zielstrebig wanderten sie über den Hügel, überwanden alle erdenklichen moralischen Hindernisse.

Sie liebte es, sich selbst zu berühren. Wichtig war es, sich selbst zu kennen, sich selbst Lust schenken zu können. Sie hatte sehr früh ihr Geschlechtsteil entdeckt. Und jedes Mal, wenn sie es berührt hatte, hatte sie einen Sturm an hitzigen Gefühlen auflodern lassen. Lotta war in den ersten Jahren ihrer aufblühenden Sexualität davon fasziniert, getraute sich jedoch nicht, mehr zu erforschen.

Erst als sie ihren ersten Kuss erhielt und dieser Gefühle weckte, die wie ein Pfeil durch ihren Körper schossen, wollte sie wissen, wie das zusammenhing. Dann reichte ihr ein Streicheln und ein Betupfen nicht mehr. Sie war neugierig darauf, was dieses Geheimnis zu bieten hatte. Ihre Mutter war ihr da keine große Hilfe. Ihr Vater lief rot an und schickte sie stehenden Fußes aus dem Raum. Tja und mehr hatte sie nicht, die sie hätte fragen können. Da fielen ihr gewisse Zeitungen in die Finger. Ein Team an Experten beantworteten Fragen. Fragen über Sex. Geschockt hatte sie die Zeitschrift weggelegt, nur um sie ein paar Minuten später wieder aufzuschlagen und sie zu lesen.

Fasziniert las sie über die Probleme der Fremden und wunderte sich, dass darüber so offen geschrieben wurde. Konnte es sein, dass es kein Tabuthema war? So wie ihre Eltern es ihr gern weismachen wollten?

Sie hatte gelernt, was Selbstbefriedigung war, und es sofort ausprobieren müssen. Seitdem wollte sie nie mehr ohne sein. Und sie genoss ihre Spielchen. Sie genoss ihre Berührungen und sie genoss ihre Lust.

Aufsteigende hitzige Wellen überschwemmten ihren Körper.

Ausgehend von einem Punkt zwischen ihren Beinen, den sie mit ihren Fingern leicht drückte und sanft umrundete. Immer weiter spreizte sie ihre Schenkel. Der Rücken durchgedrückt und die Beine auseinander.

Roger musste ihr unbedingt einen Spiegel anbringen. An der Decke und an der Wand gegenüber des Schrankes. Leicht drehte sie den Kopf, schaute in den hohen Schrankspiegel. Sah ihren mahagonifarbenen geschmeidigen Körper auf den roten Laken. Sah ihre Beine, angewinkelt auf dem Bett stehen. Gespreizt. Die Hand dazwischen.

Ein verruchtes Bild.

Das ihr gefiel.

Sie legte ihre Finger auf den Brustnippel, drückte ihn zusammen und im selben Augenblick zuckte ihr Becken in die Höhe. Nicht viel, aber sichtbar. Sie wollte sehen, wie sie sich verwöhnte. Mit den Füßen drehte sie ihren Körper so, dass sie ihre Körpermitte offen und reizvoll im Spiegel betrachten konnte.

Dunkle Haut hob sich extravagant vom Bett und Hintergrund ab. Sie sah ihre helleren Fußsohlen aufblitzen, als sie sich neu positionierte.

Lotta rutschte so weit an den Bettrand, dass ihre Beine über die Kante hingen und sie den Boden berührte. Sie richtete sich auf und hatte so alles im Blick. Ihre schon geschwollenen Brüste. Die harten Nippel, die erwartungsvoll vom Körper standen, und dann ihre sehnsüchtig wartende Körpermitte.

Eine Hand legte sich um ihre Brust, wog die Schwere ab, umschloss sie und presste ihre Finger um die dunklen Vorhöfe und Nippel. Mit der anderen bedeckte sie ihre pochende Mitte. Sie konnte die feuchte Hitze zwischen ihren Schamlippen bemerken, die sich wie köstlicher Lustsaft zwischen ihren Fingern hindurchquetschte. Sie hob ihre Hand und schnupperte daran. Leckte vorsichtig die kostbare Flüssigkeit aus den Fingerzwischenräumen.

Ihr fehlte etwas. Nicht am Geruch. Nicht am Geschmack. Aber am Gefühl.

Sie griff zu ihrem Nachtschrank und nahm aus der oberen Schublade eine kleine Flasche heraus. Sie brauchte nicht lange zu überlegen, ließ die Schublade offen, denn vielleicht ergab es sich, die anderen aufregenden Sachen darin ebenfalls zu benutzen.

Ein wenig Öl tropfte auf ihre Hand. Kalt und zähflüssig. Doch gleich nahm es ihre Körperwärme an und die Flüssigkeit verteilte sich fast von allein auf ihrer Handfläche. Sie verrieb es in beiden Händen und verteilte es auf ihren Brüsten. In kreisenden Bewegungen von den Außenseiten zu den Brustwarzen, in dem Tal zwischen den Rundungen und hoch zum Dekolleté.

Im Spiegel konnte sie das Ergebnis bestaunen. Glänzende exotische Haut, die wie nass schimmerte. Ein verlockender Anblick, der zum Berühren einlud. Der mehr versprach. Der Wünsche möglich machte. Sie war so froh, auf dem Bett zu sitzen. Ihre Knie waren weich und ihre Standfestigkeit konnte sie gut und gern bezweifeln.

Mit gespreizten Fingern fuhr sie über ihren Bauch hinab. Strich die kleinen Beugefalten mit Öl aus und tunkte den Zeigefinger in den Bauchnabel. Ließ ihn sich dort ergötzen, diese geringe Vertiefung zum Penetrieren benutzen und umkreiste ihn, bis die Glut unter ihrer Haut beinahe sichtbar war und wie ein roter Streifen nach unten wanderte.

Unterhalb ihres Nabels erneuerte sie das Öl auf der Hand. Ließ es erwärmen und rieb dann großflächig den Unterbauch ein. Kaum war sie wieder am Venushügel angekommen, begann sie zu zittern und ein Keuchen entfleuchte ihr. Ihr Körper war in ihrer Lust gefangen.

Vorsichtig überwand ihre Hand den Hügel, schlüpfte mit dem Zeigefinger zwischen ihre Falten, umspielte die Schamlippen und verteilte die schmierige Flüssigkeit auf ihrer Haut.

Gigantisch.

Absolut … empfindsam.

Sie ließ den Kopf in den Nacken fallen. Streichelte gleichzeitig ihre Brust und den schmalen Spalt zwischen ihren Beinen.

Doch sie wollte mehr.

Lotta ließ den Kopf leicht kreisen. Dehnte voller Wonne ihre Muskeln und Sehnen im Nacken. Dann hielt sie inne und blickte in den Spiegel gegenüber. Nackt und erregt schaute ihr eine junge Frau entgegen. Eine Hand ihre Brust umfassend, die andere zwischen den auseinandergestellten Schenkeln. Die Frau im Spiegel bedeckte ihre Mitte, gab ein keusches, sinnliches Bild ab. Und darin steckte die pure Verführung.

Jetzt hatte sie die Möglichkeit, alles genau zu beobachten, was sie für sich selbst tat. Wieder begannen die Finger, auf ihrem Körper zu tanzen. Grazile, gepflegte Finger mit dunkelrotem Nagellack, der dem Farbton ihrer Bettlaken ähnelte, strichen in Linien über ihre prallen Hügel. Ein durchaus berauschender Anblick.

Rote Farbe um ihren dunklen Brustnippel. Sie zog daran. Ihr Fleisch gab nach, solange, bis sie einen irritierend angenehmen Schmerz verspürte. Zittrig holte sie Luft. Ließ sich in den Schmerz fallen, genoss ihn auf unaussprechliche Weise. Sie zwirbelte den harten Knubbel und stöhnte leise auf. Wohlige Wärme durchströmte ihren Leib. Begann an den Brustnippeln und endete irgendwo zwischen Bauchnabel und Zehenspitze. Am liebsten wollte sie den Kopf zurückfallen lassen, doch sie konnte ihre Augen nicht vom Spiegelbild lösen. Ihr angehauchter Teint hob sich vom Hintergrund ab und sie war der schillernde Mittelpunkt im Raum.

Der Anblick ließ ihren Puls schneller schlagen. Ihr Brustkorb hob sich unter den quälenden Zärtlichkeiten heftig. In der Bewegung schwoll ihr Busen stetig an. Empfing die Lust und entzog sich ihr.

Ihr Körper zitterte.

Ihr Unterleib zog sich zusammen.

Es zuckte sehnsüchtig unter ihren Fingern.

Mit einem Wonnegefühl betrachtete sie die Stelle, auf der ihre Hand lag, ertastete die Feuchtigkeit auf ihren Schamlippen. So anregend. So intensiv. Mit einer Bedächtigkeit erkundeten die Fingerspitzen Zentimeter für Zentimeter ihre weichen Falten und ihre Lust schoss in kaum ertragbare Höhen. Spielerisch teilte sich das feuchte Fleisch. Diese intimen Berührungen ließen sie erbeben. Gaben ihr ein Gefühl des Begehrens. Des Begehrtwerdens. Auch wenn es nur ihre eigenen unbekümmerten Finger waren. Der Druck, den sie ausübten, berauschte sie. Sie waren nicht unbedarft in diesem Vergnügen. Sie wussten, wo sie ihr die maximale Lust bereiten konnten. Ihr Mittelfinger brauchte nur die zarte Haut zwischen den Falten zu streicheln. Stetig ein und dieselbe Stelle. Stetiges Reizen der Nervenenden, sie dazu bringen, bei jeder Berührung zu vibrieren.

Oh, … vibrieren. Was für ein sündiger Einfall.

Lotte beugte sich zu dem Nachtschrank, öffnete mit unvorstellbarer Vorfreude den Kasten und ihr liebstes Spielzeug prangte ihr entgegen. Ihr Dildo. Dunkles samtiges Lila gepaart mit einem reinen Weiß machten ihn zu einem sinnlichen Hingucker. Die leicht gebogene Form, der abstehende Knubbel, der stets die richtigen Stellen massieren konnte, und der Knopf, zum Einstellen der unterschiedlichen Intensität, machten ihn zu einem unersetzlichen Begleiter.

Bewundernd strich sie über sein Design. Genoss die verschiedenartigen Oberflächen. Mal glatt wie Seide, dann rau wie luftgetrocknetes Frottee. Ein erregter Schauer durchrann sie. Sie wusste genau, wie sich dieses Teil in ihr anfühlte und welche lustvollen Gefühle es in ihr erzeugen konnte.

Die raue Seite presste sie zwischen ihre Schamlippe. Tausende gereizte Nervenenden hatten nur darauf gewartet. Blitze schossen von dieser Stelle durch ihren Körper. Ihre Pobacken zuckten unter der Berührung zusammen. Ihre Schenkel begannen zu summen und ihr Unterleib pulsierte in freudiger Erwartung.

Doch so schnell wollte sie sich nicht zufriedengeben. Heute wollte sie es genießen, sie selbst zu sein. Und wenn Roger dachte, er könnte sie damit bestrafen, o nein, sie hatte gelernt, das, was sie brauchte, auch zu bekommen. Mit oder ohne ihn.

Sie richtete ihre Aufmerksamkeit wieder auf den Spiegel. Der Vibrator bildete einen herrlichen Kontrast zu ihrer Haut. Die dunkle Farbe lag wie ein Tupfer auf ihren Schamlippen und erregte sie noch mehr. Sie wusste, was passierte, wenn sie den Knopf drückte. Wenn die Schwingungen des Dildos sich über ihrer Haut verbreiteten. In ihr Fleisch drangen, ihre Nerven beglückten. Denn es war ein Glück, ein Zauber technischer Vollendung, der fleischliche Lüste gebar.

Hitze stieg in ihr auf, breitete sich aus. Erwärmte auch die Zehenspitzen und, so verrückt es sich anfühlte, jede einzelne Haarspitze. Vielleicht war es aber nur ihre gereizte Haut. Egal! Es fühlte sich himmlisch an.

Ihre Finger, die am Busen lagen, spielten kontinuierlich an ihren Brustnippeln. Die dunklen Flächen lagen breit und am Rand minimal erhoben um die Warzen. Und diese standen dick, dunkel und aufrecht darauf. Es war eine Freude, sie anzusehen. Es war pure Wonne, mit den Fingern darüber zu streichen. Auch hier entstanden hitzebedingte Ströme, die gen Bauch rannen, dann weiter tief in ihren Unterleib hinein, sich dort mit den aufsteigenden Lavaströmen vermischten und beim Auftreffen erst kleine und kurze Explosionen bildeten, sich steigerten, sich formten. Glühende Kugeln der Lust spielten Pingpong in ihr.

Und dabei hatte sie den Vibrator noch nicht einmal angeschaltet. Ein Versäumnis, das sie umgehend nachholte. Ein kurzer und sachter Druck, das Teil fing auf niedrigster Stufe an zu summen.

Und genau diese Schwingen brachten die Nervenbahnen dazu, sich wie ein Netz in ihr aufzubauen und die feurigen Kugeln aufzufangen. Hin und her zu wiegen, sie gegen ihre Eingeweide prallen zu lassen und sie wieder abzufedern. Weiterzutreiben. Jeden noch so kleinen Quadratzentimeter ihres Seins erreichten sie und füllten sie mit Leidenschaft und Gier aus.

Sinnlich bewegte sie sich auf der Bettkante. So als würde die innere Melodie geleitet durch das leise hörbare Summen ihres Spielzeuges. Wie gern wollte sie die Augen schließen, diese intensiven Gefühle in sich einschließen und sie vollkommen und pur genießen. Doch sie würde verpassen, wie ihre Finger in ihre Brüste zwickten, wie sich ihr Vibrator zwischen ihre Schamlippen bohrte. Das innere geschwollene Fleisch reizte. Wie perfekt er sich anpasste. Wie geschmeidig er durch die Falten glitt. Und immer noch auf niedrigster Stufe ihre fleischlichen Gelüste steigerte. Sie konnte es kaum mehr aushalten. Alles kribbelte, alles glühte. Sie war so berauscht, dass sie sich ihren Orgasmus herbeisehnte.

Und doch war der Reiz an diesem Spiel das Hinauszögern der Erfüllung. Das Steigern der Lust ins Unermessliche.

Eine Bewegung am Fenster irritierte sie. Ihr Atem war jedoch so laut, dass sie außer diesem Geräusch nichts hören konnte. Vor dem Fenster sah sie auch nichts Ungewöhnliches.

Und schon konzentrierte sie sich wieder auf sich. Sie schob ihren Dildo erneut zwischen ihre Schamlippen, bewegte ihn in den feuchten Falten, umkreiste den Knubbel aller Knubbel und fuhr die komplette Spalte auf und ab. Summend und zuckend quoll ihr Leib über. Ihr Aroma stieg ihr in die Nase. Herb und wild. Weiblich und gierig.

Ihre Schenkel und ihr Becken begannen, sich rhythmisch gegen die Wellen zu wehren. Zu viel Leidenschaft brandete an ihren Körper. Sie fühlte sich zu eng für all die Lust in sich.

Pulsierend stimmte ihr Inneres mit ein. Suchte den Takt.

Lotta keuchte auf. Zu viel.

Ihre Schultern beugten sich nach vorn, sie seufzte haltlos gegen ihre Brüste, die sie ihrem Mund entgegenhob. Ihr heißer Atem ließ sie erschauern. Putschte ihre Gelüste weiter auf. Das Abkühlen hinterließ eine Gänsehaut, die sich über ihren Körper ausbreitete.

Innen glühende Hitze.

Außen erschaudernde Kühle.

Ein Gegensatz, der sie an den Rand des Wahnsinns trieb.

Ihr Finger berührte den Knopf am Vibrator. Das Summen wurde intensiver. Die Vibration schneller. Ihr Stöhnen lustvoller.

Den Dildo brauchte sie nicht mehr zu bewegen. Er hatte sein Ziel gefunden. Das Gefühl erfasste ihre gesamte Scheide. Außen wie innen. Auf der Haut, unter der Haut. Sie zuckte ihrem Spielzeug entgegen. Öffnete weiter ihre Schenkel. Hob ein Bein und stellte es auf die Bettkante. Zwischen den cappuccinofarbenen Schamlippen blitzten die roten Falten hervor. Dunkelrot geschwollenes Fleisch, das begierig zitterte und nach mehr verlangte.

Der Anblick ließ sie aufkeuchen. Ließ die Welle, die sich in ihr aufbäumte, auf sich zukommen. Sie hieß sie in freudiger Erwartung willkommen. Mit machtvollen Kontraktionen, die ihren Leib erschütterten, sie dazu brachten, sich auf dem Bett zurücksinken zu lassen. Sie spreizte die Beine weiter und zuckte keuchend mitten in ihren Höhepunkt hinein.

Starr hielt sie den vibrierenden Dildo auf ihre empfängliche Stelle. Verlängerte die nachklingenden Wellen und ließ sich im Sturm treiben. Alles an ihr war hochsensible. Sie stöhnte unter der Wucht der Empfindungen und ihr Brustkorb pumpte wie bei einem Langstreckenläufer. Die Erfüllung klang nach und ermattet kuschelte sie sich zwischen die Laken. Während ihres Höhepunktes hatte sie die Beine zusammengepresst und der leise summende Vibrator verströmte sein Zittern auf ihren Schenkeln.

Sie war befriedigt.

Wohlig warm in sich, schloss sie die Augen und schlummerte ein.

Sie wusste nicht, was sie dazu bewog, den Blick aus dem Fenster zu richten, doch als sie die Lider hob und ins Freie starrte, blickte sie in zwei dunkle, vor Lust verhangene Augen, die ihr bisher völlig unbekannt waren.

Der Mann lehnte mit der Stirn gegen die Scheibe und sein Augenmerk war genau auf sie gerichtet. Lotta konnte sehen, wie sich seine Augen weiteten, als er mitbekam, dass sie ihn entdeckt hatte.

Sie wusste, die Fenster waren geschlossen, wollte er eindringen, musste er die Scheibe zerschlagen und die waren auch nicht ohne. Also wähnte sie sich ziemlich sicher. Daher brach sie nicht in Panik aus.

Ihr gefiel die Vorstellung, dass ein Fremder ihr eben zugeschaut hatte und er sich an ihr aufgeilte. Sie hob den Kopf, blickte über das Fußteil des Bettes und sah, wie er seinen Schritt massierte.

Ein wenig Mitleid überfiel sie. Sie, die so einen exorbitanten Höhepunkt erlebt hatte, sich befriedigt wie lange nicht mehr fühlte und er … Sie beschloss, ihm zu helfen.

Sie erhob sich.

Der Kerl blieb am Fenster. Auf seinem Gesicht lag eine Mischung aus Unglauben, Angst und Begehren. Sie würde ihm schon zeigen, was gewinnen würde.

Mit gediegenen Schritten und schwingender Hüfte bewegte sie sich zum Fenster. Sie wollte wissen, wie mutig er war und ob er dortblieb.

Wie festgenagelt stand er, wo er stand. Das gab ihr Auftrieb. Aus einer Eingebung heraus presste sie sich gegen die Fensterscheibe. Ihre nackte Weiblichkeit platt gedrückt am Glas.

Ihr noch erhitzter Körper erlitt einen kleinen Schock. Kälte durchdrang sie und bildete einen erregenden Kontrast mit ihrer nicht mehr ganz so glühenden inneren Hitze. Ihre Busen waren breitgedrückt, ihr Bauch und ihre Beine flachgepresst an der Scheibe.

Ihre Stirn lag jetzt an seiner, nur getrennt durch das kühle Material.

Stoßweise verteilte sich ihr Atemhauch und es legte sich ein milchiger Schimmer über das Glas. Immer noch presste sie sich fest dagegen.

Das nutzte der Mann und trat einen Schritt zurück. Ließ seinen Blick auf ihrem Körper ruhen und leckte sich gierig die Unterlippe.

Lotte törnte dieser Anblick an. Da war nichts Romantisches, nichts Sinnliches in seinen Augen zu lesen, nein … nur Gier, Verlangen und der Hunger nach Sex. Und den konnte sie ihm bieten. Zumindest eine Vorspeise.

Sie blieb, wo sie war. Zuckte nicht zurück, als er die Hand nach ihr ausstreckte. Er konnte sie ja nicht berühren. Und doch, als er seine Hände in Höhe ihrer Brüste auf die Glasscheibe legte, holte sie tief Luft. Seine Handflächen rieben über die Stellen ihrer Nippel. Malten Kreisen auf das Glas. Er bückte sich, hauchte gegen die Scheibe und zeichnete mit den Zeigefingern ihre Brustwarzen nach. Dann hatte er nichts anderes zu tun, als mit der Zunge über diese Flecken zu lecken.

Lotta griff haltsuchend nach den Fensterriegeln. Sie keuchte so hingebungsvoll, legte dabei den Kopf in den Nacken und brachte dadurch ihren Venushügel weiter an das kühle Glas. Sie zitterte. Und das nicht vor Kälte.

Es fühlte sich an, als wären seine Finger auf ihrer Haut.

Sie wünschte sich, sein Keuchen zu hören.

Als sie den Kopf wieder hob, sah sie, wie er kniete und seinen Mund auf die Höhe ihrer Mitte auf die Scheibe drückte. Eine Flut des Verlangens durchzog sie und ihre Knie wurden weich.

Sie rutschte nach unten. Ihre Haut rieb über das Glas. Hinterließ eine Spur und auch das Glas auf ihr. Ihr Körper, der vorhin einen befriedigenden Höhepunkt erlebt hatte, war schon wieder auf Hochtouren.

Er trommelte sacht an die Scheibe. Gefrustet beobachtet er, wie sie sich nach hinten fallen ließ. Strich sich durch die Haare und sah wie ein begossener Pudel aus. Das Verlangen in seinen Augen war nicht verschwunden, sondern hatte sich in ein Flehen verwandelt.

Wie konnte sie da nicht gnädig sein?

So weit wie möglich robbte sie mit dem Hintern in Richtung Fenster. Sie stemmte ihre Füße gegen die Scheibe. Hob ihren Po ihm entgegen. Aber das war nicht das, was sie wollte. Mit ein bisschen Hin-und-Herwackeln schaffte sie es, ihren Po an das Glas zu drängen. Ihre Pobacken drücken sich an die Fensterscheibe und sie würde behaupten, dass es nicht so sexy aussah.

Aber als sie ihn anschaute, musste sie feststellen, völlig danebengelegen zu haben. Er stierte auf das gepresste Fleisch und da zuckte vor Wonne ihre Scheide. Sie gab sich Mühe, ihren Hintern etwas auseinanderzuziehen, und er dankte es ihr mit offenem Mund und vor Lust dunklen Augen. Sein Brustkorb hob und senkte sich heftig und seine Finger krallten sich … nein … sie krümmten sich gegen das Glas. Sein Verlangen war beinahe zu viel.

Doch genau das törnte sie an. Sofort rasten ihre Sinne auf der Autobahn der Lust. Sie ließ ihre Finger in ihre Scheide tauchen, der heiße Lustsaft klebte an ihr und frischer war schon im Anmarsch. Es war ein irres Gefühl, wie ihre glühenden Schamlippen auf die Kühle des Glases traf. Sie wippte mit ihrem Becken und ihre Feuchtigkeit verzierte die Scheibe.

Der Kerl vor ihrem Fenster lag auf allen vieren auf dem Boden ihrer Terrasse. Den Kopf unnatürlich geneigt und presste seine Zunge genau an die Stelle, wo sie mit den Fingern in ihren Falten wühlte.

Sie lag unbequem gebeugt auf dem Boden, aber das war ihr im Augenblick scheißegal. Dieser fremde Mann erweckte in ihr ein ungeheures Verlangen, dieses ungewöhnliche Abenteuer ausgiebig zu genießen. Und sie war mutig genug, das hier auszuprobieren.

Wie käme sie sonst auf die Idee, sich splitterfasernackt vor einem völligen unbekannten Mann auf dem Fußboden zu rekeln? Wie käme sie sonst dazu, ihm ihre intimste Stelle zu offenbaren?

Und schon dieser Gedanke ließ in ihr ein aufregendes Kribbeln aufsteigen. Ihrem Atem ein Keuchen entlocken. Ihre Finger tauchten in heiße Feuchtigkeit hinein. Sie presste ihn gegen die Scheibe und der Mann fuhr mit seiner breiten nassen Zunge über die Stelle hinter dem Glas.

Sie war so geil. So erregt.

Lotta wusste nicht mehr wohin mit ihren aufreibenden und überschäumenden Gefühlen. Mit den Ellenbogen schob sie sich weiter an die Fensterscheibe. Ihre Mitte musste schon sehr platt gedrückt aussehen. Und ihre Nässe verschmierte sicherlich das Fenster. Sie nahm sich in diesem Augenblick vor, die Scheibe lange nicht zu putzen. An dieses Abenteuer wollte sie fortwährend erinnert werden.

Ehrfürchtig kniete er jetzt vor ihr, rieb mit den Fingern über ihre Beine und presste seinen Handballen gegen ihre Schamgegend.

Sie keuchte auf. Warf den Kopf nach hinten. Ihre intimen Muskeln zuckten vor Begierde. Sehnten sich danach, die Berührungen direkt zu spüren, und wünschte sich, dass seine Finger ihre Falten teilten und dann ihre Lust auf die Haut malten.

Er musste es sehen, wie sie vor Erregung zuckte. Er musste sehen, wie sich ihre Mitte sehnte, gefüllt zu werden.

Immer wieder strich sie mit ihren Mittel- und Zeigefinger durch ihre Spalte. Hitze und geile Nässe auf einer Seite. Glatte Fläche und kühle Feuchtigkeit auf der anderen. Erneut erzitterte sie und ihr Hintern wollte am liebsten durch das Fenster brennen.

So heiß fühlte sie sich. Sie wollte, dass er sie anfasste, seine Finger in sie bohrte und den Daumen fest gegen ihren Kitzler drückte. Er sollte sie lecken, er sollte sie bumsen. Sie wollte seine Hände auf ihrer Haut spüren.

Immer heftiger presste sie sich an die Scheibe, immer wilder wurden ihre Berührungen und immer stürmischer seine Bewegungen vor dem Fenster.

Er hatte die Hosen heruntergelassen, stützte sich ab und so schnell wie sie ihren empfindlichen Knubbel massierte, bearbeitet er seinen Schwanz.

Fest und zackig.

Ihr Blick fixierte seine Hand, die wie rasend an seinem Teil auf und abfuhr. Ein feuchter Tropfen quoll aus dem schmalen Spalt seiner Peniskuppel.

Der herbe Geschmack nach Sex machte sich auf ihrem Gaumen breit. Sie wusste, wie intensiv ein Mann schmecken konnte. Wie markant er riechen würde. Ihr Körper und ihr Geist nahmen diese Erfahrungen an. Bauten sich daraus eine hochempfindsame erotische Welle der Lust. Ließen sie erneut erzittern. Erbeben bis tief in ihr Inneres.

Weiter und weiter schwoll ihre Ekstase an. Unkontrolliert bebten ihre Schenkel gegen das Glas, ihre nasse begierige Mitte zuckte und mit aller Kraft, die ihr Körper sich erlaubte, zogen sich ihre Muskeln zusammen. Sie bäumte sich auf, fiel leicht zurück, erhob sich wieder unter massiven Kontraktionen und ihre Vagina pumpte ihre Lust aus ihr heraus.

An der Außenseite der Scheibe lief in diesem Moment eine dicke zähflüssige Masse nach unten. Und gleich darauf war der Kerl verschwunden. Lotta blieb ermattet auf dem Boden liegen, schob sich ein wenig von der Fensterfront weg und holte sich ein paar Minuten Erholungsschlaf.

»Steh auf!«, herrschte sie eine bekannte Stimme an.

Mühsam kehrte sie aus einem sehr erotischen Traum zurück. Ihr war kalt und sie griff suchend nach der Decke.

Plötzlich wurde sie hochgehoben. Sie riss die Augen auf und starrte in das Gesicht ihres Mannes.

»Was machst du auf dem Boden?« Sein Blick glitt über sie und da fiel ihr ein, sie war nackt. Sein unbekleideter Unterarm hatte beim Anheben ihren Hintern gestreift.

Da sie wahrscheinlich so intensiv geträumt hatte, war sie so empfänglich für diese einfache Berührung, dass sie unvermittelt nach Luft schnappte.

»Lotta?«, fragte er sie.

»Hmmm …«, brummelte sie und drückte ihre Nase an seine Halsbeuge. Sein männlich markanter Duft machte sie sofort wuschig. Eine sehnsüchtige Wärme breitete sich in ihr aus. Erst da wurde ihr bewusst … »Wieso bist du zu Hause?«, und sie ruckte in seinen Armen so, dass sie ihm ins Gesicht sehen konnte.

Ein paar Sekunden später wurde sie unsanft auf das Bett geschmissen, rumgedreht und Roger zwängte sich zwischen ihre Beine.

»Ich vermute mal: Du brauchst dringend einen Schwanz!«

Er hob ihren Hintern so hoch, dass ihre Knie auf der Bettkante zu liegen kamen, und sein harter Penis über ihre Arschkimme glitt.

»Wie kommst du jetzt darauf?« Trotz dieser Überrumpelung war sie erregt. Sie war einfach sexgierig. Der raue Unterton in ihrer Stimme verriet sie.

Seine dicke runde Kuppel zwängte sich entlang ihrer Spalte, stupste an ihre Rosette und drängte in ihren nassen, vom Traum noch nachglühenden Eingang. Sie war bereit. Ach, verdammt … eigentlich ja immer. Das war ihr Manko.

Er drückte ihren Oberkörper weiter nach unten, fasste ihre Hüften fester und mit einem Stoß war er in ihr. Vor lauter Hochgefühl musste sie den Kopf heben und aufstöhnen.

Gefüllt.

Genauso fühlte sie sich. Eingenommen. Erobert. Ein Stoß, und sie umschloss ihn völlig. Nahm ihn in den Tiefen ihres Körpers auf. Ihre Muskeln gaben nach, zogen sich zusammen und als er sich zurückzog, blieben sie frustriert zurück und wollten mehr. Viel mehr. Sie lechzte so sehr dem nächsten Eindringen entgegen, dass sie überrascht zusammenzuckte, als sich ein wohlbekanntes Summen in ihr Bewusstsein arbeitete. Und plötzlich hatte sie ihren summenden und vibrierenden Dildo zwischen ihren Beinen. Roger bewegte ihn suchend in der Mitte ihrer Scheide.

Und beide stöhnten gleichzeitig auf. Roger berührte mit dem Vibrator die Stelle, an der sie eins wurden. Nur um das summende Teil ein wenig zurückzuziehen und ihn fest gegen ihren Kitzler zu drücken.

Ihr Aufkeuchen glich einem wollüstigen Aufschrei. Tausende aufgeladene Blitze trafen auf ihre empfindliche Schamlippen. Sie fühlte jede winzige Vibration. Diese summierte sich mit der Hitze ihres Leibes. Mit der Glut ihres Blutes, mit den aufgewühlten Muskeln. Sie war eine bebende Masse Weib.

Fickerig, willig und sich nach Erlösung sehnend.

»Du bist so verdorben!« Er zog sie an den Haaren hoch, flüsterte ihr diese Worte ins Ohr. Der Schmerz und seine hingeworfene Aussage, die abgehackt und keuchend klang, machte sie noch mehr an.

Sie konnte es nicht einmal verneinen.

»O ja …«, stammelte sie und drückte sich näher an ihn, »jaaaa! Jaaa …« Zu mehr war sie einfach nicht fähig.

»Du elende Schlampe!« Hart drang er in sie ein. Sein Griff um ihre Hüfte wurde immer fester. Ihren Kopf bog er weiter nach hinten und jetzt lehnte sie an ihm.

»Du kannst nie genug bekommen, was? Fass ich dich mal paar Tage nicht an, lässt du dich von einem Fremden bumsen!«

Lotta erstarrte bei seinen Worten.

Der Vibrator summte an ihrer Scheide. Der Penis ihres Mannes steckte tief und hart in ihr und seine aufgebrachte Stimmung schien sie hinter sich zu spüren.

Sie konnte nur keuchen. Was sollte sie auch sagen? Sie hatte ihn ja nicht körperlich gebumst, aber so intensiv, es hatte sich so real angefühlt. War das schon Fremdgehen? Sie hätte nicht einmal mehr sagen können, wie der Mann vor dem Fenster ausgesehen hatte. Nur sein Schwanz hatte sich in ihr Gedächtnis eingebrannt. Deutlich sah sie den Tropfen, der aus dem Spalt gequollen war, vor sich. Und schon wieder stöhnte sie vor Verlangen auf.

»Du bist eine Bitch!«, hauchte er ihr ins Ohr.

»Ich … ich …« Mehr brachte sie nicht heraus.

Er zwickte ihr in die Unterseite ihres Busens und das war zu viel. Der Vibrator, sein heißer Atem, die Berührung ihrer Brust. In dem Moment versteift sie sich. Warf den Kopf gegen ihn. Ihr Unterleib zuckte und zog sich um ihn fordernd zusammen. Wie ein Hurrikan zog die Lust über sie hinweg. Sie konnte nur noch keuchen, japsen und wieder keuchen.

Während des Abklingens der Wellen, als ihr Körper weich und nachgiebig wurde, wurden seine Griffe erneut fester, sein Atem tiefer und brummiger und das Teil in ihr so steif, dass sie sich gepfählt vorkam. Er hielt sie aufrecht und sich an ihr fest.

In dieser Position verharrten sie, bis sich ihre Körper sortiert hatten. Die Muskeln sich nicht mehr wie Pudding anfühlten.

Dann gab Roger ihr einen Schubs und sie landete auf dem Bett. Er legte sich neben sie und klatschte ihr kräftig auf den Hintern.

»Du bist und bleibst ein ehrloses Biest!«

»Und du ein Arschloch!«

»Danke.«

»Ebenfalls.«

Sie schob sie etwas über ihn und kuschelte sich in seine Armbeuge. Das war ihr Platz. Hier passte sie perfekt hin.

»Das nächste Mal …«

»Ja, ja … das nächste Mal stelle ich mich direkt daneben.«

»Wer war der Kerl überhaupt?«

»Der Hausmeister. Ich habe ihm gesagt, er sollte mal nach den Balkonfenstern schauen. Alles andere …«, sie merkte, wie er mit den Schultern zuckte, »damit habe ich nichts zu tun.«

»Du Schuft!« Sie boxte ihm in die Seite.

»Aua!«

»Pfff … Verdient.«

»Vielleicht.« Er drehte sich auf die Seite und rutschte sie etwas bequemer hin. »Es war auf alle Fälle sehenswert. Das Fenster putzt du erst mal nicht. Ich will mich daran erinnern, wenn ich dorthin sehe.«

Er feixte sie an.

Sie legte ihre Hand auf seine Wange. Hauchte ihm einen Kuss auf die Lippen und flüsterte ihm zu: »Das nächste Mal … mein Lieber, kann er hoffentlich uns beiden zuschauen. Ich hasse es, wenn du mich ignorierst!«

»Dann bist du aber am heißesten und schärfsten!«

Seine Finger glitten über ihren Hintern nach unten und erkundeten, ob ihre Willigkeit und Einwilligung noch frisch war.

Natürlich … wie immer.

Wollüstiges Nachbarschaftstreffen

»Wie sehe ich aus?«, hörte er Alice aus dem Bad rufen.

»Wie immer – toll!«, antwortete Paul automatisch. Er hatte heute wenig Lust, zu einem Abendessen bei den Nachbarn aufzuschlagen. Sie waren total nett und auch auf ihrer Wellenlänge, doch er hatte den Tag auf Baustellen verbracht, es regnete und er war dreimal bis auf die Haut nass geworden. Er fühlte sich müde und ausgelaugt. Seine Lust auf Konversation war dementsprechend gering.

»Du hast mich nicht einmal angesehen!«, schreckte ihn ihre Stimme aus seinem Selbstmitleid.

»Schatz – du siehst immer fantastisch aus. Was soll ich …«

Mittlerweile war sie in das Zimmer getreten. Splitternackt.

»Ähm … Schatz …«

»Ach, jetzt fällt es dir auf?«

»Dir fehlt da eine Kleinigkeit.«

»Ich weiß es. Ich wollte von dir wissen, welches Kleid ich anziehen soll!«

»Das hast du nicht gefragt.«

»Mit dir kann man heute nicht reden!«

»Dann geh doch allein …«

»Das hättest du wohl gern!«, fauchte sie ihn an und stolzierte auf ihren Stöckelschuhen zurück ins Bad.

Na prima. Das hatte er wieder versaut. Frustriert schniefte er und erhob sich aus dem bequemen Sessel, in dem er bestimmt gut ein Nickerchen hätte machen können, bevor er ins Bett gestiefelt wäre.

Aber er wollte auch seinen häuslichen Frieden und wenn der nun mal Alice hieß und er sie bewundern sollte, dann tat er das.

»Schatz … es tut mir leid! Ich hatte einen Scheißtag und wollte es nicht an dir auslassen. Sorry.« Er stellte sich hinter sie.

Natürlich ignorierte sie ihn. Sie konnte dieses Spiel sehr gut. Also musste er ›zu Kreuze kriechen‹. Vorsichtig berührte er ihre Taille und streichelte den Rücken hinauf bis zu ihren Schulterblättern. Dort begann er, mit beiden Händen sie zu massieren. Kleine, beschwichtigende Kreise mit den Daumen zu malen. Seine Finger lagen auf der sanften Biegung von Hals und Schulter und strichen im Takt sacht mit.

Es dauerte ein paar Augenblicke, bis er merkte, wie ihr Körper unter den Berührungen nachgab. Sie weich wurde und sich an ihn anlehnte.

»Ich hasse es, wenn wir uns streiten.«

Sie schmollte. Im Spiegel sah er ihre Unterlippe leicht nach vorn geschoben und er berührte sie erst mit dem Zeigefinger, erkundete die dicke Kurve. Dann nahm er den Daumen und schob ihn fester darüber, ließ ihn auf den feuchten Teil gleiten, nur um ihn gleich zwischen die Zähne zu schieben und über die Kanten zu streifen.

»Ich weiß, Schatz. Ich will mich auch nicht streiten. Aber müssen wir zu Dan und Manja?«

Sie biss ihn in den Daumen.

»Aaaauaa!«

»Geschieht dir recht. Sie haben den Abend die ganze Woche vorbereitet und freuen sich total, uns zu sehen! Also gehen wir auch hin!«

»Wenn du meinst.« Resigniert drehte er sich um und wollte im Schlafzimmer sich umziehen gehen.

»Geh Duschen! So viel Zeit haben wir auch noch!«

Also blieb ihm nichts weiter übrig, als unter die Dusche zu hüpfen, sich zu rasieren und sich zu beeilen.

Zwanzig Minuten später hatte er alles erledigt. Doch Alice war immer noch nicht fertig. Sie überlegte gerade, welche Schuhe sie anziehen sollte, da klingelte das Telefon.

Nach weiteren zehn Minuten war er bettreif. »Schatz, wenn wir nicht gleich gehen, gehe ich ins Bett!«, rief er durch den Raum.

»Fertig!«, ertönte es hinter ihm.

Seine Alice stand in einem grauen Tank-Kleid vor ihm. Sein Atem blieb irgendwo auf dem Weg zur Lunge stecken. Schnappatmung oder Räuspern. Er hoffte, eins von beiden rettete ihm das Leben. Es streifte gerade so ihre Nippel, bedeckte diese mit lachhaft dünnem Stoff. Er konnte jede Kontur ihres herrlichen Körpers sehen. Schmale Träger liefen hinter dem Nacken weiter. Und die Glockenform wiegte sich bei jeder Bewegung im Takt mit.

Langsam drehte sie sich um sich selbst. Ihr hohen High Heels brachten ihren göttlichen Hintern in eine begehrenswerte Form. Und da sah er es. Den gefühlt kilometerlangen Ausschnitt. Der alles freigab und nichts verbarg. Der ihr bis zum Ansatz des Hintern ging und wenn sie sich bewegte, einen Blick auf ihre Kimme ermöglichte.

»Ähm …«, hüstelte er. »Was ist das?« Zeigte dabei auf das Stück Stoff, was sie trug.

Sie spielte natürlich die Unwissende und sah fragend an sich hinab. »Ein Kleid?«

»Das ist doch ein Witz?«

»Willst du schon wieder streiten?«

Er schloss verzweifelt die Augen. Er wollte doch nur seine Ruhe.

Sie schnappte sich ihre Clutch und ging aufrecht und mit wiegender Hüfte zur Tür.

Paul hinterher. Was blieb ihn schon anderes übrig. Wie ein Mantra betete er sich vor: häuslicher Frieden … häuslicher Frieden …

Bei Dan und Manja angekommen, hatte Alice das Schmollen abgelegt und begrüßte die beiden äußerst überschwänglich.

Und bei Manja fielen ihm die Augen aus. Trug diese nicht das identische Kleid wie seine Alice? Nur in anderer Farbe? O wei, das würde doch zur Zickerei führen. Er bereitete sich innerlich auf einen sehr angespannten Abend vor.

Dan zog ihn in die Stube, wo der Tisch schon gedeckt war. Ein großer Esstisch mit vier Holzstühlen, auf der gegenüberliegenden Seite eine breite helle Couch aus einem unbestimmbaren Stoff. Ein ziemlich kleiner Glastisch stand davor, wobei ihm die Stellung der Füße auffiel. Im Kamin loderte, trotz der Wärme ein anheimelndes Feuer. Die ganze Atmosphäre hatte weniger mit einem gemütlichen Essen bei Freunden zu tun, sondern glich eher einem romantischen Dinner.

Dan klopfte ihm auf die Schulter. »Lassen wir die Damen in der Küche den Rest vorbereiten. Genehmigen wir uns einen guten Schluck. Ich habe letzte Woche eine Kiste vom besten Whiskey der Welt erhalten. So eine Lieferung gönne ich mir höchsten einmal im Jahr. Aber so ein Anlass wie heute, da öffne ich gern eine Flasche.«

Paul war verwirrt. Anlass? Heute? Was hatte er verpasst? War irgendein Jahrestag? Geburtstag hatte Alice doch nicht? Ihn beschlich Panik. Hektisch ging er gedanklich alle Termine durch. Ihm wollte aber keiner einfallen.

»Was guckst du so? Kein Whiskey Fan?«

Paul hüstelte. »Freilich. Was Besseres gibt es nicht.«

»Warum guckst du dann so verwirrt aus der Wäsche?«

»Hm … Was hab ich verpasst?« Paul zog fragend die Schultern hoch. Und nahm das Glas, was Dan ihm reichte, entgegen.

»Die Frauen haben da was ausgeheckt. Ich will ihnen nicht vorgreifen. Nimm einen Schluck. Der ist was ganz Feines.« Dabei zeigte Dan auf das Getränk.

Es dauerte auch nicht mehr lange und die zwei Frauen kamen aus der Küche. Trugen Platten und Schüsseln und bauten alles recht ansehnlich auf dem Tisch auf.

Das Essen schmeckte hervorragend. Pauls Stimmung hob sich mit jedem Gang. Die Vorspeise war lecker, die Hauptspeise gewagt, aber köstlich und die Nachspeise war ein Gedicht. Manja hatte sich selbst übertroffen. Zuerst gab es eine Ingwercremesuppe mit Chiliflocken und selbst gebackenem, noch warmen Krustenbrot. Die nachklingende sachte Schärfe auf der Zunge, das Brennen des Chilis im Rachen hatten ihm weiter zugesetzt. Wo der Whiskey ihn aufgewärmt hatte, brachte das Chili ihn zum Glühen. Das war der Zeitpunkt, wo er seinen Hemdknopf am Hals öffnete. Danach wurden Austern gereicht, mit Zitrone und einem leichten Püree. Er liebte die Muscheln und die damit verbundene Lüsternheit. Sahen sie doch weitestgehend aus wie weibliche Geschlechtsorgane. Er bemühte sich, nicht zu süffisant daran zu lutschen. Der Shrimps Salat und die Fleischspieße machten das Mahl komplett. Erdbeeren, Sahne, Honigeis und Schokokugeln bildeten einen krönenden Abschluss.

Er rieb sich über seinen Bauch, der gefüllt war mit Delikatessen, dazu lief angenehme Unterhaltung und er hatte einen exquisiten Wein in der Hand. Er war träge. Horchte den Frauen nur mit halbem Ohr zu, erfreute sich am Geschmack des letzten Schlucks in seinem Glas und hoffte, beizeiten den Heimweg antreten zu können, um ins Bett zu kriechen.

Seine Gedanken hingen dem Bequemen nach, da irritierte ihm eine Bewegung bei den Frauen.

Sein Kopf ruckte hoch.

Hatte er sich das eben nur eingebildet?

Nein! Seine Alice und Manja saßen sich etwas schräg gegenüber und berührten die nackten Brüste der anderen.

Verblüfft starrte er auf die Hände. Sah, wie sie an den Rändern der dünnen Kleidchen entlang auf und ab strichen. Konnte sehen, wie sich die Brustwarzen beider Frauen verhärteten und sich gleichzeitig aufrichteten.

Was …

Was sollte das?

Was machten die beiden da? Er war völlig perplex. Ein seltsames Gefühl stieg in ihm auf, das er jedoch nicht benennen konnte. Es war keine Wut. Kein Ärger. Paul würde es eher in den Bereich Verwirrung stecken. Sollte er nicht aufspringen, seine Freundin schnappen und sich aus diesem Haus entfernen? Sollte er sich nicht echauffieren und sie vor den beiden, am besten mit den beiden, zusammenstauchen?

Er sollte seine Alice … ja was?

Anstarren.

Ja, er entschied sich für diese Variante.

Denn in ihm regte sich etwas. Ab Bauchnabel abwärts wurde es unruhiger und erregter. Sein Verstand hatte sie Szene vor sich nicht wirklich begriffen, geschweige verarbeitet.

Er nahm wahr.

Und die Hitze, die schon vorgeglüht war durch den Alkohol und das scharfe Essen, begann, in seinem Inneren zu schwelen. Sie züngelte suchend nach Materie, die sie in Flammen verwandeln konnte. Seine Ohren wurden heiß, seine Fingerspitzen nahmen eine kribbelnde Wärme an. Es reizte ihn, an dem Spiel teilzunehmen. Noch konnte sich Paul keine Position vorstellen, in der er geduldet würde, aber anregend war der Gedanke allemal.

Den zischenden Laut hörte er. Dass er ihn selbst abgegeben hatte, war ihm nicht bewusst.

Alice und Manja küssten sich.

Richtig.

Nicht nur Küsschen hier und Küsschen da.

Nein, ihre Lippen lagen aufeinander. Ihre Zungen berührten einander und die sinnlichen Berührungen über die Oberlippen waren unzweifelhaft nicht die ersten, die sie austauschten. Sie strichen zielsicher über das nachgiebige Fleisch. Teilten die Lippen und drangen in den jeweiligen gegenüberliegenden Mund ein.

Paul sah mit einer faszinierenden Deutlichkeit, wie sich die himbeerfarbene Zunge in die erregend gewölbte rotdurchblutete Öffnung schob. Erst nur mit der Zungenspitze Einlass begehrte, um sich dann tief in die feuchte Höhle zu bohren. Dort auf Erkundungsreise zu gehen. Sich zu winden und zu spielen. Fast war es ihm, als spürte er es selbst. Wie die Zungenspitze über die Zahnreihen glitt, sich akrobatisch an den Gaumen legte, um dort die kitzligen Stellen zu finden, wenn man sanft darüber fuhr.

Es war ihm, als würde sein Atem keine Grenzen mehr kennen. Er pumpte die eingezogene Luft in seine Lungen, die das sauerstoffangereicherte Blut durch seinen Körper, brachte alles in ihm auf Hochtouren. Ihm wurde warm.

Nein … Verdammt. Das war pure Hitze, die sich in ihm ansammelte und seinen Bauch in Aufregung versetzte. Seine wohlige Trägheit hatte sich verwandelt. Er wollte zwar immer noch nicht aufspringen, aber er wurde unruhiger. Sein Hintern schob sich etwas hin und her. Er versuchte, eine bequeme Stellung zu finden, in der sein Sack und Schwanz nicht so unangenehm gegen die Hosen drückten. Er war bereit.

Nur für was?

Die beiden küssten sich immer noch. Dabei streichelten sie sich über die Brüste. Dann wechselten die Hände und jede liebkoste für einen Moment lang ihre eigenen. Zwirbelten die festen Knubbel und …

Manja beugte sich hinab. Strich mit ihren rotbemalten Lippen über den Hals von Alice. Hinterließ eine hauchfeine Spur von rotem Lippenstift. Paul musste daran denken, dass seine Freundin immer von so einer tiefroten Farbe geschwärmt hatte. Jetzt ahnte er auch, warum.

Und als sich Manjas vollkommene füllige Lippen um die Brustwarze von Alice legten, erstarrte er. Sein Atem stockte. Sein Herz hielt für eine Sekunde im Takt inne, um gleich darauf mit rasender Geschwindigkeit weiterzuschlagen. Es trommelte von innen an seinen Brustkorb.

Sie saugte! Sie zog an der Warze, nuckelte mal schnell, dann wieder so erregend langsam, dass ihm die Spucke im Mund zusammenlief.

Mit einem leisen Schmatzen entließ sie den Brustnippel, der feucht und glänzend sich dem sanften Leuchten der Lampe über dem Esstisch entgegenstreckte. Das heftige Heben und Senken von Alices Brustkorb brachte ihn zum Schwingen. Seiner Freundin schien diese Behandlung zu gefallen! Ihr Becken bewegte sich unruhig auf dem Stuhl und das leise Keuchen verlangte nach mehr.

Was Paul am liebsten dazu bewogen hätte, aufzuspringen, sich dem Nippel zu bemächtigen. Ihn in seinen Mund zu ziehen, die Feuchte mit seiner zu teilen und zu vermehren und ihn tief, wirklich tief und schmatzend einzusaugen. Er wollte mit seiner Zunge die harte Perle umspielen. Er musste die Konturen, die ihm so vertraut waren, als seine brandmarken. Seine Zähne hineinschlagen. Die Bissspuren mit der Zungenspitze betupfen und dann sacht darüber hauchen.

Er hatte sich schon nach vorn gebeugt, um sich vom Stuhl zu erheben, da legte sich eine schwere Hand auf seinen Unterarm. Er blickte dem Körperteil entlang und fand sich direkt Auge in Auge mit Dan. Der schüttelte nur minimal den Kopf und deutete ihm an, sitzen zu bleiben.

›Du Arsch!‹, wollte er ihn gerade anfahren, als sein Blick dessen Körpermitte streifte. Die Hände lagen um den ausgepackten und aufrechtstehenden Schwanz. Fragend hob Paul die Augenbraue. Was sollte das hier werden?

»Genieße es!« Dans Stimme klang so rauchig und dunkel, dass sogar Paul ein Schauer der Erregung über den Rücken glitt.

In Paul herrschte Chaos.

Und doch war es so klar zu erkennen.

Seine Alice konnte das hier nicht zum ersten Mal machen. Sie waren so aufeinander fixiert. Manja wusste genau die Stellen zu liebkosen, die Alice um den Verstand brachten. Diese auffordernden Seufzer, die manchmal gehaucht, manchmal aufkeuchend von ihr gegeben wurden, waren aufreizend. Diese ganze Szene war schockierend, nur um auf der anderen Seite so unglaublich erotisch zu sein.

Manja widmete sich wieder den vollen Brüsten seiner Freundin. Neidisch blickte er auf ihre Finger, die die weiche Haut berührten, die sinnliche Kreise darauf malten und jede Feinheit oder Unebenheit erkunden durften.

Er wurde immer begieriger.

Immer geiler.

Und erst da wurde ihm wieder bewusst, dass Dan seinen Schwanz in der Hand hielt. Ihn sacht mit der Hand umfing und in langsamen Bewegungen auf und nieder strich.

Seine Gedanken schossen wild in seinem Hirn hin und her. Und doch konnte er sie nicht festhalten, nicht in eine Struktur bringen. Die wohlige Trägheit des köstlichen Essens, die Faszination der Szene, die Manja und Alice ablieferten, und jetzt noch Dan.

Der Geruch von Leidenschaft schien im Raum wie eine schwere dunkle Glocke zu hängen. Bei jedem Atemzug drang er in ihn. Verteilte sich in seinen Körperteilen, die wie unfähige Klumpen an ihm hingen. Was perfekt funktionierte, waren seine Augen. Er nahm alles auf, ergänzte zu dem Chaos in seinem Kopf die Lust. Eine gefährliche Mischung, wie er feststellen musste.

Anschwellende Brüste, keuchende Lippen und bebende Körper übertrafen bei Weitem seine Fantasie. Derartiges hatte er sich nicht einmal im Traum vorstellen können. Und doch geschah es gerade vor ihm.

Alles an ihm nahm die aufsteigende Hitze an, sein Herz wummerte in seinem Brustkorb, sein Unterleib kribbelte und seine Oberschenkel zogen sich schmerzhaft zusammen. Ein unerwarteter, erregender Schmerz.

Er hörte seinen eigenen Atem im Ohr rauschen. Hektisch strömte er ein und aus. Der überschüssige Sauerstoff steigerte die Geschwindigkeit seiner Gedanken weiter.

Aber war das wirklich möglich?

Alice würde doch nicht …!

Sie rutschte auf dem Stuhl ein wenig mit dem Hintern nach vorn. Entzog sich so seinem Sichtfeld komplett. Er hielt es nicht aus. Er musste das jetzt sehen.

In einer schnellen Bewegung vorwärts stützte er die Hände auf die Tischkante und erhob sich vom Stuhl. Blickte über den Tisch, auf dem die Reste des Nachtischs noch standen, und traute seinen Augen nicht.

Manjas Kopf lag an Alice Schenkel, die Augenlider hielt sie geschlossen und ihre Nase drückte sie zwischen die Schamlippen. Er hörte, wie sie das Aroma der Lust und Leidenschaft einzog. Tief inhalierte und leise dabei aufstöhnte.

Eigentlich sollte er dort liegen und seine Zunge in Alices Spalte schieben. Ihr leckeres, feuchtes Fötzchen lecken und an den Falten knabbern. Und seine Zungenspitze tief in ihr weiches Fleisch hineinbohren.

Sein Schwanz brachte sich stahlhart in Erinnerung und drängte nach Freiheit. Ihm fehlte der Mut, sich der Lust so hinzugeben wie Dan. Einfach den Hosenstall öffnen und ihn in die Hand zu nehmen.

Er stand leicht gebeugt über dem Esstisch, starrte auf die beiden Frauen und war sich nicht sicher, wie er das weiter verarbeiten sollte. Er fühlte sich etwas hilflos. Möglicherweise auch deplatziert.

Sollte er wirklich hinter dem Tisch stehen? Warum lag er nicht zwischen den Beinen seiner Freundin? Er wollte ihren Duft einatmen und ihn durch seinen Körper, jede Zelle, jede Pore wandern lassen. Er brauchte ihren Geschmack auf der Zunge. Wollte ihn am Gaumen schmecken, wollte ihre Feuchte mit seinem Speichel vermischen.

Ja, so sollte das sein.

Die Rolle des Zuschauers erregte ihn, ohne Zweifel. Aber sie reichte ihm nicht. Das weiche Fleisch unter den Fingern, die zarte Haut, die sich über die Hüftknochen spannte, die kleine Delle, die sie auf der einen Pobacke hatte – das alles war sein! Gehörte ihm!

Und doch …

Als Manja ihre rotfleischige Zungenspitze zwischen die hellen Schamlippen von Alice schob, zerstoben alle Gedanken. Jaaa … er konnte den Geschmack, den sie kostete, auf den Lippen spüren. Er leckte sich darüber. Bildete er es sich nur ein? Oder war da wirklich das herbe, dunkle und sündige Aroma seines Weibes? Ihm stieg die Leidenschaft zu Kopf, in dem sich sowieso nichts mehr befand als der Anblick windender Körper und offener Mösen.

Paul wollte näher ran, beugte sich weiter über den Tisch, was ihm aber nicht zum gewünschten Ergebnis brachte. Er hatte Dan völlig vergessen, der sich mit einer kräftigen Berührung wieder in seinen Zenit brachte.

»Hey …« Die rauchige Stimme klang nach sehnsüchtiger Lust.

Paul blickte ihn an. Er fühlte sich wie unter Drogen. Sah alles verlangsamt und verschwommen. Nur die beiden Frauen vor ihm waren klar und deutlich zu sehen.

Unwillig wedelte er mit der Hand und wollte Dan aus seinem Verstand verscheuchen.

»Geh weg … verschwinde!«, grummelte er. Bewusst? Hatte er reflexartig reagiert?

»Geiles Schauspiel. Oder?« Dan hatte sich neben ihn gestellt und als Paul an ihm hinabblickte, hatte er ebenfalls die Hände auf den Tisch gestützt und sein Schwanz schwang irritierend nah über dem Dessertschälchen.

Wenn er mit seinem Teil durch die restliche Creme strich, ob er sich dann geschmacklich veränderte? Der Gedanke erschreckte Paul derart, dass er die Luft lautstark einzog und den Kopf über so etwas Abwegiges schüttelte. Was interessierte ihn der Schwanz eines anderen Mannes?

Der Whisky muss wohl schlecht gewesen sein.

Doch Dan hielt sich nicht zurück. Als wollte der ihn provozieren, ließ er sein Teil sacht schwingen und lachte dabei heiser auf.

Paul war mittlerweile überfordert.

Die beiden Frauen stöhnten und quietschten auf ihrer Seite vom Tisch. Dan bewegte sich anzüglicher und er, Paul? Er starrte von einem Exzess zum anderen und trotz seiner inneren Aufgewühltheit wurde er immer erregter. War das überhaupt noch möglich? Sein Schwanz hart und voller Erwartungen. Er kaum noch in der Lage, einen klaren Gedanken zu fassen.

Mit einer lässigen Handbewegung fegte Dan die Schüsseln, Löffel und vereinzelte Deko vom Tisch.

»Manja … das Dessert!« Hörte Paul Dan neben sich krächzen.

Und als hätten die Frauen nur auf dieses Stichwort gewartet, zerrten sie sich die Kleider vom Leib und legten sich quer über den Tisch.

»Alice?«, hauchte Paul kaum hörbar. Was tat sie da?

Doch seine Alice beachtete ihn gar nicht. Manja beugte sich über sie und küsste Alices Bauch. Sie streckte nebenbei die Hand in Richtung Dan aus und der drückte ihr eine Flasche Sahnelikör hinein.

Pauls Augen weiteten sich. Sein Puls pochte so laut in seinem Körper, dass er schon vermutete, die anderen könnten ihn hören. Allerdings beachtete ihn keiner. Alice und Manja waren miteinander beschäftigt und Dan … der stand breitbeinig – wann hatte er sich der Hose entledigt? – neben dem Tisch und hielt seinen Schwanz umfangen.

Wieder war es an Paul, in die Rolle des zufälligen Zuschauers gedrängt, sich über die Vorgänge in diesem Zimmer zu wundern.

Sein Blick blieb auf dem gut ausgestatteten Gemächt von Dan hängen. Er hatte ihn so noch nie gesehen. Warum auch?

Jetzt überkam ihn ein wenig der Neid. Nicht wegen der Länge, nein, der Umfang war mehr als stattlich und die Hoden im Beutel darunter wirkten schwer und prall gefüllt. Zu seiner Überraschung war der dicht behaart. Zwar war sein Vorgarten gekürzt, aber vorzüglich gepflegt. Vielleicht auch ein Grund, warum sein Gebäude größer wirkte. Und immer noch musste er daran denken, wie dessen Teil über dem Schälchen mit der Creme hing. Diese Vorstellung ließ Paul einfach nicht mehr los.

Ein entzücktes Aufseufzen ließ ihn den Kopf wenden und in dem Moment war er es, der aufkeuchte. Manja tröpfelte den Sahnelikör auf Alices biegsamen Körper. Die Stelle, die das Getränk traf, zuckte unter der Berührung und bildete gleich eine Gänsehaut. Mehrere Tröpfchen formten ein Rinnsal, welches sich einen Weg über die herrlichen Kurven suchte. Entlang zwischen den Brüsten, hinab zu den hervortretenden Rippenbögen, weiter dem Bauch folgend. Einige rannen an der Seite hinab, die Paul am liebsten gleich mit der Zunge aufgefangen hätte. Die anderen Tropfen verfingen sich im Bauchnabel. Füllten die niedliche Vertiefung und bei jedem erregten Atemzug, den Alice machte, bewegte sich der Bauch und die milchkaffeefarbene Flüssigkeit schwappte über. Eine Einladung, das Getränk aus ihr herauszusaugen.

Lusttrunken und mehr als bereit senkte Paul den Kopf und wollte sich dem Körper seiner Freundin nähern.

Wieder wurde er durch eine Hand auf seinem Unterarm davon abgehalten. Langsam wurde er grantig. Gucken, alles gut und schön! Aber anfassen, Riechen, Lecken und Kosten waren dagegen die pure Wonne.

Er warf Dan einen vernichtenden Blick zu. Der zuckte kurz unter der Intensität und deutete auf Pauls Hose.

»Zieh sie aus! Dann machte es noch viel mehr Spaß!« Als Dan das sagte, strich er mit den Fingern über Manjas Halsbeuge. Schob ihr das Haar hinters Ohr und streichelte die fein geschwungene Ohrmuschel. Er schaute Paul direkt an, doch seine Hände waren anderweitig beschäftigt. Die zärtliche Berührung schien Manja mehr und mehr zu stimulieren. Zu weiteren aufregenden Dingen animieren.

Mit der anderen Hand rieb er seinen Schwanz. Spielte mit ihm. Ließ die Finger auf ihm tanzen, umschlang ihn wieder, nur um ihn dann loszulassen. Sein strammer Kerl peitschte in der Bewegung gegen den Arm von Alice.

Das veranlasste Paul zu einer Schnappatmung. Sein Nachbar berührte seine Freundin mit seinem Penis? Die Hitze in ihm begann zu kochen. Der Typ klotzte nicht nur, nein … Dessen Schwanz hatte gerade den Arm von Alice gestreift. Er versteifte sich, vor Wut ballten sich seine Hände und eine Faust war schon auf dem Weg in Dans Gesicht, als ihm unverhofft eine weitere Berührung ablenkte.

Dieser Kontakt brachte ihn aus dem Gleichgewicht. Er brauchte ein paar Sekunden, um zu verstehen, wer ihn da anfasste, wo genau das eben war und mit was. Denn die Hände von Alice und Manja sah er doch.

Da … wie aus dem Nichts wieder dieser Druck am Oberschenkel.

Endlich durchdrang ein vernünftiger Gedanke sein Hirn. Alice stupste ihn mit dem Fuß gegen sein Bein. Diese Berührung erdete ihn wieder. Brachte ihn dazu, die Situation zu verarbeiten. Seine Alice, die Frau seines Herzens, konnte noch so sehr in einem erotischen Spiel gefangen sein und dachte dennoch an ihn.

Zeigte ihm mit dieser Berührung, dass sie zu ihm und er zu ihr gehörte. Diese Geste fand er so liebreizend, dass er sich auf der Stelle noch mehr in sie verliebte.

Der nächste Gedanke … er sollte weniger trinken. Er kam dadurch auf seltsame Ideen. Das ließ ihn die Lippen verziehen.

Auf diese Reaktion hin lächelte ihn Alice an. Sie formte einen Kussmund und sandte ihm einen dicken Schmatzer zu, nur um dann den Kopf nach hinten auf den Tisch zu legen und den Rücken zu einem Hohlkreuz gegen Manjas Mund zu heben.

Diese schlürfte hingebungsvoll Alices Bauchnabel aus. Streckte die Zunge hinein und schleckte jeden leckeren Tropfen heraus.

Das reichte ihm jetzt. In Windeseile hatte er sich seiner Hose entledigt. Die Unterwäsche war nur lästiges Beiwerk. Die Oberteile flogen in weitem Bogen weg. Nackt, wie Gott ihn geschaffen hatte und er sonst nur unter der Dusche stand, stand er mitten im Esszimmer seiner Nachbarn. Seine Frau splitternackt vor ihm auf dem Tisch, aufs Höchste erregt und in Leidenschaft entflammt durch die zärtlichen Küsse der Nachbarin.

Er stellte sich an die Tischseite, wo Alices Beine waren. So brauchte er sie nur zu spreizen und konnte sich dem, was er vorhin schon hätte tun sollen, widmen.

Seine Zunge tief zwischen die Falten zu pressen. Den Spalt zu erkunden und die geheimen Löcher zu erobern. Sie war immerhin seine Frau.

Schon war er in Gedanken dabei, sich dieser Wonne hinzugeben, da würde er erneut von seinem Vorhaben abgehalten. Dieses Mal war es Manja. Ihr Blick sprach Bände. Die Augen verhangen, die Lippen geschwollen und glänzend. Beim Sprechen nahm Paul den Hauch des Likörs wahr. Eine erregende Mischung.

»Zugucken und wenn du magst, wichsen. Aber anfassen ist jetzt nicht. Nachher kann sie dir den Gefallen tun.«

Er behielt recht. Die Stimme war heiser und belegt. Die pure Versuchung. Es fiel ihm schwer, sich ihrer Anordnung zu beugen. Jedoch war da etwas an ihr, dass keinen Widerspruch duldete. So nahm er seine Hände von Alice und stellte sich neben Dan.

Der dirigierte ihn auf die andere Seite vom Tisch. So lag seine Freundin auf dem Rücken, mit leicht gespreizten Beinen, die Arme um Manjas geschlungen wie eine Opfergabe vor ihnen. Und diese labte sich ausgiebig an ihr. Keine Stelle an Alices betörendem Körper blieb mehr unberührt. Manjas Mund glitt über jeden einzelnen Zentimeter, den sie in ihrer Position erreichen konnte. Sie hatte sich aus der Umklammerung von Alice befreit und ihre Hände berührten die Hautstellen, die übrig blieben.

Alice bäumte sich unter den Griffen auf. Sie gab tief brummende Laute von sich, um dann den Kopf in den Nacken zu legen, die Beine weiter zu spreizen und zu spitzen hohen Schreien zu wechseln.

Ihre Brüste reckten sich erwartungsvoll dem liebkosenden Mund oder den suchenden Händen entgegen. Alice wimmerte. Bettelte. Sie war nah an der erquicklichen Erlösung. Er kannte sie.

Ihr Po tanzte unruhig auf dem Tisch. Hob und senkte sich. Imitierte die ältesten Bewegungen der Welt. Paul hätte so gern seine Hand auf ihr Fötzchen gelegt. Den feuchten Film mit den Fingern auf ihrer Haut verteilt. Den Geruch ihrer Leidenschaft gekostet und tief in sich inhaliert.

Aber er war gebannt. Verbannt.

Nur Zugucken.

Was für eine Verschwendung.

Auf einmal wurde er sich bewusst, dass er seine Hand doch bewegte. Nämlich an sich. Unbewusst hatte diese sich um sein hartes Teil gelegt und rieb es in dem Takt, den Alice mit ihrem Po vorgab.

Seine innerliche Hitze wurde durch die Reibung noch weiter verstärkt.

Er glühte.

Anders konnte er es nicht beschreiben. Sein ganzes Sein stand in Flammen. Glühende Lava floss durch seine Adern. Magma seine Muskeln und Haut.

Heiß und flüssig innen.

Erstarrt und fest außen.

Ein Widerspruch, ein Paradoxon.

Manja kletterte vom Tisch. Ließ seine Alice allein darauf zurück. Sofort wollte er sich ihrer bemächtigen und wurde durch ein Räuspern erneut aufgehalten. Wohin sollte das hier führen?

Zwischen den Beinen von Alice machte es sich Manja bequem. Schob die vollen, wunderschönen Schenkel auseinander und gab erneut den Blick auf dieses ihm gehörende Kunstwerk frei. Leicht vorbeugend inspizierte sie ein weiteres Mal die intimste Körperstelle seiner Freundin. Mit den Fingern strich sie durch den tiefen Spalt. Nahm einen zweiten Finger zu Hilfe, um ihn zu spreizen und den Blick auf dunkelrote Falten freizugeben.

Paul kannte sie auswendig. Und doch faszinierte der Anblick ihn. Bisher war er allein derjenige gewesen, der beim Liebesspiel sich daran ergötzen konnte. Und hier zu sehen, als stummer Vierter, wie sie von schlanken Fingern mit schwarzlackierten Nägeln gestreichelt wurde, war … einfach umwerfend.

Schon seit er das Haus am Abend betreten hatte, war ihm die seltsame Spannung aufgefallen, doch er hatte sie wohlweislich ignoriert, da er nicht wusste, was er zu erwarten hatte. Das allerdings – wäre ihm nicht einmal im Traum eingefallen.

Manja näherte sich Alices Spalte. Und je weiter sie die Schamlippen auseinanderzog und die feuchten Falten freigab, desto mehr reckte sich sein Schwanz dem Leib auf dem Tisch entgegen. Sein vernachlässigter Kerl suchte dringend nach Berührung, nach Widerstand und gleitender Nässe.

Seine Hände brauchten Halt. Mit einer umfasste er erneut seinen aufrechten und harten Schwengel. Die andere benutzte er, um sich irgendwie an der Tischkante festzuhalten. In ihm braute sich eine gigantische Welle zusammen. Die Lava wurde von Blitzen ständig aufgeheizt und sein hektischer Atem wirkte wie eine kühlende Flut, die durch seinen Körper raste. Vor lauter Erregung zitterte er am gesamten Leib.

Sein Lustpegel preschte nach oben und war nicht mehr zu halten. Mit einer gewaltigen Explosion löste sich etwas in ihm, dass ihn schwanken ließ, seine Hand am Penis auf und ab rubbelte und er vor lauter Ekstase den Kopf zurückwarf und sein Sperma über den Körper seiner Freundin verteilte.

Unüberhörbar keuchend stand er auf wackeligen Beinen und seine Hand hielt seinen leicht erschlafften Schwanz fest. Würde die andere nicht die Tischkante umkrallen, er glaubte, in sich zusammenzusinken.

Drei Augenpaare blickten ihn verhangen an.

Sein Oberkörper pumpte noch kräftig und versuchte, Luft in sich hineinzubekommen. Er war sich nicht sicher, ob das Vorhaben gelang.

Als wäre er in ihrem Kreis aufgenommen, berührten ihn drei Paar Hände. Nebenbei richtete sich Alice auf, wischte sich mit einer der übrigen Servietten sein Sperma von den Brüsten und dem Arm, warf ihr Haar nach hinten und lächelte ihn sinnlich an.

»Ich wusste, dass dir das gefallen wird!«, hauchte sie ihm entgegen und zog seinen Kopf zu sich hinab.

Seine weichen Knie hatten sich noch kein Stück um Stabilität bemüht. So nutzte er die Chance, sich auf ihr, an ihr abzustützen.

Ihre Lippen berührten seine sehr fordernd. Eindringlich verlangte sie Einlass und schob ihre Zunge tief in Pauls Mund. Und als wäre das nicht schon sündig genug, schmiegte sich Manja an seinen Rücken. Ihre großen, festen Brüste pressten sich gegen seine hinteren Rippenbögen. Ihre Hände legten sich auf seine schmale Taille und wanderten über seinen Körper. Vor zu seinem Bauch und wechselten zu Alice Busen. Er konnte nicht sehen, was sie dort taten, aber er bemerkte, wie seine Freundin unter dem Kuss deutlich nach Atem rang. Diesen Moment nahm sich Dan, er kletterte auf den Tisch, setzte sich mit gespreizten Beinen hinter Alice und schob sich ganz dicht an sie heran. Seine Finger wanderten über ihre Schultern, streichelten ihren Nacken, weiter hinab zum Rücken, wo er sich unter den Achselhöhlen nach vorn drängte. Auf der Höhe traf er sich mit seiner Frau. Er strich ihre Arme entlang, berührte sogar Pauls Unterarme, seine Haut, die über die Rippen spannte. Diese Art flashte ihn, machte ihn nervös.

Eigentlich wollte Paul sich nur auf seine Alice konzentrieren, sie dabei ausreichend verwöhnen, um ihr den höchsten aller Genüsse zu schenken.

Aber … die Brüste an seinem Rücken, der weiche Bauch, der sich gegen seinen Hintern presste … O Mann, das war einfach … Wie sollte er dabei denken, normale, vernünftige Gedanken denken?

Rührige Hände spielten um seinen Hodensack. Umspielten die beiden sich darin befindlichen empfindlichen Kugeln. Sie wurden gegeneinandergedrückt, dann ein Daumen dazwischen gelegt. Wieder umkreist. Gestreichelt.

Und mit einem Mal zuckte sein Becken gegen den weichen Bauch. Die Hand hatte an der faltigen Haut gezogen, so weit, dass er einen leichten Schmerz verspürte. Die Reaktion folgte sofort.

Andere Finger umschlossen seinen harten festen Stab.

O Gott …

Ooooo Gott …

Kräftige, behaarte Finger.

Dan hielt seinen Schwanz in der Hand.

Wollüstig stöhnte er gegen den Mund von Alice. Diese biss unverhofft in seine Unterlippe und zog daran. Noch ein Reiz, den er kaum verarbeiten konnte.

Hatte er doch soeben seinen ersten Orgasmus erlebt, steuerten sein Körper und sein Geist schon wieder zu den höchstmöglichen Gefilden der Lust.

Streichelnde Hände. Zupfende. Kneifende. Liebkosende.

Er war derjenige, der hier verwöhnt wurde.

Alice küsste ihn tief und innig. Ließ kaum zu, dass er zu Atem kam und einen klaren Gedanken fassen konnte. Eine kribbelnde Spannung kroch in jede Pore seines Körpers. In jede Haarspitze. Vor lauter Erwartung bebte sein Brustkorb. Sein Schwanz würde auch beben, wenn die Finger es zulassen würden.

Grummelnde Geräusche, schmatzende Küsse. Die Körper rieben sich aneinander. Glatte Seidige und ein behaarter Rauer.

In seiner Jugend, als er die ersten Sexfilmchen im Internet gefunden hatte, waren seine Träume in die Richtung gegangen. Dreier! Wie geil. Oder sogar ein Gruppengangbang. Die Bilder hatten ihn angetörnt. Seine ganzen Fantasien bestanden daraus. Doch dann lernte er Alice kennen. Seine hinreißende und stürmische Freundin. Damals eroberte sie ihn im Sturm. Im wahrsten Sinne des Wortes. Und seit dem Zeitpunkt brauchte er keine Pornos mehr. Alice hielt ihn auf Trab.

Natürlich hatten sie über Fantasien gesprochen, aber das immer nur so nebenbei und er war sich nicht bewusst, wann sie so etwas erwähnt hatte.

Dann störte ihn die Gelassenheit, die sie gegenüber dieser Situation zeigte. Also war es definitiv nicht ihr erstes Mal.

Er wollte sich von ihr lösen. Denn da kroch neben der Erregung noch ein weiteres Gefühl in ihm auf. Unbemerkt hatte es sich in einem Winkel seines Hirns gesammelt. Und ausgerechnet bei diesem heißen Kuss schwappte es in sein aktives Bewusstsein? Verdammt. Es hätte auch noch warten können.

Sein Stand hatte sich gefestigt, er brauchte sich nicht mehr krampfhaft am Tisch festzuhalten und konnte so seine Hände benutzen, um sich abzustoßen. Nun, er versuchte es zumindest. Seine Alice hielt ihn umklammert, bog sich in der Bewegung mit. Und Manja hinter ihm presste sich enger an ihn und … ihm war so, als hätte er etwas von ihrer Nässe auf seiner Haut gespürt.

Die Hand um seinen Penis umschloss ihn fester und die Berührungen wurden dringlicher. Schon lange hatte er sich von seinem ersten Höhepunkt erholt und natürlich regte sich dieses verräterische Teil und wollte mehr. Mehr von allen.

Und das Gefühl, das ihm eben noch so furchtbar wichtig erschien, verflüchtigte sich.

Er befand sich in einem Meer aus Wärme. Nein – eher Hitze. Weichem Fleisch, rührigen Händen, neugierigen Fingern und lüsternen Mündern. Von den suchenden Lippen gar nicht erst zu sprechen.

Ach, das war ja nicht einmal möglich. Sein Mund war stetig beschäftigt. Seine Alice verwöhnte ihn mit heißen und innigen Küssen. Spielte mit seiner Zunge. Liebkoste die Innenseiten seiner Lippen und biss unverhofft hinein.

Er stöhnte auf.

So ein Genuss.

Eine Welle der Lust erfasste ihn und sein Becken begann, sich gegen die Hand zu bewegen. Der erhitzte, feuchte Körper hinter ihm drängte sich enger an ihn und ließ ihn nicht einmal in dieser Bewegung los.

Pauls Bewusstsein bestand nur noch aus Intimitäten. Aus Verlangen und Erwartung, was als Nächstes kommen könnte.

Seine Alice arrangierte ihre Beine um ihn und Manja. Zog somit ihn ganz dicht an sich heran, sodass sein Penis gegen ihre heiße Mitte stieß. Er glitt an seinem heiß ersehnten Ziel vorbei und er kam auf ihrem Schambein zu liegen. Die Hitze durchdrang ihn. Machte ihn augenblicklich noch härter.

Alice musste diese Reaktion bemerkt haben, denn sie stöhnte gegen seinen Mund. Sie drängte sich näher an ihn. Erst jetzt wurde ihm bewusst, dass ihm etwas fehlte. Richtig. Dans Hand. Wie in Trance löste er die Lippen von Alice und schaute sich um.

Er sah Dan hinter Alice sitzen, die Beine nun an ihren entlang und seine Hände … verdammt, die lagen auf ihrem Busen. Das wurmte ihn und törnte ihn gleichzeitig ungeheuer an. Die Vorstellung, dass Dans Schwanz am Rücken oder zwischen den Pobacken seiner Freundin lag, machte ihn beinahe wahnsinnig.

Wahnsinnig vor Lust.

Dans Finger massierten ihre göttlichen Rundungen. Drängten sich fest an sie, lockerten den Griff, um gleich darauf ihre Brustwarzen zwischen seinen kräftigen Daumen und Zeigefingern zu kneifen. Die vorher schon steifen und himmlischen Verlockungen wurden dadurch farblich noch intensiver.

Alice wand sich und stöhnte. Ihr Oberkörper tanzte zu ihrem Verlangen. Zu den Berührungen. Zu seinen Küssen. Sie beide waren sich so nah und doch …

Alice schaffte es, sich einen Weg zu seinem Schwanz zu bahnen. Weder kühl noch heiß, aber glatt und geschmeidig und sich sehr wohl bewusst, wohin sie wollte. Fest umschloss diese strebsame

Hand sein pochendes Teil. Gleich darauf streichelte sie es liebevoll und fuhr mit den Fingerspitzen die komplette Länge auf und ab.

Verlangend stöhnte er auf, wollte endlich ihre Nässe genießen, wollte, dass sich ihr pulsierendes Fleisch endlich um ihn schloss. Sie sollte ihn massieren. Ihn einsaugen, ihn so fest umringen, dass er nicht wusste, wo er endete und sie begann.

Er wollte mit ihr eins sein.

So, als hätte sie seine Gedanken erahnt, ließ sie ihn zwischen ihre Falten gleiten. Ließ ihn endlich in sie kommen und er glitt mit einem Stoß geschmeidig in ihr Inneres.

Hitze und pure Lava umschlossen ihn. Muskeln so heiß wie Magma und fest wie Basalt. Sein Rausch nahm zu. Seine Lust und sein Verlangen dominierten in ihm. An ihr. In ihr.

Und da waren noch die Hände. Körperstellen wurden während seines Eindringens berührt und massiert, denen er vorher nie Aufmerksamkeit geschenkt hatte. Wie wohlig fühlte es sich an, wie der weiche weibliche Körper an seinem Rücken rieb. Wie entzückt war er, als er die harten Knubbel von Manjas Brüsten bemerkte, die fest gegen seine Haut drückten. Wie erregend fand er es, dass Dan den Busen seiner Alice weiterhin knetete und die steinharten Brustwarzen gegen seinen Brustkorb rieb. Sie waren eine sinnliche Masse Mensch.

Das war etwas, was sich Paul als letzten Wunsch vorstellen konnte.

Heiß, intim und verdammt sexy.

Der schwere Geruch von Verlangen und willigen Körpern lag in der Luft, umschwirrte sie und fachte die sexuelle Gier an.

Seine Stoßbewegungen waren hektisch und übermäßig gefühlsbetont. Er wollte weit ausholen, sich in die heiße Enge seiner Alice rammen und von ihr vollständig umschlossen werden. Den Kopf in den Nacken legen und seine Lust, seinen Genuss hinausstöhnen. Gierig wollte er seine Finger in ihr Fleisch pressen.

Er spürte ihre Zartheit und doch auch ihre Erregung, die unter ihrer Haut glühte. Sein Mund wurde trocken, sodass er mit der Zunge die Lippen befeuchtete. Erst da bemerkte er, dass sie leicht wund waren, von den sinnlichen Küssen und Bissen.

Alice legte ihren Kopf in seine Halsbeuge. Ihre heiße Haut brannte auf seiner und der Verdacht, sie könnten verschmelzen, erregte ihn und er konnte nicht anders, er musste fester zustoßen. Jede Reibung, jedes Eindringen, jede Berührung am Körper durchflutete ihn.

Sein Teil wurde in ihr noch steifer. Seine Hautoberfläche war ein Touchpad für die Aufnahme der Empfindungen.

Und da … da berührte ihn etwas an seinem Schambein. Wie die Hand sich den Weg dorthin gebahnt hatte, war ihm nicht klar. Doch die kräftigen Finger pressten sich nahe an seine Peniswurzel. Und beim nächsten Stoß wusste er, dass sie den Kitzler seiner Alice massierten.

Diese synchronen Zärtlichkeiten reichten. Feuchte gierige Muskeln umschlossen seinen Schwanz, melkten ihn, pulsierten um ihn. Brachten ihn dazu, laut aufzustöhnen.

Seine Pobacken zogen sich rhythmisch zusammen, tanzten den uralten Tanz der Begierde und ließen sich mitreißen mit ihrem lüsternen Luftholen und Aufstöhnen.

Abrupt verharrte er in seiner Bewegung und heiß strömte seine Lust aus ihm. Füllte ihren Leib und verband sie in einer überschäumenden Sekunde der Wollust.

Kraftlos sackte die Spannung aus ihren Körpern. Ihr Keuchen war überlaut und sie hielten einander fest, um nicht zu fallen.

Dan und Manja zogen sich unauffällig zurück und überließen ihn und Alice den Nachwehen dieses Erlebnisses.

Aus der Küche vernahm Paul ein paar Minuten später ein: »Huch, das ist kalt … Oh, schieb es tiefer … Ja, bitte. Tiefer! … O Schatz … ja … bitte, leck mich. Steck deine Zunge rein!«

Obwohl er eben einen weiteren überaus befriedigenden Höhepunkt erlebt hatte, regte sich etwas in ihm, was ihn neugierig auf das Schauspiel in der Küche werden ließ.

Vorsichtig streichelte er über Alice Haar. »Bist du wach?«

»Hm …«, hörte er sie gegen seinen Hals raunen.

»Was, denkst du, machen die beiden dort drinnen?«

Alice bewegte sich, streckte einzelne Körperteile und küsste ihn auf die Unterseite vom Kinn. »Seit wann bist du so neugierig?«

»Also bitte … Die Darbietung von euch hat alle Dimensionen gesprengt. Nun will ich wirklich alles wissen.«

»Ich merk schon dein gesteigertes Interesse.« Sie streichelte dabei über die wachsende Härte, die sich freudig ihren Fingern entgegenstreckte.

»Los! Lass uns nachschauen!« Er zog sie vom Tisch, stützte sie kurz und so war der Weg zur Küche sehr schnell hinter sich gebracht.

Es wurde ein weiterer Gang aufgetischt.

SwingerParty

»Und du hast dich da wirklich angemeldet?« Amy war entsetzt.

»Warum nicht? Das machen doch viele!« Seine Stimme war von beleidigtem Trotz durchzogen.

»Also … ich kenne keine ›Viele‹. Wie kommst du nur immer auf solche Ideen?«

»Schatzi …«

»Boah … Lass das bloß!« Sie war aufgesprungen und lief aufgeregt durch den kleinen Raum. Ihre Schritte wurden vom Teppich verschluckt. Gern hätte sie mit den Hacken aufgestampft und ihm damit noch deutlicher gemacht, was für ein Schwachsinn er wieder verzapft hatte.

»Hör zu! Ich will unsere Beziehung retten. Da dachte ich, etwas Ablenkung und einige neue Ideen bringen ein bisschen Schwung hinein.«

»Wenn du schon denkst!«, murmelte sie vor sich hin und drehte sich zu ihm um. »Und da meldest du dich bei einer Singlebörse an?«

»Hä?«

»Na … das Ding, wo du dich angemeldet hast!«

»Swinger … Schatzi … Swinger.«

»Das ist doch das Gleiche!«

»Eher nicht.«

»Dann machen wir halt sofort Schluss, da muss ich mir das hier nicht antun!« So sauer, wie sie war, wollte sie nicht mehr zuhören.

»Schatzi … Swinger sind keine Single … nicht in dem Sinne. Das sind Pärchen, die sich zusammentun und Partner tauschen. Wenn alle dabei sind und zugucken. Denke ich. Also Sex mit anderen und doch zum Zugucken … Ach, was weiß ich. Ich habe die Annonce geschaltet und da hat sich ein Paar gemeldet. Die würden am Wochenende vorbeikommen.«

Amy blieb stehen, drehte sich zu ihm. Die Augen zusammengekniffen, die Lippen fest aufeinandergepresst.

Sie war einfach überrumpelt.

Bis sie heimgekommen war, war alles in schöner normaler Ordnung gewesen. Dachte sie.

Den aufgeklappten Laptop hatte sie erst überhaupt nicht wahrgenommen. Bis ihr die sich anzüglich rekelnden Frauen aufgefallen waren. Auf einem schwarzen Hintergrund prangten weißen Buchstaben. Kleine Zeilen, die eine wahre Informationsflut enthielten. Die Seiten waren mit den nackten und masturbierenden Frauen verziert.

Sie war wütend geworden. Verletzt und so enttäuscht von Ryan.

Zwei Jahre waren sie zusammen. In vierzehn Tagen hätten sie Jahrestag. Na, den konnte sie absagen. Gefeiert würde höchsten mit Bier und Tränen.

Pah!

Er blickte sie treuherzig an. »Schatzi … Ich will doch nicht Schluss machen. Dafür liebe ich doch viel zu sehr. Aber … Im Bett ist doch ziemliche Flaute.«

»Bevor du weitersprichst, … Warte!« Sie hob die Arme, stoppte ihn so in seiner Ansprache. Sie musste sich kurz über so Einiges klar werden. Was hatte er da gesagt? Flaute? Sprach er nicht vorhin davon, ihre Beziehung zu retten? Sie hielt den Kopf leicht schräg, die Augen geschlossen und musste das hier alles durchdenken.

»Langsam! Erstens: Was hab ich verpasst? Läuft es bei uns so schlecht? Bin ich dir nicht mehr genug? Flaute? Zweitens: Wie kommst du dazu, dich bei einem … Swinger Portal? … Anzumelden?«

»Wenn du aufhören würdest zu schreien, könnte ich es dir erklären.«

»Ich schreie nicht!« Nun gut, der Punkt ging an ihn.

»Amy … Schatzi … Du bist eine wundervolle Frau. Du sprühst vor Energie, vor Einfallsreichtum. Ich kann mit dir über alles reden. Aber sobald wir im Bett sind, will ich doch nicht mehr reden. Ich möchte dich küssen, dich zwischen den Beinen streicheln und was machst du?« Er stand, zu seiner vollen Größe aufgerichtet, vor ihr. Zog fragend die Schultern hoch und schaute sie durchdringend an.

Ja, was machte sie?

Sie träumte. Sie redete. Sie schlief.

Romantik hatte sie vor der Tür geparkt. Sie fühlte sich bei ihm geborgen, aufgehoben und sicher. Aber so richtig nervös machte er sie nicht mehr.

Puh, diese Erkenntnis ließ sie auf das Sofa hinter sich sinken. Sie kuschelte sich gern in seine starken Arme, legte den Kopf auf die fleischige Brust und kraulte seinen Teddybärbauch. Er war so knuffig. So lieb. So verständnisvoll, dass sie mit so einer Aktion überhaupt nicht gerechnet hatte.

»Bin ich so furchtbar?«, flüsterte sie resigniert vor sich hin. Also ja, sie fand sich nicht furchtbar, aber vielleicht empfand er sie so und wollte deshalb mit ihr …

Verdammt …

»Was wollen die dann eigentlich hier? Sollten wir nicht lieber miteinander reden?«

»Amy, darüber können wir stundenlang diskutieren. Aber ich fürchte, wir kämen auf kein Ergebnis. Wir werden mit denen einen gemütlichen Abend verbringen. Möchtest du etwas kochen oder lieber bestellen? Dann quatschen wir ne Runde über so oberflächlichen Kram und dann könnten wir intimer werden.«

Das hatte er nicht wirklich gesagt! »Was?«

»Swinger sind Pärchen, die die Partner tauschen.« Er sagte das so, als wäre das normal.

»Spinnst du? Ich mache dich also nicht mehr an und jetzt soll ich dir zugucken, wie du eine andere vögelst? Bist du bescheuert?«

»Schatzi!«

»Nix Schatzi …«

»Ich kann auch zugucken, wenn du den Mann bumst. Oder die Frau.« Er machte dabei eine ausholende Armbewegung, die in dem kleinen Raum ausufernd wirkte.

Doch, da hatte er sie auf einem richtigen Fuß erwischt … Verdammt. Sie hatte ihm ein paar Mal erzählt, dass sie sich vorstellen konnte, die weichen Brüste einer Frau zu kneten. Und das sollten nicht ihre eigenen sein. Sie wollte unbedingt wissen, wie es war, die anschwellenden Knospen zu lecken. Hm … und … sie wollte wissen, wie sich eine Frau zwischen den Beinen anfühlte. Mit der Zunge. Mit den Lippen. Ein paar Mal hatte sie ihren typischen Geschmack auf Ryans Mund und Kinn gekostet. Aber es war ihr nicht genug gewesen. Sie konnte nie entscheiden, ob es sie antörnte oder nur ein Nebengeschmack war.

Und wie es aussah, konnte sie das bald erleben. In knapp drei Tagen. Amys Puls schnellte nach oben. Sie zitterte, schon bei der Vorstellung war ihr heiß und kalt gleichzeitig geworden. Ein neugieriger Schauer glitt ihr über den Rücken und setzte sich in ihrem Unterleib fest.

Eine Frau küssen. Ihre Brüste erkunden. Erleben, wie es sich anfühlte, sie dort zu berühren. Obwohl sie stinksauer auf Ryan war, fühlte sie sich auf einmal mächtig zu ihm hingezogen. Die kurze Distanz überbrückte sie in einem Schritt.

Sie stand so dicht vor ihm, dass sie etwas den Kopf in den Nacken legen musste. Automatisch hob sie die Arme und umfasste seine bärigen Schultern. Blitzartig flammte ein Gefühl der Geborgenheit auf und verdrängte ihre erregenden, kribbelnden Verwirrungen. Er musste es in ihren Augen gesehen haben, denn er zog sie näher an sich. Seine große, breite Hand auf ihrer Hüfte erwärmte die Stelle im Unterleib wieder.

»Du bist ein böses Mädchen. Hast so einen strammen Kerl zur Verfügung und träumst von weichen Titten und nassen Fotzen.«

Die geraunten Worte hallten in ihr nach. Ließen das Vibrieren anschwellen und ihre Brustwarzen zogen sich schlagartig zusammen. Eine angenehme schmerzhafte Reaktion.

Seine Hand wanderte über ihren Hintern. Die Finger pressten sich in ihre Pospalte und drückten sich tief ihn ihr weiches Fleisch. Immer näher rutschte er ihrer Mitte, die sich bei dem Gedanken an den Kuss einer Frau in eine feuchte Oase verwandelt hatte, knetete und massierte diese und sie konnte ein Aufstöhnen nicht mehr verhindern.

»Ich ahnte schon, dass dir die Vorstellung gefallen könnte. Und ich möchte dabei zuschauen, ich will sehen, wie du deine Zunge um die Brustwarzen von der Frau tanzen lässt. Ich muss sehen, wie du zwischen ihre Beine kriechst und ihre Schamlippen auseinanderziehst, um deine Zunge tief in ihren feuchten, zitternden Körper zu schieben. Oooh … ich denke, dass macht mich genauso an wie dich … Geile Scheiße!«

Er hatte sie so fest an seinen Körper gezogen, dass sie seinen Schwanz an ihrem Unterleib spürte. Und das war schon recht beachtlich, denn sein Bauch war gut gepflegt worden von ihm.

»Was ist, Amy? Darf ich dann dabei nur zugucken oder darf ich meinen Spaß an und mit dir haben?«

»Mit mir? Willst du dann nicht mit dem Kerl bumsen?«

Sie konnte ihren Atem hören. Schnell und keuchend. Die Luft mit seinem Duft schoss an ihren Nasenflügeln vorbei. Entlang ihrer Nasenschleimhäute, an denen er in sie eindrang und der Rest pumpte sich in ihre Lunge. Ja, diesen Geruch liebte sie und der gab ihr das Vertrauen, alles zu schaffen und zu können. Und … zu wollen!

Sie drückte ihre Lippen auf seinen Hals. Sein leichtes Kraushaar, das so wild und ungebärdig an seinem Körper wuchs, kribbelte an ihr.

»Und das war wirklich keine Singleplattform?« Sie konnte nicht anders. Auch wenn der Sex mit Ryan nicht der Burner war, so war er doch ihr Fels in der Brandung und sie wollte ihn nicht verlieren.

»Du Dummchen«, flüsterte er gegen ihren Scheitel. »Ich will, dass du glücklich bist und bei mir bleibst.«

»Das würde ich doch auch ohne deine dummen Ideen.« Sie kniff ihn in die Seite und schmiegte sich gegen seinen Bauch und kuschelte sich dann in seine Arme, die sich liebevoll um sie legten.

Am Tag vor dem Treffen räumten sie zusammen das Bad, die Küche und ihr kleines Wohnzimmer auf. Sie stellten überall Kerzen und Teelichter auf, überzogen das größte Möbelstück im Raum mit einem wasserdichten Schutztuch, es gab so viele Möglichkeiten, warum. Dann holte Amy ihre besonderen Kissen auf der Schlafstube. Eine dunkelblaue Rolle, mit samtenem Stoff bezogen, und an exquisiten Stellen Löcher, um so manches Spielzeug zu fixieren. Es war ihr Lieblingskissen. Das andere Kissen hatte eine ergonomischere Form. Diente aber demselben Zweck.

Beim Sex mit Ryan halfen sie ihr, sich seinen körperlichen Ausmaßen anzupassen. Und er brauchte sich nicht so anzustrengen.

Die Wohnung war hergerichtet, ein einfaches Abendessen stand in der Küche bereit. Amy entschied sich für Fingerfood. So waren diese erst einmal beschäftigt und sie konnten die Leute kennenlernen.

Die Räume erstrahlten in einem romantischen diffusen Licht. Das Spiel der Flammen machte alles noch ein wenig anheimelnder. Amy hatte ausgiebig geduscht, sich rasiert und ihren Körper mit einer goldschimmernden Creme verwöhnt. Nach ihr hatte sich Ryan im Bad aufgehalten. Rasieren wäre wohl bei ihm zu viel verlangt. Ihr kleiner Bär. Sie hätte ihm etwas erzählt, wenn sie ihre Finger nicht mehr durch sein dichtes Brusthaar hätte wühlen können oder beim Kuscheln an seinem Bart zupfen.

Sie waren bereit.

Es verging eine weitere Viertelstunde und Amy blickte Ryan schon vorwurfsvoll an. Der zuckte nur unbestimmt mit den Schultern.

»Haben die sich noch einmal gemeldet?«, fragte sie ihn verstimmt.

»Gestern. Ich habe ihnen die Adresse gegeben und die Uhrzeit.« Er starrte wieder auf seinen Bildschirm.

»Ob die noch kommen?«

Sie hatte es kaum ausgesprochen, da klingelte es an der Tür. Einen unsicheren Blick schickte sie zu Ryan, der sich aus dem Sitz hievte. Seine roten Wangen leuchteten dabei.

Sie kamen zu dritt in den Raum zurück. Der kleine Flur schien schrecklich voll zu sein, schon allein, weil Ryan den gesamten Platz einnahm. Er kam als erster zu ihr in das Zimmer, hinter ihm eine hübsche junge Frau. So groß wie Ryan, schlank und mit kurzem schwarzen Haar. Das Kleid wirkte seriös und wenig aufregend, doch betonte es, trotz seiner Schlichtheit, einen imposanten Busen.

Aufgeschlossen und mit einem freundlichen Lächeln kam diese Frau auf sie zu. Streckte ihr die Hand entgegen und reflexartig ergriff Amy diese. Diese Berührung allein reichte schon und der Abend könnte von ihr aus auf dem Sofa beginnen.

Ihr Gast hatte weiche, glatte Haut, schmale, feingliedrige Finger und dennoch einen forschen Griff. Das äußerst offene Lächeln tat das übrige dafür und Amy fühlte sich in ihrem eigenen Zuhause willkommen.

Ein seltsames Gefühl.

Ryan machte sich durch ein Räuspern bemerkbar.

Neugierig wandte sie sich zu ihm und hielt in der Bewegung inne. Der Mann, der hinter ihrem Freund stand, war … wow … sie würde fast behaupten, sein Zwilling – nur ohne Bart. Amy hob reflexartig die Hand vor den Mund und starrte den Mann an. Dann zurück zu Ryan.

Der schien auch ein wenig perplex zu sein, die Stirn hatte er in tiefe Furchen gekräuselt und versuchte nun, sich einen Reim darauf zu machen.

Während Amy sich mit der Frau in der Enge des Zimmers neu arrangierte, damit sie den weiteren Gast ebenfalls begrüßen konnte, übernahm Ryan die Vorstellung.

»Ich freue mich, dass ihr es einrichten konntet.« Er grinste ziemlich verlegen und wedelte mit der Hand etwas ungeschickt vor seinem Bauch. »Meine Frau Amy und ich bin der Ryan.«

Der männliche Gast kam auf Amy zu, umschlang sie mit den Armen und polterte los: »Das ist so schön, auch mal ein junges Pärchen zu treffen. Ich bin vorerst der Bodo für euch. Meine Frau Babsi.«

Er zeigte auf das Busenwunder, dann richtete er sein Augenmerk zurück auf Amy und betrachtete sie ziemlich offenkundig von oben bis unten. Seine dicken Lippen, die unterschieden ihn von ihrem Bärchen, formten ab einem gewissen Zeitpunkt Luftküsse, die er in ihre Richtung schickte.

Das machte ihn nicht unbedingt sympathisch, aber auch nicht unangenehmer. Da er Ryan ähnelte, wurde sie lockerer.

»Hallo Bodo, ich freue mich, dich kennenzulernen. Lasst uns den Abend genießen.«

Sie bat alle, es sich bequem zu machen, und holte das Essen und die Getränke aus der kleinen angrenzenden Küche. Als sie sich das zweite Mal aufmachte, Schälchen und Gläser zu holen, wurde sie von hinten umarmt und schlanke feminine Finger glitten auf ihren nackten Unterarmen zu den Handgelenken.

Babsis Finger, kühl und sanft auf ihrer Haut, ließen sie tief Luftholen. Die ungewohnte Glätte ließen sie bis ins Mark erschaudern. Ein wohliger Schauer, der sich richtig anfühlte. Gewollt. Eine berauschende Wärme begrüßte die noch kühlen Fingerspitzen. Winzige aufgeregte Hautporen streckten sich der zärtlichen Berührung entgegen. Es war so ganz anders als bei Ryan.

Filigrane zweideutige Zeichen malte Babsi auf ihre Haut. Verschlungene Linien und kleine Kreise.

Fast hätte Amy den Teller mit den Gürkchen fallen lassen. Scheppernd kam er auf der Arbeitsplatte auf, doch sie interessierte nur das, was die Finger taten. Die Oberseite ihrer Unterarme war wie vollgemalt. Jede Hautzelle, jede Pore, jeder noch so kleine Nervenzipfel waren gereizt. Sie glühte förmlich. Verlangte nach mehr und doch war die Berührung beinahe schmerzhaft.

Babsi hörte nicht auf. Ihre Finger wanderten geschickt an der Seite der Unterarme entlang, bis sie an den überempfindlichen Handgelenken angekommen war. Dort fand für Amy eine Reizüberflutung statt.

Sanft strichen lange Fingernägel über die schmale Stelle, an der ihr Puls wie verrückt gegen die Haut schlug. Amy war fixiert. Sie starrte auf die sachten Bewegungen, die in der schmalen Furche entlang der Sehne sie innerlich noch mehr aufwühlten. Jeder Millimeter, den Babsi entlangfuhr, darüber schabte und auf dem sie hellrote Streifen hinterließ, ließ Amy erregter und feuchter werdend zurück.

Wie in Trance schaute sie auf die kribbelnde Haut. Beobachtete die Finger und wünschte sich nichts sehnlichster, als diese an einer anderen Stelle zu spüren. Oberflächlich und flach floss ihr Atem durch ihre Lungen. Wenn sie sich der Sache bewusst gewesen wäre, würde sie behaupten, sie atmete kaum. Ihr Körper war nur auf das gerichtet, was sie dringend interessierte. Und das war – ein Abenteuer. Wie weit würde Babsi gehen? Hier und jetzt? Wie weit würde sie gehen? Hatte sie genug Mut, über diese Streicheleinheiten hinauszugehen?

Immer noch ruhten Babsis Hände auf ihren Armen, die sie so gedreht hatte, dass sie sie von den Handgelenken bis zu den weichen Ellenbeugen ohne Unterlass streicheln konnte.

Und das tat Babsi ausgiebig. Sie erforschte penibel jeden noch so kleinen Millimeter. Umkreiste auf der einen Seite den größten dunklen Leberfleck. Auf dem anderen Arm folgte sie der Spur ihrer hervorleuchtenden Blutgefäße. Normalerweise waren sie eher die normale Zierde ihrer Haut. Aber allein durch diese Berührungen hoben sie sich hervor, wurden bedeutend und empfänglich.

Erst in dem Moment nahm sie wahr, dass Babsi sich dicht an ihren Körper schmiegte. Große, weiche Brüste drückten sich an ihren Rücken. Diese strahlten eine Hitze aus, die sich über ihre Schulterblätter ausbreitete, über ihre Schultern rann und sich mit der Hitze, die sich auf ihren Armen gesammelt hatte, vereinte.

Als sie sich trafen, schnappte Amy nach Luft, füllte ihre Lungen mit Sauerstoff, der als Zündstoff diente und sie in derartig Höhen katapultierte, dass ihr schwindlig wurde. Sie schwankte.

Sie hielt sich.

Sie wurde gestützt.

Babsi umfing sie. Umspannte ihren Oberkörper direkt unterhalb ihrer Brüste. Ein sinnlicher Duft legte sich um sie. Ihr Busen wurden schwer und nahmen sich von der Hitze in ihr ein großes Stück, verteilte es in dem pochenden Gewebe und ihre Brustwarzen standen wie kleine Zinnsoldaten. Starr, aufrecht und bereit für alles, was da kommen sollte.

Eine sanfte Brise wehte an ihrem Ohr vorbei über die Wange. Roch sie da Pfefferminz? Vernahm sie ein leises, schmatzendes Kauen?

Das erdete sie für einen Moment. Also war Babsi auch aufgeregt und für frischen Atem sorgte ein Kaugummi. Amys Mundwinkel hoben sich sacht an. Ein wenig war sie wieder bei sich und amüsierte sich über ihren mentalen Ausfall.

Mit einer geschmeidigen Drehung löste sie sich aus Babsis Armen, huschte an ihr vorbei und brachte die restlichen Platten zu den Männern. Die unterhielten sich angeregt und es wirkte so, als hätten sie von dem kleinen erotischen Zwischenfall in der Küche nichts mitbekommen.

Das gab Amy etwas Zeit sich zu sammeln. Schon dieser kurze Ausflug in ein unbekanntes Gefühlschaos hatte sie weitaus mehr erregt als beinahe jede Situation davor. Sie wollte nicht ungerecht gegenüber Ryan sein. Auch er konnte sie erregen und, wenn sie miteinander schliefen, hatte es auch so seine Höhepunkte, aber nie so, wie eben mit Babsi in der Küche. Sie hatte einen Miniorgasmus gehabt, das Ergebnis spürte sie zwischen ihren Schenkeln. Ihr String war feucht, rieb an ihren Schamlippen und ihr aufgeputschter Unterleib rutschte unruhig auf dem Sessel hin und her.

Ryan und Bodo unterhielten sich über belanglose Autodetails, wer welche Marke bevorzugte, warum und wo die Unterschiede zu finden waren. Männerkram.

Babsi dagegen beobachtete sie durchweg schweigend. Ihr Blick war so intensiv, dass Amy das Gefühl hatte, zu verglühen. Das erste Mal konnte sie es beschreiben, wie es war, wenn man mit den Augen ausgezogen wurde. Tatsächlich fühlte sie sich nackt. Und sehnte sich gleichzeitig Babsis Hände zurück auf ihren Körper. Und nicht nur auf die Arme. Nein. Sie wollte sie um ihre Brüste spüren. Wollte zusehen, wie sie mit ihren harten

Knubbeln spielte und ... oh ... Wie es wohl wäre, wenn sie ihre dunkelroten Lippen um ihre Brustwarzen legte und daran zog?

Unvermittelt holte sie tief Luft. Stöhnte dabei leise, aber laut genug, um beachtet zu werden.

Mit einem Mal waren die Männer still, blickten sie mit seltsam gierigen Blicken an, so als hätten sie auf genau diese Reaktion gewartet.

Babsi war auf ihren Platz weiter nach vorn gerutscht, legte ihre Hand auf Amys Knie und dieser Kontakt ließ sie stöhnen, die Augen vor intensiv aufwallenden Gefühlen schließen und die Schenkel spreizen. Sie war bereit für alles, was da kommen könnte. Sie war begierig, die aufgepeitschte Lust zu verspüren. Sie wollte all das, was Babsi ihr vorhin in der Küche ohne Worte versprochen hatte, erleben.

Und Babsi legte los.

In der Stube, auf dem Sofa.

Das Essen stand noch auf dem niedrigen Couchtisch und die beiden brummigen Kerle fläzten auf der breiten Sitzfläche. Da ging die wirklich ansehnliche Frau vor ihr auf die Knie. Zog während des Hinabsinkens das Oberteil ihres Kleides nach unten und ihr voluminöser nackter Busen streifte Amys Kniescheiben. Ihre Brüste waren überraschend warm und weich und schmiegten sich an die Form ihrer Beine an. Legten sich wie ein wohliger Mantel um ihr Knie und verteilten eine Hitze, die von dort aufstieg und Amy mit voller Wucht zwischen ihren Beinen traf. Sehnsüchtig zuckte ihre Möse. Schon die Vorstellung, dass sich gleich Babsis Hände ihren Innenschenkel hinaufbewegten oder sie mit ihrem Busen über ihre Mitte strich ... Ja ... sie wollte alles.

Den Fetzen Stoff, den Amy trug, der wurde einfach hochgeschoben. Zu dem warmen, weichen Busen kamen erneut die kühlen, glatten Finger. Ein Feuerwerk an sinnlichen Empfindungen machte sich in ihr breit. Amy keuchte und schloss die Augen. Riss sie wieder auf, damit sie nichts von dem verpasste, was Babsi mit ihr anstellte.

Und Babsi war erfinderisch.

Sie war eine Offenbarung an erotischen Spielarten.

Als würden ihr die Wärme der Haut, die Kühle ihrer Finger nicht reichen – nein – sie fügte ihre flinke, feuchte Zunge hinzu.

Babsi hatte sich so über sie gebeugt, dass diese zarte Tupfer auf Amys erregte Haut malte. Hier und da. Oben und an der Seite. In der Nähe vom Knie, wobei sie ihren eigenen Busen berühren konnte. Und immer weiter und stetig hinauf zu ihren empfindlichen und empfänglichen Schenkelinnenseiten.

Ein Pulsieren schoss durch Amys Körper.

Eine Sehnsucht packte sie und zum ersten Mal hob sie die Hand und umschloss den vollen Busen von Babsi.

Sie war begeistert. So weich! So glatt! So anschmiegsam.

Und so schwer. Und doch … Es war faszinierend. Sie war entzückt. Jetzt war sie auch nicht mehr zu halten. Sie streichelte, so gut sie sie in ihrer sitzenden Position erreichte, die weiblichen Prachtstücke.

Was für ein Unterschied zu Ryans Oberkörper. Und um wie vieles mehr es sie antörnte. Amy konzentrierte sich auf die wundervollen Rundungen. Berührte sie, als wären sie kostbares Porzellan, leicht und zerbrechlich. Dabei waren die Brüste so robust und schwer in der Hand. Besonders gefielen ihr die harten Brustwarzen, die sich wie Kesselnieten an die Wölbungen fesselten.

Ihr entging völlig, wie Babsi ihren String über die Hüften zog, unter den Po zerrte und an den Beinen hinabstreifte. Erst als diese sich kurz von ihrem Knie löste, den Stoffstreifen wegzog, wurde es ihr bewusst und sie keuchte auf.

Wenn sie nackt vor ihr saß, dann gab es kein Zurück.

Sie wollte kein Zurück.

Sie war so aufgepeitscht von kribbeliger Vorfreude. So euphorisch zu erfahren, was ihre Finger und ja, auch die Zunge der Fremden zu bieten haben könnten.

Amy musste ihre Erkundungen unterbrechen. Sie konnte sich nicht in diesen Zärtlichkeiten verlieren, wenn sie doch genau wissen wollte, wie es sich anfühlte, von einer Frau geliebt zu werden.

Mit einem tiefen Atemzug, der in einem Stöhnen mündete, fiel sie auf dem Sofa zurück, wurde von einem Stapel Kissen gebremst und saß in einer sehr angenehmen Position. Sie konnte alles überblicken.

Babsi kniete weiterhin zwischen ihren Schenkeln. Betrachtete hingerissen ihre Mitte und leckte sich genüsslich die Lippen. Allein der Anblick ließ Amy erzittern. Der gierige Blick in Babsis Augen beschleunigte zusätzlich ihren Puls. Ach, … eigentlich war das gar nicht mehr möglich. Denn der pochte schon wie wild durch ihren Körper. Jagte ihr Blut wie tosende Sturzbäche durch ihre Adern und ihr Herz war nahe der Überforderung.

Egal wie tief sie einatmete, sie hatte das Bedürfnis nach mehr Sauerstoff. So ähnlich hatte sie sich damals gefühlt – in jungen Jahren – als sie auf einem LSD Trip gewesen war.

Überall kribbelte es. Pulsierte. Vibrierte und sehnte sich nach Erfüllung. Unbewusst hob sie Babsi ihr Becken entgegen. Wollte berührt werden.

Wie auch immer es Babsi machte … ihre kühlen Finger strichen so sanft über Amys volle, nackte Schamlippen, dass sie erneut erzitterte.

Und ab da begann ein Freudentanz ihrer Nervenenden. Egal, welche Stelle Babsi berührte. Egal, wo sie entlangglitt. Egal, wie weit sie in sie eindrang. Ihre Finger blieben kühl. Sie konnte vor Hitze in ihrem Körper nicht mehr klar denken und diese Frau hatte die Ruhe weg. In gleichmäßigen unaufgeregten Strichen brachte sie Amy um den Verstand. Sie keuchte, stöhnte und begann sogar zu wimmern.

Bisher hatte sie nicht ein Wort zu Babsi gesagt und ausgerechnet nun musste sie betteln.

»Bitte …«, keuchte Amy.

»Bitte, was?« Der rauchige Klang von Babsis Stimme ließ sie sich ihr noch weiter entgegenbäumen.

»Ich will, dass du mich leckst!«, brachte Amy unter atemlosen Aussetzern heraus. Denken und über Probleme fachsimpeln wäre kaum möglich gewesen. Aber dieser Frau zu sagen, was sie wollte, das war kein Problem.

Dieses anzügliche Lächeln, welches sich gleich um Babsis Mund legte, und das Strahlen ihrer Augen gaben Amy recht. Diese Frau wollte sie genauso sehr, wie sie Babsi.

»Aber nur, wenn wir zugucken können!« Ryan und Bodo brachten sich mit dieser Aufforderung wieder in ihr Bewusstsein. O Gott, sie hatte ihren Ryan komplett ausgeblendet. Dabei hatten sie doch abgemacht, dass er zuschauen durfte, wenn sie gevögelt wurde. Und der Gedanke gefiel Amy ausnehmend gut. Sie war eh jenseits von jeglicher Vernunft.

Mit einem Blick fing sie Babsis ein, die nickte großzügig und winkte die beiden zu sich heran. »Ihr haltet ihre Beine, da seht ihr, was ich so mit ihr anstelle.«

Dieses Bild ließ Amy wimmern. Ohne sich zu zieren, überließ sie den kräftigen Kerlen ihre Beine, die sie noch weiter spreizten.

Babsi entdeckte am Rand des Sofas die Liebesrolle, die Amy zurechtgelegt hatte. Sie gab Anweisungen, Amy etwas anzuheben, legte die Rolle unter ihren Po und testete aus, wie die Stellung wirkte.

Amy lag in einem sehr offenen Zustand vor den drei Menschen. Einen davon kannte sie in- und auswendig, die anderen waren ihr vorher nie begegnet und doch fühlte sie mit ihnen eine gewisse Verbundenheit. Vielleicht war das der Grund, warum sie sich so gehenlassen konnte.

Als dann Babsi ihr einen schmatzenden Kuss auf den Bauch drückte. Sich mit schwebenden Lippen über ihr Schambein immer tiefer zu den sicherlich schon feucht glänzenden Schamlippen neigte, starrte sie erwartungsvoll genau auf diese Stelle. Sah, wie sich Rot auf hellstes Rosa legte, wie das Rot nachgab, sich verformte und ein spürbarer Druck ihre geschwollenen Schamlippen auseinandertrieb.

Babsi war grandios. Sie beherrschte das Spiel hervorragend. Fest und in kurzen Abständen schnellte ihre Zunge gegen ihr pochendes Fleisch. Ein Trommelschlag auf gereizte Haut.

Amy blieb nichts anderes übrig, als ihre Finger in die Sofakante zu graben. Sich dort festzuhalten, um sich nicht in dem Überschwang dieser berauschenden Gefühle zu verlieren.

Bodo und Ryan hielten ziemlich synchron ihre Beine unter dem Knie gefangen. Hatten aber die freien Hände jeder auf dem Schenkel liegen und jeder versuchte, durch Streicheleinheiten oder forscheres Erkunden nahe an die Spielwiese von Babsi zu kommen. Sie wollten wahrscheinlich nichts verpassen und alles sehen können, wenn die Möglichkeit schon einmal geboten wurde.

Wie auf einem griechischen Altar sah Amy sich der Gottheit der Lust dargeboten. Und diese Göttin benutzte sie ausgiebig. Sie wühlte mit ihrer Zunge zwischen ihren fleischigen Falten. Zog mit den Lippen daran, knabberte an empfindlichen Bereichen und schlug die Zähne etwas fester hinein.

O Gott, wie sie diese Art der Eroberung genoss.

Ein sanftes Streicheln, ein Zupfen an ihrem dicken Knubbel und dann dieses zärtliche Nagen an so tiefen, intimen Stellen.

Sie bäumte sich unter den Liebkosungen auf. Stützte sich auf ihre Ellenbogen. Ließ sich dann wieder auf die Kissen sinken. Hob ihren Oberkörper erneut an, um sich abermals dem Schauspiel zu widmen.

Wild bewegte sie den Kopf hin und her. Stieß ihren Atem in kurzen, schnellen Stößen aus und eine Mischung aus glühendem Verlangen und sehnsüchtiger Erlösung durchrann ihren Körper. Als Babsi dann auch noch ihre kühlen Finger zwischen ihre pulsierenden Falten schob, wusste Amy nicht mehr wohin mit ihrer Lust.

Und dann passierte etwas, was bei Ryan bisher nie geschehen war: Sie stieß kurze, hohe, wollüstige Schreie aus. Und bei jedem bäumte sie sich so auf, dass die beiden Männer Mühe hatten, ihre Beine auseinanderzuhalten.

Amy wollte diesem überbordenden Verlangen entgehen. Die Schenkel zusammenkneifen, die Lust in sich einschließen und genießen.

Doch Babsi sah das anders.

Und ja, sie auch. Aber diese Überreizung hinterließ einen kleinen Schmerz zwischen ihren Beinen. Ihre Möse summte derart, als hätten sie einen Vibrator darangehalten. Dabei waren es nur die Lippen dieser begnadeten Frau. Die Finger in ihr bewegten sich im gleichen Takt wie die Zunge an ihr. Bei jedem Zungenschlag drang ein Fingerpaar in sie ein. Amy umspannte sie dort, hielt sie krampfhaft fest und wenn der nächste Kuss auf ihre Schamlippen erfolgte, zog Babsi die Finger heraus. Immer wieder folgte sie diesem Muster. Und das ließ Amy nur noch feuchter werden.

Ihre eigene Nässe wurde zwischen ihren Schenkel und auf ihren Pobacken verteilt. Ein Schock für ihre erhitzte Haut. Denn bei jedem Atemzug, jeder eindringenden Bewegung wurden genau diese Stellen kühler und bildeten so einen erregenden Kontrast. Amy konnte sich nur auf das konzentrieren. Was die beiden Männer während dieser Zeit machten, blieb bei ihr außen vor.

Das bemerkte auch Babsi, denn sie hob den Kopf, was Amy als tragischen Verlust empfand, und sie gab einen mürrischen

Laut von sich, der bei den anderen nur wohlwollendes Lachen auslöste, und wies die beiden an, nebenbei die Brüste zu liebkosen.

Dass die zwei nichts, aber auch rein gar nichts dagegen einzuwenden hatten, wurde ihr in dem Moment bewusst, als die Männer gleichzeitig ihre Köpfe senkten und jeder nach einer der steil aufgerichteten Brustwarzen angelte. Mit den Zungen umspielten sie die festen Knubbel. Der eine machte das schnell und seine Minischläge verhärteten ihre Haut so stark, dass es schmerzte. Wieder so ein Schmerz, der sie entfliehen lassen wollte, und dennoch, sie sehnte sich danach, dass er die Empfindungen noch intensiver werden ließ.

Bodo hatte sich für eine andere Variante entschieden. Er hatte seinen Mund weit geöffnet, die Lippen über ihre Brustwarze gestülpt und saugte an ihrer Brust. Ein unglaubliches Gefühl.

Und da beide Brüste auf so unterschiedliche Art und Weise gereizt wurden und ihre Möse von Babsi ausgiebig geleckt wurde, war sie verloren.

Verloren im Rausch ihrer Lust.

Verloren in einem Verlangen nach mehr.

Sie keuchte und stöhnte haltlos, ließ jede Empfindung, die in ihr aufwallte, anschwellen und durch einen lang gezogenen Lustlaut begleiten.

Saß sie noch auf dem Sofa in ihrer Stube? Wurde sie von starken Händen gehalten? Leckte eine heiße weibliche Zunge ihre Spalten aus? Steckten kühle und geschmeidige Finger in ihr und massierten die Stelle in ihr, die sich nach Erlösung sehnte?

Es war möglich, dass das alles so war. Doch womöglich driftete sie in Sphären, die ihr sonst verborgen blieben. Sie schwebte, war abgehoben von der Realität. Träumte sie?

Vielleicht war sie auch gar nicht hier. Vielleicht lag sie neben Ryan im Bett und schlief tief und fest.

Wahrscheinlich.

Ein lang gezogenes Stöhnen hallte im Raum. Amy hörte es, konnte aber nicht nachvollziehen, aus welcher Ecke es kam. Ihr war es suspekt, woher es kommen sollte.

Doch sie war es, die so lustvoll stöhnte. Sie war es, die wie wild zuckte. Sie war es, die vor lauter Gier sich aufbäumte, versuchte, sich gegen Babsis Mund zu drücken, die Finger in sich umspannte und sich ergab.

Ihre Libido spritzte aus ihr heraus. Besudelte Nase und Kinn von Babsi, die sich daraufhin noch dichter an ihre Möse drängte und an ihr saugte. Nuckelte. Leckte.

Sie hörte nur ein gieriges: »Hmmm … Komm, gib's mir …«, dann fiel sie benebelt nach hinten. Ihr Kopf sank auf den Kissenberg, sie erschlaffte und ihre Glieder hingen kraftlos an ihrem Körper.

Amy war glücklich. Ihre Arme und Beine kribbelten, ihr Bauch glühte und ihr Kopf war leer und doch auch wieder nicht. Sie schwelgte in der Erinnerung. Genoss den sanften Nachklang ihrer Erregung.

Der Zustand hielt nur nicht lange an.

Sie hatte die Kerle vergessen.

Mit Schwung wurde sie auf dem Sofa herumgedreht. Bodos Hände strichen über ihren Rücken und klatschten leicht auf ihren Hintern. Er zog und positionierte sie so, dass sie mit beiden Knien in dem weichen Stoff versank, er sich von hinten zwischen ihre Beine drängte.

Amy schaute träge auf. Ryan hatte Babsi in der Mache. Seine Finger wanderten genüsslich über den vollen Busen, hinab zum Bauch, weiter zwischen ihre Beine und endeten dann an ihren Oberschenkeln, die er auseinanderdrückte.

Babsi stand auf allen vieren ihr gegenüber. Die beiden Frauen blickten sich an, lächelten unergründlich und leckten sich gleichzeitig die Lippen.

Amy kroch ein wenig vor, sodass sie Babsi erreichen konnte, und ließ auch keinen Zweifel mehr daran, was sie vorhatte.

Während Bodo mit dem Daumen über ihre zuckende Möse fuhr, ihre feuchte Lust auf ihren Pobacken verteilte und sehr intensiv ihren Anus massierte, suchte sie Babsis Lippen. Drückte ihren Mund darauf und fühlte sich willkommen. Auf ihnen lag noch ihr Geschmack. Herb, dunkel und brünstig. Genauso, wie sie sich ihr ergeben hatte.

Vorsichtig leckte sie über Babsis Unterlippe, drang weiter ein, berührte die Zähne und keuchte überrascht auf, als Bodo mit einem Stoß in sie eindrang und gleichzeitig Babsi ihr auf die suchende Zunge biss.

Sie wollte den Kopf nach hinten werfen, wollte laut aufstöhnen, doch es gelang ihr nicht, denn sie war gefangen.

Amy war gerade dabei zum Angriff überzugehen, sie hatte sich vorgenommen, Babsi Gleiches mit Gleichem zu vergelten, da wurde diese gegen sie gestoßen.

Ryan hatte sich also hinter Babsi platziert und war in diese eingedrungen. Der Stoß hatte Babsi überrumpelt und mit voller Wucht in Richtung Amy gedrückt.

Sie prallten aneinander. Ihre Zähne berührten sich mit einem leichten Boing und beide stöhnten gleichzeitig auf.

Dann fielen alle Grenzen.

Vier Menschen verfielen in einen Rhythmus, der so alt wie die Menschheit war. Ein Geben und Nehmen. Ein Stoßen und Annehmen. Ein Zurückziehen und Eindringen.

Streicheln, Küssen, Berührungen.

Alles, was der Mensch mit Händen, Mündern und Geschlechtsteilen erleben konnte, wurde in der Stube irgendwo in einem Wohnblock geboten. Vier schwitzende Leiber, die aufgeputschter, erregter und begieriger nicht sein konnten.

Amys und Babsis Küsse wurden intensiver. Bodos Eindringen,

seine Umklammerung von Amys Hüften fester. Gieriger. Verzweifelter auf der Suche nach Erlösung. Auch Ryan war voll bei der Sache. Amy hörte ihn keuchen, brünstig brummen und herzergreifend aufstöhnen, wenn Babsi ihr Becken ruckartig gegen seinen Unterleib presste.

Amy nahm alles wie durch eine Blase wahr. Sie konnte den erotischen Geruch nach Sex riechen. Die klatschenden Geräusche, die ploppenden und schmatzenden Laute hören. Sie war Teil des Geschehens und doch war sie ein Beobachter.

Und jetzt ergab das auch Sinn, was Ryan ihr erklärt hatte. Man konnte Zuschauen und dennoch mitten dabei sein.

Später würde sie ihm für die Idee danken und recht geben müssen. Aber wirklich später, nicht zu diesem Zeitpunkt. Der Abend war noch nicht vorbei.

Sie musste unbedingt selbst probieren, wie es war, Babsis Schamlippen auseinanderzudrücken und sich mit der Zunge darin zu verlieren.

Ihnen standen verdammt viele Möglichkeiten offen.

Leidenschaftliche Züchtigung

»Oooo ja … oooo gib's mir … Du Schlampe …!« Ich saß gefesselt vor dem Laptop. Nackte Körper prangten über das ganze Display. Ärsche, Muschis, Titten – alles war zu sehen. Meine Augen lösten sich keine Sekunden davon. Ich war geflasht. Ich war baff. So etwas gab es? Wo hatte ich denn die ganze Zeit gelebt? Hinterm Mond?

Frank hatte mir gestern einen Link auf das Handy geschickt, mit dem Hinweis ihn nur zu öffnen, wenn meine Marie nicht in der Nähe wäre.

Ich in meinem Wahn dachte natürlich an etwas Grausiges. Brutales. Fieses. Und daher wartete ich, bis Marie eingeschlafen war, um es dann zu vergessen. Erst die Nachfrage von Frank hatte mich erneut daran erinnert.

Und eben wusste ich nicht, sollte ich ihm dankbar dafür sein oder … sollte ich ihm sagen, er sollte es unterlassen, mir so etwas zu schicken.

Mein Zwiespalt konnte nicht größer sein.

Ehrlich.

Ich möchte kurz erwähnen … Ich liebe meine Frau. Seit fast zehn Jahren sind wir glücklich verheiratet.

Kinder wollten wir beide nicht. Also hatte es zwischen uns perfekt gepasst. Wir strukturierten unsere Tage sehr genau. So sahen wir uns abends, was gut in den Terminkalender passte. Keiner von uns langweilte sich oder hatte Ambitionen fremdzugehen. Wir waren in unserer Beziehung gefestigt.

Und doch … so ab und an neue Anreize im Bett wären nicht schlecht gewesen. Allerdings – es hätte mich auch nicht gestört, wenn es so weitergelaufen wäre.

Ja, ich war mir gerade selbst nicht sicher. Hätte, wäre, könnte. Toll.

Vor mir lief ein Porno.

Die Frau stand angekettet in einem abgedunkelten Raum, nur ihr weißer Körper strahlte in die Kamera. Ihre Augen waren verbunden und um den Hals trug sie eine Art Hundehalsband. Die Stacheln außen verhießen nichts Gutes.

Schwere metallene Ketten hielten die Arme gefangen. Die Beine befestigt an einer Vorrichtung, die ich nicht konkret benennen wollte.

Die Hände hielten über ihrem Kopf eine Stange umfasst, an der die Manschetten für die Ketten hingen. Es war bizarr.

Aus dem Dunklen schnellte zum wiederholten Male eine kräftige Männerhand, in der eine lange schwarze Peitsche lag. Mit einem zischenden Pfeifen sauste das biegsame Leder auf den weißen Körper zu.

Ich starrte auf das, was da ablief. Kleine Nackenhärchen begannen, sich zu sträuben. Mein Herz wummerte in der Brust und heiße Wut fraß sich in meine Eingeweide. Am liebsten hätte ich dem Typen den Riemen aus den Pfoten gerissen und ihn seine eigene Kost fressen lassen.

Der fügte der Frau Schmerzen zu!

Als die Peitsche die Haut traf, ertönte ein wimmerndes Stöhnen. Ich sah, wie sie unter dem Schlag zusammenzuckte, es tiefrote Striemen auf ihrem Körper hinterließ und sie sich wand, um der Züchtigung zu entgehen.

Es war tragisch. Mehr vertrug mein Gemüt nicht.

Die arme Frau. Wie gern hätte ich ihr geholfen und dem Kerl die Meinung gesagt.

In dem Moment fühlte ich mich heroisch.

So lange, bis ich raffte, dass die Frau sich nicht vor den Schlägen versteckte. Bis mir klar wurde, die versuchte nicht, auszuweichen, nein … sie dehnte und reckte sich den Hieben entgegen.

Als sich dieser Gedanke in mir gefestigt hatte, begriff ich, dass ich hier etwas ziemlich anderes sah als das, was ich bisher kannte.

Das soll nicht heißen, dass Marie und ich überhaupt nicht experimentierfreudig im Bett waren, aber das vor mir! Meine Augenbrauen zogen sich so weit nach oben, dass meine Stirn schmerzte, so wurde sie gefaltet.

Der Kerl trat in die Kamera, er hatte einen durchtrainierten Hintern. Ein absolut adonisgeformtes Kreuz. Definierte Schulterpartien und Muskeln, die sich bei jeder Bewegung, die er mit den Armen machte, unter der Haut abzeichneten.

Ja, ich bin ein Mann. Heißt ja nicht, dass man die Konkurrenz aus den Augen lassen sollte. Und ich sah bei meinem Bürojob leider nicht so trainiert aus. Was mich bis zu diesem Moment nicht gestört hatte.

Wie sah mich Marie? Der beunruhigende Gedanke kroch in mir hoch.

Machte es ihr etwas aus, dass ich nicht *so* aussah?

Dabei hatte ich ihn noch nicht von vorn gesehen.

Und dann drang ihre Stimme zu mir. »Ken … Bitte, bestrafe mich. Ich war unartig. Bitte … Du musst mich bestrafen!« Abgehackt keuchte sie. Ihren Kopf drehte sie suchend hin und her. Konnte ihn durch die verbundenen Augen nicht orten. Sie flehte. In jeder erdenklichen Tonlage. Wimmernd. Bettelnd. Fordernd.

Die Kamera schwenkte auf sein Gesicht. Das wohlwollende Grinsen und das kurze Zucken seiner Augenbrauen ließen in mir ein diabolisches Gefühl erwachen. Obwohl ich sie eben noch bedauert hatte, konnte ich es kaum erwarten, wie er gleich die Peitsche über ihren Körper ziehen und die roten Striemen auf ihrer hellen Haut leuchten würden.

Ooookay …

Das war jetzt … das war selbst für mich eine Spur zu viel.

Hey … Wie kann ich sie gleichzeitig bedauern und genauer hinschauen wollen? Was ging da gerade mit mir schief?

Wenn Marie das sehen würde … Boah, ich wäre wohl ganz schön in Schwierigkeiten.

Unbeeindruckt von meinen moralischen Auseinandersetzungen lief der Film weiter. Er, der Adonis, holte mit seinem stählernen Arm aus und die dunkelrote Peitsche sauste, die Kamera folgte ihr sehr beeindruckend, auf den wohlgeformten Hintern der Hauptdarstellerin. Diese warf den Kopf nach hinten, ihre vollen roten Lippen bewegten sich zu den wimmernden Tönen, die sie abgab, und ihr Körper zuckte mächtig zusammen. Doch keineswegs verschüchtert oder nur eine Spur von Einsicht waren auf ihrem Gesicht zu lesen. Nein, sie genoss diesen Vorgang.

Und ich wünschte mir, dass dieser Ken heftiger, in kürzeren Abständen den Arm hob. In mir war eine dunkle Seite erwacht, die ich so zuvor nicht kennengelernt hatte. Es gefiel mir, wie sie so wimmernd vor ihm stand. Und auf einmal kamen mir so viele Möglichkeiten in den Sinn.

Was wäre, wenn ich die Nippel mit dem Halsband verband? Was würde geschehen, wenn ich sie andersherum anketten würde? Vielleicht könnte ich die Konstruktion anders aufstellen, sodass ich sie, ohne mich zu verrenken, bumsen könnte. Hinein in das malträtierte und wunde Fleisch. Die hitzigen Stellen, die sicherlich noch vor Intensität glühten, einfach mit ihrem Liebessaft bestreichen und sie dann ficken, bis sie vor Lust den Höhepunkt erreichte. Deutlich sah ich auf einmal dunkle breite Lederriemen auf sommersprossiger heller Haut. Um schlanke Handgelenke, mit Riemen und Tüchern ans Bett gebunden.

Immer deutlicher nahmen die schattenhaften Konturen Formen an. Und mit einem Mal sah die Darstellerin aus wie Marie.

Mich packte die Lust.

Reine, unverfälschte, pure Lust auf meine Ehefrau.

Der Kerl trat ganz dicht an die sich windende Frau, streifte mit dem lederumwundenen Stiel über die geröteten Stellen. Das machte er mal sanfter, mal fester und seine Partnerin wimmerte und ergab sich ihm, in dem sie versuchte, sich gegen ihn zu pressen.

O ja, … ich stellte mir vor, wie das bei Marie und mir aussehen würde. Und da fiel mir ein, dass wir ganz am Beginn unserer Beziehung mal eine experimentelle Phase hatten. Irgendwo musste noch ein Karton mit dem Sexspielzeug stehen, sofern Marie ihn nicht entsorgt hatte. Ich konnte mich aber nicht sofort aufraffen, sondern starrte weiter auf den Bildschirm. Mir gefiel die Macht, die ›Ken‹ über die Frau hatte. Er reizte sie, bestrafte sie und doch war da eine gewisse Zärtlichkeit dabei. In ihr sah ich diese Unterwürfigkeit, die ich mir manchmal bei Marie wünschte. Dann noch die Gier nach mehr, wenn die Frau ihren Körper bewegte und in ekstatische Verzückungen fiel.

Sie war willig.

Sie war geil.

Und sie bettelte immer noch.

Langsam begann ich, Mitleid mit ihr zu bekommen. Wollte der Kerl sie so lange reizen? Marie wäre da sicherlich schon aus der Haut gefahren, denn sie mochte schnelle, actionreiche Nummern. Anreizen, ein paar Mal kitzeln und gleich darauf hart rein und raus, ein zügiges Tempo war gewünscht und dann wollte sie kommen. Sie kam kurz, dafür aber intensiv. Mich faszinierte es jedes Mal, wenn sie unter mir zusammenzuckte, ihr Gesichtsausdruck erstarrte, ihr Mund offenblieb, da wünschte ich mir oft, dass ich zwei Schwänze hätte, um ihr ihn dort hineinzutreiben.

Puh …

Ich hatte die Ellenbogen auf den Knien abgestützt und mein Kinn lag in der Handfläche. Allerdings fuhren gerade meine Finger durch die Haare und ich verzweifle an meiner Fantasie.

Ha, wenn ich das Marie erzählen würde. So einfach wäre es, doch ein wenig Pep in unser Bett zu bekommen. Ob ich sie darauf ansprechen sollte?

Ken hatte die Peitsche über die Schulter der Frau gelegt. Der Stiel ruhte auf ihrem Busen. Die langen Lederriemen baumelten an ihrem Rücken. Ich schloss kurz die Augen, genoss die Vorstellung, es selbst zu spüren.

Ken breitete die Riemen wie Haarsträhnen über die blasse Haut, die mit rot glühenden Streifen überzogen war. Und ich blinzelte durch einen Lidspalt, um weiter zuzusehen. Ich wusste nicht, ob ich den Anblick ertrug oder mir wünschte, er würde noch über andere Stellen schlagen.

Boah …

Ich konnte nicht mehr. Mein Innerstes wollte mehr, mein Verlangen noch mehr, aber mein Kopf und der Verstand waren der Meinung, ich sollte das umgehend ausschalten. Sonst würde Marie mir gehörig die Leviten lesen, wenn sie das herausbekäme.

Es würde eine Weile dauern, bis mein Körper wieder normal funktionierte. Meine Muskeln waren zum Zerreißen angespannt. Mein Schwanz dick angeschwollen in der Hose eingeklemmt. Die Sitzposition war nicht förderlich, um zu entspannen. Ich begann zu überlegen, was mich an der Szene so erregte. War es seine Dominanz? War es ihre Unterwürfigkeit? Oder sogar der Schmerz? Die Macht, Schmerzen zu dosieren? Würde Marie Verständnis für mein Interesse aufbringen?

Über mich selbst resigniert, prustete ich eine Menge Luft durch die Nase. Was solls, dachte ich und streckte meine Hand aus, um den Mauszeiger auf das Kreuz zu setzen. Da knallte mir eine kurze schwarze Peitsche auf den Unterarm.

Der Schmerz war so intensiv und ich nicht darauf vorbereitet, dass mir erst einmal die Luft wegblieb. In diesem Moment ärgerte ich mich über mich selbst, dass ich alle meine Reserven ausgepustet hatte und vor Schreck vergaß, nach Atem zu schnappen.

Was zur Hölle …?

Ich saß immer noch in dieser Position. Eine Hand abgestützt, die andere schwebend über dem Laptop. Und starrte auf den Bildschirm.

Dort bumste Ken gerade seine Barbie und die Kamera fuhr so dicht heran, dass der Akt bis ins kleinste Detail zu sehen war.

Die Frau stöhnte und wimmerte. Bettelte um eine noch festere Gangart und drückte ihm ständig ihren Hintern entgegen. So weit, wie ihr es möglich war. Und gleichzeitig pulsierte mein Verlangen durch mich, das Taubheitsgefühl auf meinem Arm war unangenehm und ich irritierter denn je.

»So, mein Bester. Darauf stehst du jetzt also?«

Marie!

Ihre rauchige, empörte Stimme brachte mich in weitere Bedrängnis. Immer noch kam ich ohne Atem aus. Der etwas schummrige Dunstkreis meiner Gedanken umrahmte mich. Ich saß stocksteif, gefangen in dieser Situation.

Da zwirbelte die kurze Peitsche erneut auf den schwebenden Arm. Endlich gelang es mir, den so dringend benötigten Atem einzusaugen. Meine Nasenflügel weiteten sich, meine Lungenflügel entblätterten sich einzeln, wurden glatt gestrichen von in die Lunge strömenden Sauerstoff.

Es könnte sein, dass ich sogar ein quietschendes Geräusch von mir gegeben hatte. Ich schiebe es aber auf den harten Luftstrom in meinem Körper und nicht auf die brennende Haut auf dem Arm.

»Marie!«, stammelte ich keuchend.

»Du bist mir ein feiner Held! Wartest, bis ich weg bin, um dir dann solche Sachen anzuschauen?«

»Marie!«, versuchte ich, mich aufbegehrend zu rechtfertigen.

»Nix Marie!«, schnauzte sie mich an. Und zischend sauste der lange, schmale Stab wieder auf meinen Unterarm. Er traf die gleiche Stelle von vorhin und die Qual sendete mir Feuchtigkeit in die Augen.

»Bitte – aua! Ich habe es von Frank bekommen«, wimmerte ich und bat sie darum, mir zuzuhören.

Sie baute sich vor mir auf, hob den Arm und ich verkrampfte mich in Erwartung des nächsten Schlages.

Und genau in dem Moment tat sich was in mir. Mein Atem wurde schwerer. Mein Unterleib erwärmte sich. Nein. Hitze stieg in ihm auf, verbrannte mich bis zum Bauchnabel und zog über die Innenschenkel weiter. Kein unbekanntes Gefühl, aber möglicherweise etwas unangemessen? Marie war stinksauer. Vielleicht sogar beleidigt. Und ich bekam 'ne Latte? Scheiße … ich steckte in großen Schwierigkeiten.

»Jetzt sind natürlich die anderen dran schuld!«, raunzte sie mich an.

Ich duckte mich.

»Feigling!«

Und schon knallte die Peitsche auf meinen Arm.

»Das reicht!«, entfuhr es mir und ich war aufgesprungen.

»Komm einen Schritt näher und ich züchtige dich erneut!«

»Mich züchtigen?« Hatte ich sie richtig verstanden?

»Du hast richtig gehört. Du erbärmlicher, kleiner Wicht! Guckst Sadomaso-Pornos und ich bekomme Blümchensex!«

»Was?« Meine runtergeklappte Kinnlade beschrieb meine offensichtliche Verwirrung.

»Auf die Knie!«

Ihr Knurren ließ mich sofort gehorchen, obwohl ich vor zwei

Minuten noch nach der Peitsche greifen wollte. Ich kniete vor ihr. Starrte sie an und meine Arme hingen sinnlos an mir herab. Ihr Ton hatte mich überrumpelt.

»Hände nach vorn!«

Unverwandt blickte ich sie an und glaubte nicht, was sich da gerade abspielte.

»Los … Hände ausstrecken!«, herrschte sie mich an.

Zögerlich hob ich die Arme.

Ich hatte mich von dem ersten Zwiespalt noch nicht erholt und wurde soeben in den nächsten hineingestoßen.

Wenn ich die Arme ausstreckte, wäre ich derjenige, der die Schläge abbekam. Dann wäre ich derjenige, der die Schmerzen … O Gott … Bei diesem Gedanken atmete ich tief ein. Mein Brustkorb hob sich, um so viel Sauerstoff einzuheimsen, dass ich diesen Vorgang verarbeiten konnte.

Doch der Sauerstoff wanderte nicht in mein Hirn. Nein … Er flutete die Lunge und schoss, lavagleich, hinab in den Unterbauch. Dort sammelte er sich, verband sich mit einem noch etwas schüchternen und zögerlichen Gefühl ungebremsten Verlangens und brachte meinen guten Kumpel zwischen den Beinen in arge Bedrängnis.

»Aber …«

»Nix aber! Stillhalten, bis ich die Fesseln dran habe.« Dabei konzentrierte sie sich auf schwarze Kabelbinder, die sie in Schlingen um meine Hände legte und als ich das Ratschen der Verschlüsse hörte, wurde mein Atem hektischer und ich auch.

Ich versuchte, noch einmal mit ihr zu reden. »Schatz, ich …«

»Schnauze!«

Ups.

Den Ton kannte ich bei ihr so nicht. Dass sie hin und wieder herumschrie, wenn ihr etwas nicht passte, ja, aber so … Ich zuckte erneut zusammen, dieses Mal unter ihrer Sprache und nicht der Peitsche.

»Runter, auf alle vier!«

Mit gefesselten Handgelenken beugte ich mich nach vorn. Dabei streifte ich mit der Hüfte den niedrigen Couchtisch und durch die Erschütterung wackelte die Mouse, der Film lief weiter. Aktives Stöhnen und klatschende Geräusche übertönten unsere Stille.

Ich schaute Marie an und sah in ihren Augen einen Ausdruck, der mich erzittern ließ. Es war eine Mischung aus Gier, Macht und Verlangen, die mich eiskalt erwischten.

Meine Marie.

Ich stand auf allen vieren, ließ sie aber nicht aus den Augen. Der Anblick löste in mir eine verruchte Welle der Lust aus. Mir wurde wärmer, so als hätte ich einen gierigen Schluck Whiskey hinuntergestürzt. Es brannte in meinem Hals, hinab in den Magen und dort traf es auf die Hitze, die ihre Schläge schon ausgelöst hatten.

Die Welle schwappte mit einer Lust über mich hinweg, nahm mir den Atem. Den Verstand und meine Entschlusskraft.

Ich blieb in der Position. Verharrte und wartete. Marie schluckte schwer. Sie durfte jetzt nicht unsicher werden. Sie durfte nicht zweifeln. Ich hatte das dringende Bedürfnis, ihr gut zureden zu wollen, bis mir klar wurde, dass ich in einer äußerst prekären Situation war.

Aber, so wie es aussah, brauchte sie meinen Zuspruch nicht. Selbstbewusst zerrte sie das Jackett von den Schultern und ich bekam abermals Schnappatmung. Trug sie doch tatsächlich darunter ein schwarzes Korsett, eng geschnürt, sodass ihre prallen Brüste in wundervollen Halbkugeln aus dem Ausschnitt quollen.

Die Peitsche legte sie nicht aus der Hand. Streifte den Ärmel über die Lederpeitsche und zog diese mit einer eleganten Bewegung hindurch.

Neugierde packte mich und ich wollte sehen, was sie sonst noch zu bieten hatte. Was verbarg sich unter ihrem Rock?

Mit Genuss hätte ich liebend gern den Stoff nach unten geschoben und das Überraschungspaket angeschaut. Mein Körper war schneller als mein Verstand. Ich richtete mich auf.

Und unvorhergesehen hatte ich mit dem Lederteil eine übergezogen bekommen.

Vor Schmerz beugte ich meinen Körper und zischend wisch meine Luft aus der Lunge. »Verdammt!«

»Du sollst auf allen vieren bleiben!«

»Das hat wehgetan!«, jammerte ich und die Hitze in mir war für den Moment vergessen.

»Sollte es!«

»Danke!«, keuchte ich auf und rieb umständlich an der Stelle.

»Los – Hände runter!«

»Das ist ziemlich …«

»Du sollst nicht diskutieren. Hände runter!«

Eine unbestimmte Vorahnung ließ mich gehorchen. Ich – gestandener Mann in gut bezahlter Stellung – kroch auf Knien vor meiner Frau herum. Und es machte mir nichts aus.

Ein Gefühl der Unterwürfigkeit breitete sich in mir aus. Mit einer gewissen Aufregung erwartete ich regelrecht ihr nächste Ansage.

»Bleib so stehen!«

Als ob ich mich bewegen würde. Mit wachsamen Augen verfolgte ich, was sie vorhatte. Sie klemmte sich die Peitsche zwischen ihre Schenkel. Und schon da hörte mein Verstand auf zu funktionieren. Schwarzes, dunkles Leder auf heller, weicher Haut. Der Stab drückte eine kleine Delle in ihr Fleisch und ich wollte nichts anderes, als genau dort mit der Zunge darüber zu huschen. Ich streckte mich ihr entgegen. Reckte meinen Hals, versuchte, einen Hauch ihres Duftes zu erhaschen und den Geschmack ihrer Haut zu kosten. Während ich mich danach sehnte, sie zu berühren, machte sie einen Schritt zurück, bückte sich, schob ihren Po nach hinten und beugte sich zum Couchtisch. Mit einem forschen Griff klappte sie meinen Laptop zu, kurz sah ich noch, wie die Frau nun vor dem Mann kniete und ihn oral befriedigte, dann war da nur noch Marie, deren Busen beinahe aus dem Korsett fiel und sie mich mit einem seltsamen Blick fixierte.

Sie zog den Tisch so weit weg, dass sie bequem zu mir laufen konnte.

»Komm hier her. Etwas mehr in die Mitte.«

Ich hatte das Bedürfnis, ihr diese Aufforderung so schnell wie möglich zu erfüllen. Meine Hände setzte ich vor und stellte die Beine vorsichtig hinterher. Immer weiter, bis ich an ihrer gewünschten Stelle stand.

Mit bedächtigen Schritten umrundete sie mich und ich konnte sie nicht mehr verfolgen. So ließ ich den Kopf nach unten hängen und versuchte zu hören, wo sie sich gerade befand.

»Das gefällt mir!« Ihre Stimme umschmeichelte mich. Und ich fühlte mich geehrt? Ich fühlte mich geehrt, weil ich ihr so gefiel? Oha!

Die Wärme, die mich durchlief, bestätigte meine Vermutung. Sehnte ich mich insgeheim schon ewig nach so einer Möglichkeit?

»Ich stelle fest: Du bist lernfähig. Aber unterschwellig verspüre ich doch Rebellion. Was nun … Sandro … Welche Rolle brauchst du?« Sie fuhr mit dem zusammengefalteten Lederriemen über meinen Rücken, hinab zur Hüfte, strich den Hintern entlang und weiter die Unterseite des Oberschenkels abwärts. Jeder Zentimeter, den sie quälend langsam berührte, brannte sich durch mein Shirt und die Jeans.

Wohin mit meinen überschäumenden Gefühlen? Die Stellen glühten. Ich schmolz vor unbändigem Begehren. Jetzt gerade fühlte ich mich wie der Schokoladenweihnachtsmann, der zu dicht an der Kerze gestanden hatte. Die Hülle blieb stehen, doch innerlich tropfte mir mein Verlangen auf den Boden der Gier.

Am liebsten wollte ich meine Klamotten vom Leib reißen. Ich wollte mich ihr präsentieren. Sie sollte mich in meiner ganzen männlichen Imperfektion sehen.

Das auch sie ihre Taten genoss, hörte man und wenn ich mir gestattete, den Kopf kurz zu drehen, gelang es mir, ihr Antlitz zu erhaschen.

Vor Wollust geschlossene Augen, die Unterlippe zwischen die Zähne gezogen, sah sie wie der Inbegriff einer Nymphomanin aus.

Es war so, als konnte sie durch die Peitsche meine Lust spüren. Diente der Lederriemen als Gefühlsverstärker?

Wenn, dann funktionierte er aber auf beiden Seiten. Ich war definitiv hin und weg. Ich musste herausbekommen, wie weit Marie in dieser Sache hier gehen würde. Ich wollte sehen, ob sie den Mut aufbrachte, diese Gelegenheit zu Ende zu bringen.

Fasziniert wartete ich auf die nächste Reaktion. Auf die Aktion. Was würde sie sich einfallen lassen, um mich zu bestrafen? Ganz schön verwegen von mir, so zu denken.

Hatte sie mich nicht gefragt, welche Rolle ich besetzen wollte?

In diesem Augenblick war ich der auf Knien und es gefiel mir, so wollte ich es.

»Bestraf mich!« Meine Stimme klang selbst für mich zu kratzig und zu unsicher.

Mit einem selbstgefälligen Unterton hörte ich sie murmeln: »Hm … der Herr hat sich also entschieden.«

Dann hörte und sah ich für einen Augenblick nichts, denn ich schloss die Augen, um mich mit meiner Entscheidung abzufinden. Ich hätte es lassen sollen, denn dann hätte ich es kommen sehen. Der Schlag traf die weiche Haut zwischen Hintern und Oberschenkel.

Verdammt. Ich keuchte laut auf, mein Atem stockte und der Schmerz zog sich durch meinen gesamten Körper. Ich versteifte mich, spannte meine Muskeln an – ein fataler Fehler –, denn es traf mich in dem Moment ein weiterer Hieb.

Die schon nicht mehr vorhandene Luft in mir presste sich denn noch heraus und ich gab ein schmerzerfülltes Grunzen von mir.

»O ja … Du bist ein wirklich böser Junge. Ich versohle dir kräftig den Arsch. Aber so macht es kaum Spaß. Los! Zieh die Hose runter und das Shirt über den Kopf.«

Ein Streicheln folgte der Aufforderung und ich genoss diesen rauen, machttrunkenen unterschwelligen Ton in ihrer Stimme zu lange.

»Beeil dich!«, forderte sie mich herrisch auf, was mir wiederum sehr gefiel, und der anschließende Schlag auf meinen Allerwertesten versetzte mich in eine Art gehorsame Euphorie.

Ich rappelte mich auf, sah auf meine gefesselten Hände und warf Marie einen fragenden Blick zu.

Hochmütig zuckte sie mit den Schultern und ein »Sieh zu!«, überließen mich meinen Fähigkeiten.

Wild entschlossen, ihr zu gefallen, versuchte ich, mit meinen gefesselten Händen den Hosenstall zu öffnen. Tja, Freiheit weiß man erst dann zu schätzen, wenn man sie eingebüßt hatte. Zuerst fummelten die Daumen am Reißverschluss, dann die Zeigefinger und erst bei einer Kombination aus allen Fingern gelang es mir, den Verschluss zu fassen und ihn aufzuziehen. Die Hose über die Hüften zu streifen, stellte sich erneut als Herausforderung dar. Und da ich die Unterhose ebenfalls mit runterziehen musste, machte mich ihr taktvolles Schlagen der Peitsche in die Hand zusätzlich nervös.

Das Shirt schaffte ich, trotz aller Eile und akrobatischen Versuchen, nicht. Das ärgerte mich, weil ich dann ihre Anordnungen nicht erfüllen konnte.

Ich scheiterte in meinem verzweifelten Versuch, mit dem zusammengebundenen Händen, das Shirt hochzuziehen. »Das haut so nicht hin.«

Sie blickte mich wütend an. Dann holte sie tief Luft und ich vermutete schon das Schlimmste. Wobei mir der Umfang von »das Schlimmste« nicht vorschwebte.

»Ich sehe es. Wahrscheinlich müssen wir da noch ein paar Abstriche machen, uns absprechen oder …«

Ich starrte sie wieder nur an.

»Oder, wenn ich heimkomme und dich bei so was erwische, hast du gleich nackt dazusitzen!«

In dem Moment klappte mir die Kinnlade erneut hinab. »Ich schwöre, das war das erste Mal!«

»Erzähl nicht. Als ob du sonst nie Pornos anguckst. Schwachsinn!«

»Du kannst mir ruhig glauben.«

»Dann eher einem räudigen Straßenköter!«

Autsch, das tat weh. Ich wusste nicht, dass sie so schlecht von mir dachte. Wie konnte ich sie überzeugen, dass ich …

Sie trat hinter mich.

Ihre Schuhspitze berührte meinen Unterschenkel und drückte heftig dagegen. Ich konnte nicht feststellen, ob sie es absichtlich machte. Der Lederriemen wurde über meinen nackten Hintern gezogen. Entlang der Kante meines noch herunterhängenden Shirts. Ich konnte das weiche Leder auf der Haut spüren. Dann merkte ich nur den Druck durch den Stoff. Es war interessant. Es war aufregend.

Das Blut schoss mir durch die Adern. Es rauschte in meinen Ohren und ich hatte den Eindruck, dass es Marie nicht anders erging.

Die Lust überwältigte mich und mein Schwanz füllte sich mehr und mehr mit Blut und schwoll zu einer stattlichen Größe an. Ich hatte nie Probleme mit der Potenz, kam auch ziemlich punktgenau zum gewünschten Ergebnis. Doch dass mein bester Freund so begierig auf diese Situation war, war mir doch etwas unbegreiflich. Natürlich war ich erregt. Die innere Hitze überwältigte mich schon, seit ich diesen verflixten Laptop aufgeklappt hatte und das Filmchen mit der besten Szene begann.

Und dieses ständige Auf und Ab an Gefühlsregungen hatte mich völlig verwirrt, daher war es mir richtig unverständlich, dass mein Teil sich so begierig nach vorn streckte.

Es war halt ein Mann. Das männlichste Mannteil, was ein Mann haben konnte.

Ich griente zufrieden.

Aber nur so lange, bis sich ein brennender Schmerz über meinen Schwanz zur Schwanzwurzel, weiter den Unterbauch hinauf zum Hirn arbeitete.

Geschockt entwich mir der Atem. Auch beugte ich mich ein wenig nach vorn, was mich aus dem Gleichgewicht brachte und ich mit ausgestreckten Händen wieder auf alle viere fiel.

Abgehackt preschte Luft durch meine Lungen, ich keuchte und versuchte dabei, den Schmerz wegzuatmen. Irgendwo hatte ich in den letzten Tagen gelesen, Frauen würden das unter der Geburt so machen, um den Schmerz zu verarbeiten. Und tatsächlich. Das Brennen verwandelte sich in ein wohltuendes Zwicken. Ein mir bisher völlig unbekannter Schmerz. Den ich aber willkommen hieß.

Marie fuhr mit der Peitsche über die Seiten meines Körpers. Zwischen Hüfte und Rippenbögen befand sich bei mir keine durchtrainierte Adonis-Taille, sondern eine Wohlstandsrolle, die in letzter Zeit stetig anwuchs.

Und genau darüber ließ sie den Lederriemen gleiten, folgte jeder noch so imperfekten Körperform und nun konnte ich ihren unregelmäßigen Atem hören.

In dem Moment war ich so erregt, dass ich ein Grunzen von mir gab. Ich war von Lust überfordert.

Nach und nach schob sie mein Shirt den Rücken hinauf. Die Hitze, die sich darunter gesammelt hatte, schwebte wie eine Aura um mich herum. Mir wurde nicht kalt. Konnte es auch gar nicht. Jede Berührung, die Marie mir gönnte, ließ meinen

Körper auf Hochtouren laufen. Ich war wie ein Motor, bei dem man immer Gas gab, aber die Handbremse nicht löste.

Das Leder strich über meine Haut. Sanft und warm bewegte es sich das Rückgrat entlang. Einmal eine schnelle gerade Linie. Dann wieder Tupfen und am meisten gefielen mir die Schlängellinien. Wie ein läufiger Kater drückte ich den Rücken durch, dem Lederriemen entgegen, wollte jeden Kontakt auskosten.

»Dir gefällt das. Hm?«, raunte sie nahe an meinem Ohr.

Ich hatte nicht einmal bemerkt, dass sie sich zu mir gebückt hatte.

Mein Schnurren könnte sie in der Annahme bestätigen. Mir gefiel es tatsächlich. Ich rekelte mich vor ihr, was natürlich mit den gebundenen Händen immer noch ein Kunststück war. Ich reckte meine Schultern zu ihr. Wünschte mir, einen Katzenbuckel machen zu können, der es ihr ermöglichte, alles gleichzeitig zu berühren.

Mit den Hüften vollführte ich Luftstößen, weil mein Drang, mich irgendwo hineinzubohren, übermenschlich wurde.

Ich denke mal, ich war eine zuckende Masse Mensch. Wohlig bewegte ich mich vor ihr. Ließ den Kopf hängen und fühlte mich einfach nur richtig gut.

Bis sich brennender Schmerz auf meinen Arschbacken verteilte.

Klatsch.

Klatsch.

Klatsch.

Zwirbelndes Brennen, ganz so, als hätte mein großer Bruder wieder bei mir »Brennnessel« am Arm gespielt – nur tausendmal intensiver, durchbrach mein lustvolles Denken.

Unvorhergesehen sank ich in mir zusammen. Wollte mich dem Schmerz entziehen und doch …

Und doch, entfachte er eine andere Stelle in meinem Körper, die, die ebenfalls für Lust zuständig war. Keine Ahnung, wo die auf einmal herkam. Aber ich schaffte es gerade so, die aufsteigende Gier nach mehr nicht hinauszuschreien. Ich wackelte und bebte und musste mir den Gedanken gefallen lassen, mich genauso zügellos zu winden wie die Frau im Video. Ich war nicht besser.

Ich empfand dieselbe Lust.

»Ich sehe, dir gefällt deine Stellung?« Die Anzüglichkeit ihrer Frage ließ mich erzittern. Und noch ehe ich mir bewusst wurde, wie sehr mir die Rolle gefiel und wie um Himmelswillen ich da hineingeraten war, bekam ich von ihr einen weiteren Schlag auf den Hintern.

Mein Körper schnellte nach vorn, meine Hände kämpften um einen stabilen Stand und ich damit, die Beine nicht zu deutlich noch weiter auseinanderzustellen.

Die Vorstellung, der Lederriemen träfe die empfindliche Haut meiner Arschbacken, ziemlich in der Nähe von dem weichen Beutel, in dem ein Teil meiner Männlichkeit gut geschützt verpackt war, ließ mich winseln. Und wenn dann der aufklatschende Riemen einen Laut vernehmen ließ, wenn er auf den Hodensack traf …

»Marie … bitte!« Ach herrje. Nun war es so weit. Ich wimmerte. Bettelnd forderte ich sie auf zuzuschlagen. Tiefer, härter und genau an den Stellen, die ich mir wünschte.

Sie ging dazu über, die Peitsche überall auf meinen Rücken und Hintern aufprallen zu lassen. Die Hitze war unglaublich. Sie verbrannte mich. Mein gesamter Körper wackelte, dehnte sich, wollte zu ihr. Und sie lief um mich herum. Malträtierte mich mit dem Lederriemen.

Abrupt blieb sie vor mir stehen.

Ich hob meinen Kopf und starrte genau auf ihre Möse. Auf das wildbewachsene Dreieck, das mir so vertraut war.

Weiter streckte ich den Hals, wollte mein Gesicht in ihren Schoß pressen und meine Zunge im Rhythmus ihrer Schläge in sie bohren. Ich war gewillt und bereit.

Mein Schwanz war so hart wie schon lange nicht mehr. Er gierte nach einer feuchten nassen Höhle.

Aber als ich sie so durch die halbgeschlossenen Lider betrachtete, war klar: Sie würde alles bekommen und ich eher den Rest. Breitbeinig stand sie vor mir. Hob meinen Kopf mit dem Lederriemen an. Blickte mir tief in die Augen und ihr Lächeln machten mir ein wenig Angst.

»Leck mich!«, forderte sie und zog den Riemen unter meinem Kinn in ihre Richtung.

Ich würde mich schwer hüten, ihr nicht zu Diensten zu sein. Stück für Stück zog sie mich näher. Ihren Duft roch ich schon, da war ich noch mindestens eine Handlänge entfernt. Und ich gierte danach, meine Zunge in die Haare zu wühlen, ihre Schamlippen auseinanderzudrücken und das heiße, feuchte Fleisch zu kosten.

O Gott, wie sehr sehnte ich mich auf einmal, diese dunkle Lust zu schmecken, diesen Geschmack am Gaumen zu verreiben. Sie zu inhalieren.

Und während sie mir gestattete, ihr immer näher zu kommen, mir schon in wollüstiger Erwartung die zitternden Lippen leckte, verteilte sie auf meinen Rücken schnelle, feste Hiebe. Bei jedem zuckte ich in ihre Richtung.

Endlich durfte ich mich an ihr vergehen. Meine Zunge schnellte genauso rasch vor wie ihre Schläge. Ich grub mein Gesicht in ihr Fell, rubbelte mich tief hinein. Verschlang ihren Geschmack und ihre Feuchtigkeit mit einer Intensität, die sie ins Schwanken brachten.

Gern hätte ich sie gehalten, aber meine Hände …

Aber genau in diesem Augenblick bemerkte ich, wie sie sich in ihrer Rolle gefiel. Ihre Schenkel zitterten. Ihre Möse war so feucht, dass ich an ihr fast ertrank. Und doch trat sie einen Schritt zurück. Genoss sichtlich ihre Kontrolle über ihre Lust und wankte unsicher um mich herum.

Demütig vor so viel Geilheit ließ ich den Kopf hängen. Gewährte ihr alle Macht, die sie haben wollte, und wartete darauf, was sie sich als Nächstes einfallen ließ.

»Ich hoffe doch, du bist ab jetzt ein artiger Junge und ich muss dir nicht täglich eine Lektion erteilen.« Ihre rauchig heisere Stimme initiierte jedoch etwas anderes und schon waren alle normalen Gedanken weg.

Ich spürte noch, wie sie sich auf meinen Rücken setzte. Ihr feines Haar kitzelte mich ziemlich genau auf dem Rückgrat und ihre Feuchtigkeit benetzte meine Haut. Sie beugte sich vor und lag halbwegs auf mir. Ihr Korsett drückte gegen mich und rieb heftig an manchen Stellen. Aber auch das törnte mich einfach nur an.

Als sie durch eine gezielte Bewegung ihre Nässe auf meinem Rücken verteilte, war es vorbei mit meiner Zurückhaltung.

»Marie! Marie!«, keuchte ich erschreckt hintereinander. Mein Körper erstarrte, mein Puls hämmerte in rasender Geschwindigkeit durch mich hindurch und mein bester Freund, ihr Liebesdiener, versteifte sich ins Unermessliche. Ich stöhnte. Ich wimmerte. Ich kam.

Die Enge meiner sich zusammenziehenden Hoden, der gelungen platzierte Schlag auf selbigen, die überschäumende Hitze erlaubten mir zu kommen.

Ich schloss die Augen, mein Kiefer öffnete sich mit nicht enden wollenden Erstaunen und meine sichtbare Lust verteilte sich unter mir auf dem Boden. Dabei zuckte mein Becken derart, dass Marie sich kaum halten konnte und von mir abstieg.

»Darüber reden wir noch, Freundchen«, maulte sie leichthin und klopfte mir auf den Arsch.

Der Orgasmus forderte alle meine Kräfte. Ich kippte zur Seite, darauf bedacht, mich nicht zu verletzen, und blieb einfach so liegen.

»Da geht noch mehr!« Marie stand vor mir, eine Hand zwischen ihren Schamlippen spielend, die andere mit der Peitsche gegen die Seite ihres Beines klopfend.

»Bestimmt!«, krächzte ich und versuchte, meinen Atem unter Kontrolle zu bekommen.

»Die Sauerei – wer soll die wegmachen? So eine Verschwendung! Ich bin so enttäuscht von dir. Konntest du dich nicht zusammenreißen?«

In ihrer Stimme schwang etwas Seltsames mit. Ich war hin- und hergerissen. Neugierde, Vorahnung und einer gewissen Unsicherheit, die mich so antörnte, dass mein bester Freund von ganz allein wieder zum Leben erwachte.

Auch Marie sah das Ergebnis und ich konnte nun sehr deutlich ausmachen, nach was es ihr verlangte. Nach purer Lust! Nach Sex.

Und wer wäre ich, es ihr abzuschlagen.

Meine Hände kribbelten. Wie lange schon, keine Ahnung. Vielleicht war es an der Zeit, die Rollen zu tauschen.

Wenn der Postbote zweimal klingelt

»Emma, ich bin weg! Heute Abend wird es sicherlich wieder später. Du musst nicht auf mich warten!«

»Jordan!«, rief sie ihm hinterher. »Was ist mit dem Treffen bei Udo und …«

Da fiel die Haustür auch schon ins Schloss. Emma hätte am liebsten mit dem Fuß aufgestampft. Konnte er sich nicht einmal an die vereinbarten Termine halten? War das so schwer? Sie hatten ihn vor einer Woche zusammen ausgemacht. Mit Udo und Sabine. Und nun?

Sie fluchte lautstark. Der Ärger musste raus. Nun blieb es an ihr hängen, sich bei den beiden zu entschuldigen und das Treffen abzusagen. Klar könnte sie allein hingehen. Doch sie hatte wenig Bock darauf, ständig seine Abwesenheit erklären zu müssen. Es nervte.

Freilich wussten alle, dass er ein Workaholic war, aber irgendwie blieb es trotzdem immer an ihr hängen, bei Freunden abzusagen.

»Was sage ich denen nun?«, flüsterte sie vor sich hin, als sie nach dem Telefon griff und Sabines Nummer suchte. Dann erhaschte sie einen Blick auf die Uhrzeit und legte das Handy wieder beiseite. So früh wollte keiner eine Abfuhr erhalten. Emma grinste und erledigte einige Sachen im Haushalt, bevor sie sich an ihre Arbeit setzte.

Der Laptop war ihr wichtigstes Arbeitsmittel. Als Schriftstellerin konnte sie überall und nirgends schreiben. Sie hatte ein Faible für bequeme Stühle und Kurzgeschichten. Die darauf entstandenen Geschichten waren auch nie ohne.

Doch am liebsten saß sie in der modern eingerichteten offenen Küche. Sie liebte den Blick hinaus in die Natur, wenn sie am Esstisch arbeitete. Der Glastisch entschuldigte auch keine Nachlässigkeiten beim Putzen und die weißen Lederstühle, die eine moderne, aber bequeme Form hatten, luden zum Verweilen ein. Sie konnte sich darauf fläzen, bequem die Beine unterschlagen und vor allem konsequent stundenlang arbeiten. Ja, das war hier definitiv ihr Lieblingsort.

Heute brauchte sie etwas mehr Stimmung. Nachdem Jordan sie so geärgert hatte, tat es ihr gut, sich ein wenig Balsam für die Seele zu gönnen. Manchmal schenkte sie sich ein Glas von dem guten Bordeaux ein. Aber nach diesem Vorfall ging sie zurück ins Schlafzimmer, zerrte sich Shirt und Jogginghose vom Leib, suchte ihr sündigstes Negligé heraus, schminkte sich aufreizend und setzte sich so angezogen in die Küche. Ließ sich die Sonnenstrahlen auf die Füße scheinen und badete sich in ihren Wohlfühlgefühlen. Sie durfte es nicht zulassen, dass Jordan sie mit seiner Unaufmerksamkeit verletzte. Dazu war sie sich einfach zu schade. Auch wenn sie ihn sehr schätzte, so hatte er sich selbst aus ihrem Lebensmittelpunkt entfernt. Dann sollte er sich mit seiner Arbeit vergnügen und sie … ja, sie genoss das Leben.

Mit dieser Einstellung, nach zwei geleerten Gläsern Wein und mindestens zehn Seiten für ihr nächstes Schreibprojekt feierte sie sich selbst.

Emma klappte gerade den Laptop zu, da läutete es an der Tür. Mit schnellen Schritten lief sie darauf zu, zog die Haustür auf und erstarrte für einen Moment.

Ein Postbote stand auf der obersten Stufe, etwas schräg mit den Rücken zu ihr und war in den Anblick ihres Vorgartens versunken. Anerkennend hatte er die Augenbrauen hochgezogen und seine Lippen waren zu einem stummen Pfiff geformt.

Er sah sexy aus, stellte Emma fest. Die Haare trug er kurz, der Pony jedoch fiel ihm leicht in die Stirn. Seine Augenbrauen wölbten sich über die Augen und verliehen ihnen einen unergründlichen Hauch. Zu ihrer Verwunderung war er rasiert. Die Haut war glatt und spannte sich über kantige Kinnformen. Hals, Schultern und Arme waren von kräftigen Muskeln bedeckt. Seine Uniform betonte die schmale Taille und umspannte einen festen Hintern.

Emma genoss seinen Anblick. Er hatte sie bisher nicht bemerkt und sie ließ ihren Blick genüsslich wandern. Gönnte sich jede noch so intime Stelle. Verharrte auf dem breiten Oberkörper, um dann über den Bauch, wo sie inständig hoffte, darunter befände sich ein Sixpack, weiter zu seiner Körpermitte zu streifen.

Mit den Augen zog sie ihn regelrecht aus. Wünschte sich intensiv, sehen zu können, was er unter dem Stoff verbarg. Wo sie ihre Fingerspitzen entlanggleiten lassen könnte.

Ein Schauer der Vorfreude und Erregung erfasste sie.

Wie von selbst richteten sich ihre Brustwarzen auf. In ihrer Körpermitte flackerte die Wärme auf, die sie vorhin durch den Wein und ihre Geschichte angeschürt hatte. Sachte Flammen züngelten sich an ihren Nervenbahnen entlang. Brachten ihre Weichteile im Bauch und in den Schenkeln zum Schmelzen. Vorsichtig formten sich die festen Bestandteile in Pudding um und Emma überlief ein verruchter Schauer.

Was wäre, wenn sie sich vorstellen könnte, mehr als nur seinen Oberkörper und das Sixpack mit den Fingerspitzen zu erkunden? Was, wenn sie vor ihm auf die Knie gehen würde? Seine fesche Uniformhose nach unten zog und sich an seiner Männlichkeit gütlich tun würde?

O Gott, was waren das für Gedanken!

Sie konnte sich doch sonst nie vorstellen, was mit einem anderen anzufangen! Was war nur los mit ihr? Garantiert war das zweite Glas Wein zu warm gewesen. Sicherlich eher Glühwein, denn irgendwoher musste die Hitze in ihr kommen.

Der Kerl sollte sie doch langsam mal bemerken. So beeindruckend war der Vorgarten auch nicht. Na, sie wollte gerecht bleiben. Er war schon ein kleines Kunstwerk. Nur sie hatte sich daran gewöhnt.

Ihr blieb dafür die Zeit, sich an ihm zu ergötzen. Das tat sie auch hinreichend. Emma lehnte sich gegen die Tür und magisch wurde ihr Blick von der Körpermitte des Mannes angezogen. Die Beule unter dem Stoff war stattlich.

Und dabei war er nicht einmal erigiert. Ein Schauer ließ sie die Schultern zusammenziehen und selbstgefällig grinsen. Ja, die Vorstellung, so einen Prachtkerl zwischen den Schenkeln zu haben, machte sie wuschig. Genau dort wurde es auch stetig hitziger. Sie war gefesselt von der Idee, sich mit ihm ein wenig Spaß zu gönnen.

Wahrscheinlich hatte sie einen sehnsüchtigen Laut von sich gegeben, denn der Kerl drehte sich zu ihr. Seine Augen sprachen Bände. Voller Verzückung und Anbetung.

Als er ihrer gewahr wurde, änderte sich der Ausdruck schlagartig. Von Verwunderung zu Erstaunen, dann zu Faszination.

Noch bevor er etwas sagte, senkten sich seine Lider und er atmete tief ein. Als er Emma wieder anschaute, stand pures Verlangen in seinen Augen.

Das brachte sie aus dem Gleichgewicht. Sie schnappte nach Luft, dabei hob sich ihr Busen sehr deutlich und er stierte darauf. Da sie außer dem feinen Stück Stoff nichts anhatte, was ihre Nacktheit verbergen könnte, war das keine Barriere für seinen Blick.

Er starrte sie für einen gefühlten langen Moment genauso intensiv an wie eben noch ihren Vorgarten. Fast schien es ihr, als würde er Zentimeter für Zentimeter ihres Körpers abscannen, um Unebenheiten zu finden. Doch da musste sie ihn enttäuschen. Die einzigen hervorstehenden Ungleichmäßigkeiten waren ihre Brustwarzen, die sich unter seinem forschenden Blick in steinharte Kiesel verwandelt hatten. Aufgeregt drängten sie sich gegen den hauchdünnen Stoff und luden ihn ein, mehr als nur zu schauen.

»Ich hätte da ein Einschreiben«, hörte Emma eine heisere Stimme sagen.

Sie sah ihm ins Gesicht und schluckte hart. Ab hier war alles möglich.

»Wo muss ich unterschreiben?« Sie klang nicht besser. Reibeisenstimme, fast nackt, stehende Nippel und den Kopf voller gieriger Gedanken.

»Auf meinem Gerät«, antwortete er mit einem süffisanten Unterton.

»Spannend!«, platzte es ihr heraus.

»Sie müssten sich allerdings ausweisen.«

»Oh … Kommen Sie rein! Da muss ich in die Küche.«

Emma war so aufgeregt. Sie schaute über die Schulter, ob er ihr folgte und die Tür schloss. Sie kramte schon in der Tasche, als sie seine Schritte hinter sich hörte. Unvermittelt legten sich seine Hände auf ihre Taille und heißer Atem streifte ihr Ohr.

»Suchen Sie tiefer!«, forderte er Emma auf und sie verstand sofort, was er wollte. Ohne lange über Konsequenzen nachzudenken, stützte sie sich an der Tischkante ab und streckte ihren Hintern weiter raus. Gegen seinen festen Körper. Gegen seinen Unterleib. Gegen stahlharte Oberschenkel und einen erigierten Schwanz.

Ein Traum von einem langen, harten Kerl. In jeder Hinsicht.

Sie ließ ihn mit einer winzigen geschmeidigen Bewegung ihrer Hüfte wissen, dass sie mit allem einverstanden war.

Er zog sie fester an sich, presste sich gegen sie, hielt sie umfangen. Seine Hände brannten an den Stellen, die er berührte. Ihre Haut kribbelte und sehnte sich danach, mehr zu wollen. Und nicht nur ihre Haut. Auch in ihr pulsierte das Verlangen. Jede Faser ihres Körpers gierten nach Berührungen, Zärtlichkeiten und fest zupackenden Händen, die sie in die höchsten Sphären der Lust katapultierten.

Ihre innere Aufgeregtheit, die sie stets beim Schreiben ihrer Geschichten überfiel, drängte nach Erfüllung. Fester rieb sie sich an seinem Unterleib und sein hartes Teil ließ sie vor lauter erregender Vorfreude tief Luft holen.

Der verlangende Druck seiner Finger, die sich einen Weg über ihren Bauch zwischen Nabel und Schambein suchten, machte sie wahnsinnig. Wahnsinnig vor Hitze und aufwallenden Gefühlen. Sie keuchte leise und war sich noch nicht sicher, wollte sie weglaufen oder sich darauf einlassen.

Eigentlich doch. Sie war sich sicher. Emma wusste, was sie wollte. Nämlich alles. Ihn! Hier und jetzt!

Mit einer einladenden Geste presste sie sich stärker an ihn. Lehnte sich an ihn, um seine muskulöse Brust an ihrem Rücken zu spüren.

Seine Hitze vermischte sich mit ihrer. Eng umschlungen standen sie in der Küche und rieben ihre Körper aneinander. Seine Hände begannen, ziellos und doch zielgerichtet über ihren Unterleib zu gleiten. Er schob den dünnen Stoff hin und her. Das sanft flüsternde Kratzen auf der Haut hörte sich überlaut an. Es rauschte in ihren Ohren.

Oder war es ihr überschäumendes Blut, das so schnell durch ihre Adern schoss, dass es viele winzige Bläschen bildete, die in der Nähe von ihrem Ohr platzten. Betäubend. Anregend.

Er hauchte ihr etwas ins Ohr.

Waren es Worte?

Sie konnte es nicht verstehen. Sie konnte es nicht fassen.

Sein heißer Atem versenkte die zarte Haut hinter ihren Ohrläppchen. Verbrannte sie bis tief hinein in alle Hautschichten, um dann innerhalb von Sekunden abzukühlen. Eine Gänsehaut hinterließ und sie mit einem verzückten Schauer belohnte.

Natürlich blieb ihre Reaktion ihm nicht verborgen und sie konnte den Druck seines harten Schaftes zwischen ihren Pobacken spüren. Sehr intensiv. Sehr nachdrücklich.

Und höchst willkommen.

Mit Schwung drehte er sie in seinen Armen herum.

Nun standen sie Bauch an Bauch. Brust an Brust.

Ihre Arme umschlangen aus Reflex seine Taille, um sich zu stützen und um, ganz uneigennützig, ihn berühren zu können.

Seine Hände waren sofort weiter nach unten gerutscht. Umfassten mit einem festen Griff ihren Hintern. Knetete das nachgiebige Fleisch und gruben sich tiefer und näher an ihre Pospalte. Jede der Berührungen erfasste genau diesen einen Punkt in ihr, dass sich ein Wirbelwind an Gefühlen aufbaute. Sie war willig. Sie war bereit. Sie würde zu nichts Nein sagen. Garantiert nicht.

Jordan, ihr Mann, war meistens so gestresst, dass ihm eine schnelle Nummer reichte, wobei seine Gedanken schon wieder im nächsten Projekt zu hängen schienen. Manchmal hatte sie das Gefühl, er benutzte sie nur, um Anspannungen abzubauen. Sie sehnte sich nach Bestätigung, nach körperlicher Nähe und vor allem nach sexueller Anerkennung. Nichts von alledem hatte sie in den letzten Wochen von ihm bekommen. Reichten Wochen noch?

Der Postbote, dessen Namen sie nicht wusste und er sie auch nicht interessierte, rieb mit unnachgiebigem Druck über ihr Schambein. Die Wärme seiner Hand brannte sich in ihr Fleisch. Machte es schwammig, nachgiebig, gierig.

Mit Wohlwollen bemerkte sie, wie sich die Feuchtigkeit zwischen ihren Schenkeln sammelte. Eine flüssige Hitze, die wundervolle Erlebnisse versprach. Der dünne Stoff würde sich nachher auf ihrer Haut wiederfinden. Vielleicht sogar eingebrannt, als ewiges Muster. Oh, wie ihr das gefallen würde, ständig daran erinnert zu werden, was er gleich mit ihr tun würde.

Hach. Sie lehnte den Kopf an seine Schulter, schmiegte sich an seine Halsbeuge. Und kuschelte sich so dicht wie möglich an ihn, um an ihm zu schnuppern, die Mischung aus herber Männlichkeit und Deodorant zu inhalieren. Sich daran zu berauschen und die Erregung zu genießen, die sich in ihr verdoppelte.

O nein, vervielfachte. Denn die kleinen, gierigen Lauten konnten nur von ihr sein.

Es reichte eine geringfügige Neigung und sie berührte seinen Hals. Traf mit den Lippen genau die Stelle, an der sich die kräftige Halsmuskulatur mit dem dominanten Kiefer vereinte. Emma gab ein sinnliches Stöhnen von sich. So explizit empfand sie diesen Kontrast. Weichheit, Rauheit und Anspannung. Seine Muskulatur unter der glattrasierten Haut war steinhart.

Und noch etwas war steinhart, sein Teil zwischen seinen Beinen, welches sich mit Nachdruck gegen ihren Bauch presste. Sie wiederum presste sich gegen ihn. Vermittelte ihm ihr Einverständnis, ihre Bereitwilligkeit.

Mit einer ihm eigenen Gelassenheit dirigierte er sie zum Tisch. Hob sie etwas an, damit sie den Hintern gut positionieren konnte und nicht abrutschte.

Nun war sie um einiges niedriger als er und ihr Gesicht befand auf seiner Brusthöhe. Was sie noch mehr verlockte, ihm nahe zu sein. Mit geschickten Handgriffen öffnete sie ihm sein Postbotenoberteil, um endlich mit den Fingerspitzen über die Haut fahren zu können. Genau wie seine Gesichtspartie war sein Körper unbehaart. Sie war positiv überrascht, nichts als glatte und warme Haut vorzufinden. Sie ließ ihre Finger darüber gleiten, berührte sie wie die Tasten auf ihrem Laptop. Strich darüber als wollte sie eine Geschichte darauf schreiben. Je intensiver sie so einige Stellen erkundete, desto heftiger hob sich sein Brustkorb gegen ihre Finger. Und sie genoss es. Am liebsten hätte sie einen seitenlangen Roman geschrieben, mit Hunderten Korrekturen, denn dann musste sie wieder und wieder darüberstreichen. Müsste einzelne Stellen ganz genau untersuchen, herausarbeiten und ersetzen, damit ein hervorragendes Ergebnis zustande käme.

Oder vielleicht wäre es auch möglich, eine Ode auf ihn zu dichten. Feste Muskeln, stahlharte Sehnen. Sie eigneten sich bestens dafür, als heroisch und erotisch durchzugehen.

Emma war begeistert. Sie war hingerissen. Sie war so auf die freigelegte Haut fixiert, dass sie ihre Erregung kaum mehr in den Mittelpunkt stellte. Ihre Finger erforschten. Ihre Augen bestaunten und nach kurzer Zeit überwand sie die Distanz und kostete.

Zischend sog sie Luft ein. Der männliche Duft. Die warme Haut. Seine Bewegungen unter ihren Lippen. Ein Hochgenuss an sinnlichen Empfindungen.

Während sich ihr Mund einen Weg über seinen Brustkorb eroberte, nahmen ihre Finger ein anderes Ziel in den Fokus und begannen dort, ihre Erkundungen aufzunehmen. Zielstrebig fuhren sie seinen Hosenbund entlang, suchten nach dem Knopf, kämpften darum, dessen Widerborstigkeit, nicht durch das Loch zu flutschen, schnell zu erledigen, um an den langersehnten harten Schaft zu kommen. Unbedingt wollte sie die samtene Haut über kräftigen Muskeln spüren.

Überrascht hielt sie in der Bewegung inne.

Auch hier war er unbehaart. Nicht ein einzelnes Haar, kein Flaum, nichts verriet die Anwesenheit einer natürlichen Körperbedeckung. Gleichmäßig gebräunte Haut präsentierte sich ihren neugierigen Augen. Und diese wussten, was sie da zu sehen bekamen. Ein Augenschmaus sozusagen.

Emma näherte sich seinem Geschlecht. Sie musste sich nach vorn beugen und ihn dadurch von sich wegdrängen. Eine leidige Nebenwirkung.

Sofort fehlte ihr die Hitze, die er ausstrahlte. Der wärmespendende Körper und die sie so festhaltenden Hände. Locker lagen diese nun auf ihren Schultern und strichen in kurzen Bewegungen darüber, so als wollte er den Kontakt nicht ganz aufgeben und verlieren.

Emma hatte nicht vor, sich von ihm zu trennen. Ihn loszulassen, ihn nicht mehr zu berühren dürfen. Sie schob ihre Schenkel etwas auseinander, um sich weiter nach vorn beugen zu können, um ihm umso näher sein zu können.

Mit einer schnellen und gezielten Bewegung legte sie ihre Hand auf seinen Unterbauch und mit Daumen und Zeigefinger umschloss sie den Ansatz seines Schaftes. Vorfreude durchrieselte sie bei dem Gedanken, dass er später in ihr sein könnte. Sie hoffte so, dass sie einander beglücken würden.

Nahe ihrem Gesicht zuckte ihr sein Penis entgegen. Eine dicke Fleischstange, die gut durchädert war. Auf Druck ihrer beiden Finger spürte sie den Widerstand. Die Kraft, die in ihm wohnte, und die Lust, die sie deutlich schnuppern konnte. Erdiger, machohafter Geruch, der ihr die Sinne raubte, sie dazu brachte, ihm sofort die Lippen überzustülpen.

Sie nahm ihn auf, umspielte ihn mit der Zunge. Leckte den Lusttropfen aus seinem schmalen Spalt und stöhnte sehnsüchtig dabei auf. Sie umschloss seine Kuppel. Betupfte in schnellen, kleinen Schlägen den Übergang zum dicken, langen Schaft und schabte mit den Zähnen leicht über die empfindliche Haut.

Seine Vorhaut hatte sie gleich zu Beginn nach hinten gestrichen und als sie mit sanften Bewegungen an ihm entlangglitt, schob sie sie hin und her. Weiche, glatte, samtene Haut, die über stahlhartes Fleisch wanderte.

Und daran ein Mann, der bei den Berührungen immer öfter zuckte. Leise und rau stöhnte und sich gegen ihren Mund schob.

»Hm …«, ließ sich Emma hinreißen zu seufzen. »Du schmeckst herrlich.«

Dann schlängelte sie mit der Zunge seine gesamte Länge auf und ab. Leckte über ihre Finger, verteilte ihren Speichel auf der Haut darunter, wanderte erneut zu seiner Peniskuppe und umkreiste diese.

Bei der nächsten Wanderung widmete sie sich seinem Beutel, der ebenfalls glatt und unbehaart unter seinem Schaft hing. Kleine Fältchen, die sich aneinanderschmiegten. Weiche Haut, die stattliche männliche Prachtkugeln verbarg.

Emma streichelte und knetete alles, was sie erreichen konnte. Sie leckte hoch und runter. Küsste, lutschte, knabberte. Für sie war diese geballte Manneskraft eine köstliche Herausforderung.

Ein kurzer Ruck löste sie von ihrem Genussmittel. Der Mann hatte sie urplötzlich von sich weggedrückt. Sein lüsterner Blick, den sie erhaschte, als sie fragend den Kopf hob, ließ sie erneut erschauern.

Er drückte sie weiter auf den Tisch. Sie spürte unter ihrem Rücken das kühle Glas. Ihre heiße Haut schien mit der Oberfläche zu verschmelzen. Flüssige Hitze traf auf kühle Erstarrung.

Und er schob sie weiter, bis sie vollends nachgab und vor ihm lag. Seine kräftigen Finger drängten sie zum Stillhalten.

Doch genau das wollte Emma auf keinen Fall. Sie wollte sich bewegen, ihn reizen, dem Rhythmus nachgeben, den er mit ihr eingehen würde.

Er jedoch beharrte darauf, dass sie liegen blieb. Bestimmt drückte er sie zurück. Streichelte in langen Strichen ihre nackten

Beine entlang. Von den Fersen bis hinauf zu den Schenkeln. Bewegte die Finger nur eine Winzigkeit neben die ursprüngliche Bahn und nahm sich die Strecke in der entgegengesetzten Richtung vor.

Nervenaufreibend langsam und dermaßen sinnlich überforderte er ihr Bewusstsein. Da war nichts mehr von Gelassenheit. Sie war ein regelrechtes zuckendes und wimmerndes Bündel an begierigerer Materie.

Ihrer Haut reagierte so empfindlich, dass die Berührungen einen sachten Schmerz erzeugten. Sie hatte nicht einmal geahnt, wie empfänglich sie sein konnte.

Emma verstand nicht, wie er es schaffte, sie mit so einfachen, profanen Mitteln aus der Reserve zu locken. Sie wollte ihren Kopf auf der Tischplatte hin und her wälzen, wollte ihren Po ihm entgegenrecken, wollte die Knie um seine Taille schlingen und ihn tief in sich aufnehmen. O Gott. Wie sehr sie sich nach dem harten Teil von ihm sehnte. Verzweifelt wünschte sie es sich sofort in sich. Er sollte in sie eindringen. Sie erobern. Sie besitzen.

Aber er strich nur in einer zermürbenden Langsamkeit über ihre Beine. Erkundete ihre Knöchel, ihre Kniekehlen, ihre Innenschenkel. So als hätte er alle Zeit der Welt, um sich um sie zu kümmern. Er huldigte ihrem Körper. Bemalte ihn mit imaginären göttlichen Symbolen und brachte sie zum Stöhnen. Seine Hände erschufen auf ihr wahre Meisterwerke. Tausende Feuerwerke, die gleichzeitig oder eins nach dem anderen explodierten. Funken überall. Auf ihrem Körper, in ihren Gedanken, in ihrer Seele.

Sie bekam nicht mit, wie er eins ihrer Beine anhob. Erst als er den Fuß mit einem seltsamen Blick belegte und seine Nase zwischen ihre Zehen presste, starrte sie ihn an.

Er wollte doch nicht?

»Nein!«, keuchte sie auf und wollte sich auf die Ellenbogen abstützen, ihm ihren Fuß entziehen. Aber er schaute nur über ihre Zehen hinweg in ihre Augen, zwinkerte ihr verschwörerisch zu und mit einer kurzen Kopfbewegung, die sie dazu brachte, ihr Vorhaben fallen zu lassen, bekam er das, was er wollte.

Emma blieb liegen und musste sich das erste Mal in ihrem Leben eingestehen, dass sie keine Argumente dagegen hatte. Also keine, die wirklich Hand und Fuß hatten. Bei dem Wortspiel musste sie kichern.

»Kitzlig?«, hörte sie ihn raunen.

Zwei drei Atemzüge brauchte sie, um zu verstehen, worauf er hinaus wollte.

»Nein«, war daher die normalste Antwort und die, zu der sie fähig war.

»Was amüsiert dich dann?«

»Nichts Wichtiges. Auf so etwas wie dich war ich nur nicht vorbereitet.«

»Dito.« Mehr sagte er nicht und steckte erneut seine Nase zwischen ihre Zehen. Ausgiebig beschnupperte er jeden einzelnen Zeh. Begann mit dem Kleinsten, strich über ihn, begutachtete ihn, um dann seinen Lippen darüber zu stülpen und daran zu saugen.

Emma schnippte aus ihrer waagerechten Lage und wollte ihm ihren Fuß erneut entziehen. Sie wollte eine andere Spielart. Fußfetisch – alles gut und schön. Aaaah … auch anregend. Und so sinnlich.

Ein sachtes Sehnen, das begleitet wurde mit einem Kitzeln. Warme Hände, die ihren Knöchel ruhig und sicher hielten. Und so gewährte sie ihm großzügig, sich weiter an ihrem Fuß zu verlustieren.

Genau dieses tat er auch. Inbrünstig und voller Elan war er nun derjenige, der an ihr leckte, mit der Zunge an ihr spielte und seinen Speichel auf ihr verteilte. Die warme Körperflüssigkeit, die sie in einem angenehmen Gefühl badete, kühlte ab, sobald er sich der nächsten Zehe widmete. Da war er, der Kontrast, der ihr eine Gänsehaut nach der anderen über das Schienbein hinauf zu ihren Innenschenkeln trieb. Da war das Zucken ihrer fleischgewordenen Lüsternheit. Da war sie, diese Geilheit, die sie nach Luft schnappen ließ.

In ihr gierte eine Leere danach, gefüllt zu werden. Sie wollte ihn in sich haben. Ihn tief und fest gegen ihr williges Fleisch pressen fühlen. Er sollte aufhören, an ihr herumzulutschen. Sie brauchte ihn an anderer Stelle.

Seine zärtlichen Berührungen hatten sie dermaßen eingelullt, dass sie ihn zwar wollte und sich kaum zurückhalten konnte vor lauter Gier, aber gleichzeitig hatte sich eine warme angenehme bleierne Schwere in ihr ausgebreitet.

Mit übermenschlicher Anstrengung gelang es ihr, ihre Beine zu spreizen.

»Hier ... Oh ... bitte! ... Hier solltest du genauer hinsehen!«, stöhnte sie, während sie sich wieder auf den Tisch zurücksinken und ihre Finger durch ihre feuchte Spalte gleiten ließ.

Ein heißeres Auflachen begleitete seine Fingerspitzen, als sie den Fuß und Knöchel noch mehrfach umrundeten und sich dann auf den Weg an den Scheitelpunkt ihrer Beine machten. Die Spur, die er dabei hinterließ, brannte sich für immer in ihr Gedächtnis.

Endlich berührten seine Fingerspitzen ihre sehnsüchtig geschwollenen Schamlippen, sacht fuhren sie über den feinen Flaum (mit Erschrecken musste sie feststellen, dass ihre Rasur schon zwei Tage zurücklag). Aber das war für ihn kein Hindernis, sie zu streicheln und dabei verlangende Laute von sich zu geben. Manchmal klangen sie wie ein Brummen, dann wieder eher nach einem Grollen.

Er hob ihre Beine an. So lag sie auf dem Rücken, ihre Beine V-förmig in die Höhe gehalten. Mit begehrlichen Lippen erarbeitete er sich einen Weg von den Knöcheln über die Waden, Kniekehle und Innenschenkel. Verharrte genau da, wo sie ihn so dringend haben wollte.

Aber anstatt seinen Mund auf ihre zuckenden und nach der Berührung lechzenden Schamlippen zu legen, hauchte er sie an. Sein Atem temperierte sofort die feuchte Hitze herab, die sich einen Weg auf ihre Haut gesucht hatte. Ein Schock für ihre Sinne.

Ihr Po wurde unruhig. Ihr Bauch begann zu flattern und in ihr pulsierte alles und wollte unbedingt Erlösung.

Einer seiner Finger schob sich in sie. Die Fingerkuppe dehnte ihren Eingang. Er bewegte sie in schnellen, kleinen Kreisen an ihm entlang und massierte sie, bis sie laut aufstöhnte.

Ihr Körper wurde ganz weich, nachgiebig und warm. Ihre Schenkel begannen zu kribbeln. Ihr Füße ungehalten in der Luft zu zucken. Sie bäumte sich dem Finger entgegen. Versuchte, ihn tiefer in sich zu bekommen. Ihn dazu zu bringen, sie auszufüllen. Ihr inneres heißes Fleisch in eine glühende vibrierende Masse zu verwandeln. Der Rest von ihr war eh zu nichts mehr fähig.

Willenlos lag sie vor ihm.

Und doch nicht ganz ohne Ziel.

Ihre Hände, die bis jetzt keine wirkliche Aufgabe hatten, legte sie auf seinen Kopf. Umfing ihn, wühlte ihre Finger in sein dichtes Haar und krallte sich daran fest. Dann überlegte sie es sich und schabte mit den Fingernägeln über seine Kopfhaut. Es war ein befriedigendes Geräusch, als er grummelnd seinen Mund auf sie drückte. Schmatzend und keuchend gab er ihr endlich das, worauf sie gewartet hatte, seit sie die Tür geöffnet hatte.

So fest wie sie sich in seine Haare krallte, so fest zwang er seine Zunge gegen ihren Kitzler. Wenn sie die Nägel über die

Haut zog, presste er so hart an ihrem geschwollenen Knubbel, dass es ihr bis in den Hintern zuckte und sie den Gefühlen nur entkommen konnte, falls sie sich ihm entzog.

Aber wer wollte das schon?

Herrliche warme, kribbelnde Regungen, die mal durch ihren Körper rauschten, dann wieder zäh, als wären es geschmolzene Marshmallows, die durch ihre Venen flossen.

Sie knickte die Beine ein, setzte die Fersen auf seinen Rücken und so schaffte sie es, sich lustvoll an ihn zu pressen, wenn er vorhatte, sich nach einem sehr intensiven intimen Kuss zurückzuziehen. Sie ließ ihn nicht mehr los. Sie brauchte ihn. Sie wollte ihn.

Es war ihr egal, was er von ihr dachte. Er hatte das Feuer in ihr geschürt. Er hatte die leise vor sich hin simmernde Glut angefacht. Nun musste er damit umgehen.

Jedes Mal, wenn er seine Zunge zwischen ihre Schamlippen schob, gegen das hochsensible Fleisch drückte, hob sie ihm ihren Unterleib entgegen. Hielt seinen Kopf umfangen und an Ort und Stelle. Sie wollte alles, aber dieses hier war ihr im Moment so angenehm, dass sie es eine Weile weiter ertragen könnte.

Haltlos gab sie sich ihm hin. Sollte er doch von ihr denken, was er wollte. Für sie, Emma, war das hier der beglückendste Augenblick seit einer ziemlich langen Zeit.

Und auf einmal hatte er ihr den Kopf entzogen. Ihr fehlte sofort seine Hitze, seine feuchte Wärme auf ihrer Mitte.

Ergründend blickte sie ihn an. Was hatte er vor?

Warum durfte sie seinen Mund nicht mehr spüren?

Der Blick, der sie traf, ließ sie erfreut aufkeuchen. Verlangen, pure Lust und Gier standen auf seinen markanten Zügen eingemeißelt.

Seine breiten Schultern schoben ihre Schenkel weiter und weiter auseinander, bis er über sie gebeugt stand. Sein Penis reckte sich steif vor ihm auf und war wie er wahrscheinlich zu allem bereit.

Die warme Kuppel streifte ihre Spalte. Ihre Nässe zeigte ihm den Weg. Geleitete ihn zu der Stelle, die sich am meisten danach sehnte, ausgefüllt zu werden.

Seinen Stillstand interpretierte sie als Zögern.

Daher hielt sie ihre Beine über ihre Muskelkraft selbst, gab ihren Fingern eine wunderschöne Aufgabe. Sie ließ sie nämlich über ihre Scham gleiten. Die feinen Härchen kitzelten sie und die lauwarme Nässe zeigte ihr den Weg. Je weiter sie dem Ursprung der Weiblichkeit entgegenstreichelte, umso heißer wurde sie. Umso aufgeregter wurden ihre Bewegungen. Dann nahm sie beide Zeigefinger und zog ihre Schamlippen einladend auseinander. Fingerbreite um Fingerbreite dehnte sie das Fleisch, glitt über die unermessliche Hitze. Aufstöhnend legte sie den Kopf wieder zurück. Ihr Körper bog und wand sich unter ihren Fingern. Sie war bereit für alles, was er ihr zu bieten hatte.

Seine Hände lagen auf ihren Knien. Er hielt sich an ihr oder nahm Anlauf? Egal!

Mit einem einzigen Stoß traf er genau ihren pulsierenden, zuckenden Eingang.

Ein muskulärer Widerstand hinderte ihn am kompletten Eindringen. Überraschenderweise gab er ihr damit das Gefühl, unendlich eng und empfindsam zu sein. Dick und Hart schob er sich in sie. Augenblicklich gaben ihre Muskeln nach und er fand sie nachgiebig, weich und äußerst willig vor.

Tausend Funken sprühten durch sie hindurch. Jede Faser, jede noch so kleine Zelle leuchtete. Glühte.

Nach einem weiteren Ruck war er tief in ihr. Berührte ihre Seele. Er gab ihr das Gefühl, gewollt zu werden. Begehrt zu werden.

Um nicht zu sagen: besitzergreifend.

Emma fand seinen durchdringenden Blick faszinierend. Ja, so sollte jede Frau mindestens einmal im Leben angeschaut werden. Die pure Gier nach ihr.

Er schaute ihr tief in die Augen. Emma meinte, in seine Seele sehen zu können. Und dort sah sie Abgründe, die sie möglicherweise ergründen wollte.

Aber nicht in diesem Moment. Nicht in dieser Position. Nicht mit seinem Schwanz zwischen ihren Beinen. Auf den musste sie sich jetzt konzentrieren. Ausschließlich nur auf seine Stärke.

Er bewegte sich keinen Zentimeter. Still stand er vor ihr. An ihr. Nur sein Brustkorb pumpte wie verrückt und zeigte ihr, dass er nicht so ruhig war.

Eigentlich wollte sie, dass er sich in sie drängte. Ihre inneren Muskeln durch seine Reibung zum Glühen brachte. Stoßen, nachlassen, stoßen, rausziehen, stoßen und dann …

Ooooh, … allein der Gedanke umspülte seinen Penis mit ihrer Nässe. Ihr Unterleib zuckte. Zog sich krampfartig zusammen.

»Scht … Nicht so schnell!«, raunte er ihr zu und begann, in sanften Bewegungen über ihren Bauch zu streichen.

»Ich kann nicht mehr! Du forderst schon ’ne ganze Menge!«

»Warte … es wird noch besser!«

»Ich will nicht warten!«

»Gib dir Mühe. Es lohnt sich!« Ein dumpfes Raunen, mehr hatte seine Stimme nicht zu bieten.

Emma schniefte frustriert auf. Warten! Dabei sehnte sie sich danach, wie er sich in sie rammte. Schnell oder langsam. Das war ihr egal. Hauptsache er tat überhaupt etwas.

Nein.

Bewegungslos steckte er noch in ihr und sein Penis schien ein weiteres Mal an Umfang zu gelegt zu haben.

Er hielt mit ihr Blickkontakt.

Seine Handfläche lag auf ihrem Bauch zwischen Bauchnabel und Schambein.

»Konzentriere dich!«, forderte er sie auf.

»Worauf?«

»Auf deine Atmung und …«, hier machte er eine längere Pause, »auf mich!«

Als ob Emma ihn ignorieren konnte. So viel männliche Präsenz konnte nicht übersehen werden. Sie grinste.

Entweder hatte sie ihre Bemerkung laut von sich gegeben oder er musste sehr genau von ihrem Gesicht lesen können, denn er verdrehte zynisch die Augen.

»Spürst du mich?«

Was für eine Frage! Sie nickte.

»Wirklich?«

Ihr Nicken kam schnell.

»Ich denke fast, du bist nicht ganz bei der Sache!«

Wie bitte? Jetzt übertrieb er aber. Sie lag so gut wie nackt vor ihm. Die Beine weit gespreizt, ihn in sich! Und er behauptete, sie wäre nicht bei der Sache?

»Spürst du mich?«, flüsterte er ihr zu.

Emma war verwirrt. Worauf wollte hinaus?

»Schließ die Augen!«

Was für ein obszöner Vorschlag.

»Komm! Sei ein braves Mädchen und mach sie zu!«

Erst ein wenig widerwillig, dann sehr entschlossen, presste sie die Lider zusammen. Ungeahnte neue Dimensionen eröffneten sich ihr. Dunkelheit umfing. Nicht vollkommen, denn die zarte Lidhaut ließ ein gewisses Maß an Tageslicht durch. Dennoch ihrer Sicht beraubt, musste sie sich auf ihre übrigen Sinne verlassen.

Eine ihrer Hände lag noch an der Stelle ihrer Vereinigung. Da wo seine stahlharten Muskeln in ihr weiches Fleisch drangen. Die andere Hand ertastete sich seinen Bauch, dann seinen Unterarm. Den hielt sie fest.

Es war herrlich, seine Haut unter ihren Fingerspitzen zu haben. Durchdringende Wärme, die sich über ihre Finger einen Weg tief in ihren Körper bahnte.

»Konzentrier dich auf deine Mitte.«

Emma holte Luft und … ja … da … deutlich konnte sie ihn in sich spüren. Nach ein paar Sekunden war sie sich seines Umfangs bewusst.

Probehalber umschloss sie ihn, zog ihre Muskeln um ihn zusammen. Seine Ausmaße waren berauschend.

Sie wollte, dass er sich bewegte, doch noch immer machte er keine Anstalten. Er verharrte. Und sie ertrug es nicht mehr. Rhythmisch begannen ihre Unterleibsmuskeln, sich zusammenzuziehen. Sie hoffte inständig, ihn dadurch zu animieren, endlich in Bewegung zu kommen.

Aber nein … Er griff unter ihren Po. So verlor sie den Kontakt zu seinem Arm. Er berührte sie nur noch zwischen ihren Beinen und mit den Händen am Hintern. Fasziniert wartete sie darauf, was er als Nächstes von ihr forderte. Sie hielt tapfer die Augen geschlossen. Konzentrierte sich.

Und für einen Moment dachte sie, sie hätte seine Kuppe an ihren innersten Eingang, ganz tief in sich drin, pochen gespürt. Er war so groß und tief in ihr. Dass es nicht anders sein konnte.

Sie zog erneut die Muskeln um ihn zusammen. Seine Hände fassten, je mehr sie ihn zusammendrückte, fester zu. Morgen würde sie bestimmt blaue Flecken haben, denn seine Finger kniffen regelrecht in ihren weichen Po.

Abgelenkt öffnete sie die Augen und blickte in ein Gesicht, das vor Lust und aufgestautem Verlangen grimassenähnlich verzogen war. Er hatte ebenfalls die Augen geschlossen und genoss seine Position.

Ihre Hitze ließ ihn mit ihr Verschmelzen. In diesem Augenblick gehörte er ihr. Er war ein Teil von ihr.

Ein brummender Laut ließ seinen gesamten Körper vibrieren. Es setzte sich bis zu seinem Schwanz in ihr fort. Von dort sprang es zu ihr über.

Ihre Muskeln begannen ein Eigenleben. Unkontrolliert zuckten sie um seine Härte. Erwiderten seinen Druck. Und genau das war der Moment, in der er die erste Bewegung vollzog. Ganz langsam zog er sich aus ihr zurück. So langsam, dass sie an eine Einbildung glaubte. Als er fast komplett den Rückzug angetreten hatte und sich ihr aufgeregtes Fleisch hinter ihm Stück für Stück zusammenzog, sehnte sie sich schon nach ihm. Sofort fehlte ihr seine Anwesenheit.

Mit einem brünstigen Ton stieß er unverhofft in sie. Weitete das, was sich als nachgiebig und geschwollen darstellte. Der Druck gefiel ihr. Die Stelle war auch die richtige und seine Reibung entfachte alles an Hitze, was möglich war. Jeglicher Restbestand wurde herangezogen und sie … bäumte sich auf. Sie keuchte.

Seine Eindringen wurde mit einem Mal schneller. Intensiver. Der Druck erhöhte sich und … »Oh mein Gott … Bitte!« Sie flehte ihn an.

Ihre Hände strichen wie wild über seinen Körper, suchten nach einem Halt, nach Fleisch, in das sie ihre Finger bohren konnte. Gern hätte sie sich auch in ihn gekrallt.

Er änderte minimal den Winkel. Sie lag unter ihm. Unfähig, seine Stöße zu erwidern. Unfähig, sich überhaupt zu bewegen. Sie war so hingerissen von seinem Tun, dass sie nur hinstarren konnte.

Seine Bewegungen waren kurz und kräftig. Gaben ihr so viel Kraft und Lust, wie sie ertragen konnte.

Doch dann war es zu viel.

Sie versteifte sich.

Bäumte sich ihm entgegen.

Schnappte nach Luft.

Keuchte auf.

Und ihre Finger verkrampften sich in seinen Armen, mit derselben Wucht, wie sich ihr Unterbauch um ihn spannte.

Ein stummer Schrei brach aus ihr heraus. Eher ein Keuchen mit dem Ansatz eines verzweifelten Versuches, nicht mit der Flut der Empfindungen davonzudriften.

Wenige Zuckungen später zog er sich aus ihr zurück, legte seinen Penis auf ihre hochempfindliche Spalte. Diese zuckte schon allein bei der einfachen Berührung.

Gemächlich rieb er über sie. Nahm eine ihrer Hände und ließ sie sein bestes Stück streicheln. Er dirigierte sie mit seiner Hand und einen Augenblick später wurde es auf ihrem Bauch warm und feucht. Unter ihren Fingern zuckte ein heroisch wirkender Schwanz.

Als sie den Kopf hob und ihn in seiner Pracht anschauen konnte, war er noch in seiner Erlösung gefangen. Die Augen geschlossen, der Pulsschlag am Hals trat deutlich hervor und sein Brustkorb pumpte wie nach einem kilometerlangen Lauf.

Sie gönnte sich diesen Anblick.

Nach so langer Zeit war es ein Genuss, so gewollt zu werden und so in die ekstatischen Höhen der Lust katapultiert zu werden.

»Das war … ein sehr persönliches Einschreiben«, flachste er und schaute sich suchend im Raum um.

Emma war fix und fertig. Ihre Beine waren noch nicht bereit, sich der Tatsache zu stellen, stehen zu müssen.

»Hast du was …?« Er zeigte auf ihren Bauch und dann auf seinen Penis, von dem tropfte der letzte Lusttropfen auf den Glastisch. Ein schelmisches Grinsen überzog sein Gesicht.

»Hm … Bestimmt«, hauchte Emma und versuchte, sich in ihrer Küche zurechtzufinden. Schwerfällig hievte sie sich in eine sitzende Position. Erst jetzt wurde ihr bewusst, dass auf dem Glastisch alles zu sehen sein würde. Jedoch hatte sie nicht ein Quäntchen Lust, den zu säubern. Das hieße ja, alle Erinnerungen daran wegzuwischen.

Nein. Dafür war es definitiv zu früh.

Ganz im Geheimen würde sie das so lassen und heute Abend mit Jordan genau an dieser Stelle Essen. Zittrig holte sie Luft. Der Gedanke gefiel ihr.

»Hey du, ich habe mal den Lappen genommen. Sei nicht traurig, ich muss aber weiter. Vielleicht ergibt sich demnächst eine ähnliche Zustellung.« Er warf ihr einen Luftkuss zu, das Einschreiben lag auf dem Tresen und er war verschwunden.

Wehmütig schaute sie ihm nach. Schloss die Augen und ließ sich die eben erlebte Szene durch den Kopf gehen.

Ja, Postboten waren schon etwas Feines.

Die geilen Gärtner

»Rob? Wie weit bist du? Vergiss dieses Mal nicht die Heckenschere! Die Bewohner haben sich das letzte Mal über dich beschwert!«

»Ach … Halt's Maul!«

»Fixer!«

»Gehts noch? Du Spinner? Von dir lasse ich mir doch nicht sagen, was ich vergessen soll und was nicht!«

»Boah, Rob! Hast du wieder in 'ner Boxerzeitung gelesen? Oder irgendwo geschnüffelt?«

»Willst du gleich eine drauf? Lusche!«

Gut, so konnte es nicht weitergehen. Wenn Rob sich nicht langsam zusammennahm, würde das wohl mit dem Dazuverdienen nichts werden.

Er bereute schon, keinen anderen gefragt zu haben. Sie gingen auf der Uni in denselben Kurs. Sie hatten beide nicht die Menge an Geld, die sich Studenten wünschten. So mussten sie sich ein paar Euro nebenbei verdienen. Nur war das leichter gesagt als getan.

Er, Sam, wollte nicht kellnern. Das war einfach nichts für ihn. Und in eine Fabrik ans Fließband – um Gotteswillen. Da hätte er auch nicht studierten brauchen.

Als er sich in der Uni nach Möglichkeiten umgehört hatte, traf er auf Rob. Er war ein ziemlich spezieller Kerl, aber ansonsten völlig in Ordnung. Er kam nicht mit so schrägen Ansagen wie Drogen verkaufen oder auf den Strich gehen und kellnern kam halt für ihn auch nicht infrage.

Rob hatte allerdings schon eine Anstellung und sein Partner, mit dem er im letzten Semester das durchgezogen hatte, war von der Uni abgegangen.

Vorsichtig hatte Sam sich nach der Arbeit erkundigt. Rob hatte so geheimnisvoll getan. Da musste er sich an den einen Film erinnern, den seine Oma so gern sah. Wo ein Kerl auf absolut kriminell und obercool gemacht hatte, dabei aber nur »Utensilien« vertickt hatte. Bürokram. Ihn schmiss es immer noch weg, wenn er an die Filmszene dachte.

Nun … Er war nicht als Bürokramdealer unterwegs, sondern als Gärtner. Und manchmal sogar als Pool Boy. Natürlich waren das nicht die Burnerjobs. Aber sie waren im Sommer draußen und sie hatten so manche exquisite Sache zu sehen bekommen. Im Winter dagegen hatten sie sich auf Autowäsche und Reparaturen spezialisiert. Nichts Dramatisches, jedoch gehörte die Werkstatt Robs Onkel und da waren die Arbeitszeiten sehr angenehm.

Bisher hatten sie eine ordentliche Menge an Umsatz eingefahren, die Mundpropaganda lief hervorragend und sie konnten sich kaum vor Aufträgen retten.

Heute stand der Garten der Schriftstellerin Emma Soundso auf dem Plan. Er wusste nur, dass sie schrieb, weil diese sie sehr oft aus ihrem Küchenfenster heraus beobachtete.

Das war eine Untertreibung, denn das Fenster war deckenhoch und es gab in diesem Raum sicherlich zehn oder fünfzehn davon. Die zu putzen, würde ihm niemals einfallen. Sie konnte Rob und ihn beobachten. Andersherum allerdings war das auch möglich.

Doch bei ihr gab es meist nicht viel zu sehen. Sie saß am Tisch, den Laptop vor sich und tippte und tippte. Ab und zu lief sie durch den Raum und vertrat sich die Beine. Dann stand sie mal am Fenster, hielt eine Tasse Kaffee in der Hand und starrte in den Garten. Ob sie überhaupt wahrnahm, dass er und Rob dort arbeiteten, war fraglich.

Allerdings war sie eine sehr gut aussehende Frau. Nicht mehr taufrisch. Vielleicht Ende zwanzig, Anfang dreißig. Sie machte einen gepflegten Eindruck. Mit ihrer Figur konnte sie sich sehen lassen und sie trug immer aufreizende Kleidung.

Also im Großen und Ganzen … es waren keine schlechten Arbeitsbedingungen. Oder besser gesagt, es gab Schlimmere.

Endlich hatte sich Rob beruhigt und er hatte die restlichen Arbeitsmaterialien auf das Auto geräumt. Mit fast vierzig Minuten Verspätung fuhren sie von ihrem Stützpunkt los.

In dem Garten gab es nicht viel zu tun. Sie mussten sich einige Arbeiten einfallen lassen, sonst wären sie heute auch schon wieder nach einer halben Stunde fertig gewesen, so verdient doch kein Schwein was.

Rob musste sich den Pool anschauen und siehe da, auf dem Boden und an einer Wand fand er ein paar Grünalgen. Oder so was. Er selbst hatte davon keine Ahnung und machte das, was Rob ihm auftrug.

Der Pool war nur wenige Meter von den Küchenfenstern entfernt. Eine Terrasse mit seltsam gemusterten Fliesen trennte den Poolbereich ab. Sie konnten ungehindert arbeiten, ohne zu dicht am Haus zu sein. Was definitiv Vorteile hatte, es blieb das Gefühl der Unabhängigkeit.

Na, Madam saß wieder am Tisch und schrieb. Wer es sich leisten konnte. Er hatte vor, einmal etwas Großes und Bedeutendes zu erschaffen. Bücher waren da nicht sein Steckenpferd. Wer las schon noch? Wurde doch eh alles digitalisiert. Oder vorgelesen.

Nein, er träumte von mächtigen Errungenschaften. Sie sollten ihn huldigen. O ja … Während er den Kescher durch den Pool zog, flogen seine Gedanken in doppelter Geschwindigkeit davon.

So bekamen Rob und er nicht mit, wie die Frau am Küchentisch aufsprang und kurze Zeit später in Begleitung zurück in den Raum kam.

Sie arbeiteten stoisch weiter, bis Rob ihn kräftig mit dem Kescher in die Seite schlug.

»Spinnst du?«, fuhr Sam ihn an.

Der legte sofort den Finger auf seinen Mund und gab ihm zu verstehen, leise zu sein.

Sam bedachte ihn mit einem wütenden Blick und überlegte sich, ihn in den Pool zu stoßen. Aber Rob zeigte mit dem Stiel in Richtung der Küchenfenster und wiederholte sein Stillschweigegebot.

Sams Blick folgte dem Stiel und was er dann dort sah …

»Boah, Alter! … Die … die lutscht dem einen!«

»Zscht! Maul, du Affe!«

»Ey!«

»Du bringst den Typ um ein schönes Erlebnis, wenn du die Fresse nicht hältst!«

»Sorry!«

»Dir wohl noch nie passiert?«, zischte Rob leise.

Sam musste sich eingestehen, so weit war er mit einer seiner Bekanntschaften nie gekommen. Die wollten meist nur tiefgründige Gespräche oder Familie und heile Welt. Er wollte eigentlich keins von beiden und daher waren die Treffen stets sehr sittsam verlaufen und hatten sich auch nie wiederholt. Deshalb zuckte er nur abwiegelnd mit der Schulter.

Gebannt starrten sie dann auf das, was sich vor ihren Augen abspielte. Die Frau war voll bei der Sache und scheinbar machte sie das nicht zum ersten Mal, denn so wie sie sich den Schwanz von dem Typen einverleibte und daran nuckelte, wurde Sam schon neidisch. Der Kerl vor ihr war ein Postbote.

Schöne Scheiße!

Der war doch nichts Besseres als sie beide! Warum hatte sie ihnen bisher nicht so etwas angeboten? Das Leben war und blieb ungerecht.

Allerdings hatte der Fuck-Bote schon etwas, was beide nicht hatten … nämlich Muckis. Sie waren vielleicht keine Hänflinge, keine Weicheier, aber auf keinen Fall waren sie Bodybuilder.

Mit Genuss nuckelte die Olle an dem Teil. In Sams Hose regte sich eindeutig zu viel. Er wollte sich wegdrehen, die Arbeit beenden und so schnell wie möglich das Grundstück verlassen. Er brauchte das nicht – Zuschauen, wenn andere vögelten. Noch hatte er zwei gesunde Hände und ein bisschen Fantasie. Ab und an genehmigte er sich einen Porno auf dem Handy. Das allerdings nicht mehr so oft, nachdem er in einer Abofalle gelandet war und etliche Euros abzahlen musste. Fuck Sex!

Unwillig stieß er Rob an. »Los! Lass uns hier verschwinden!«

»Bist du noch ganz dicht? Die Alte wird gleich durchgevögelt, das wollen wir uns nicht entgehen lassen!«

»Bist du ’ne arme Wurst!«

Klatsch. Sam stolperte einen Schritt rückwärts. »Du Spinner!«

»Halt’s Maul und glotz einfach zu!«

Noch einmal versuchte Sam, den Kopf abzuwenden und zu gehen. Aber er musste sich ehrlich eingestehen … ein kleinwenig machte es ihn neugierig. Und nur ein bisschen wünschte er sich, an der Stelle des Postboten zu stehen. Würde er es vor Rob zugeben? Nein.

Rob stützte seinen Arm auf den Kescherstiel und legte das Kinn darauf. Er machte sich also auf ein längeres Schauspiel bereit.

Was sich ihnen dann bot, brachte Sams Blut noch mehr wie in Wallung. Sie konnten nicht alles genau erkennen, aber mit welchem Genuss die Frau den Schwanz von dem Postboten bearbeitete, war nicht zu übersehen. Die Art, wie sie es tat, musste aufregend sein. Der zurückgelegte Kopf des Mannes und sein sich schnell hebender Oberkörper waren ein sicheres Zeichen.

Rob und er beugten sich vor, erhaschten mehr und mehr von der Szenerie, die sich dort abspielte. Was würde er darum geben, zu sehen, was sie mit ihm anstellte. Warum der Kerl so wollüstig keuchte. Mal bewegte sich ihr Kopf schnell vor und zurück, dann wieder im Zeitlupentempo und ein anderes Mal verharrte sie vor ihm. Sie musste sein Teil tief in ihrem Rachen haben, denn ihre Nase drückte sich fast in seinen Unterleib. Zumindest sah es aus seiner Position so aus.

Er bekam einen unsanften Schubs in die Seite. »Näher ran!«, zischte Rob neben ihm.

»Du hast nicht mehr alle Latten am Zaun!«, reagierte Sam verärgert darauf. Es reichte ihm schon, diesen Anblick zu sehen. Es ging hier um Privatsphäre. Intimsphäre. Alles, was die Frau in ihrem Haus machte, war ihre Sache.

»Feiger Wichser!«, knurrte sein Kumpel ihn an.

Na und? Dann war er halt ein Feigling. Dafür aber kein Spanner.

»Los! Lass uns abhauen. Die machen ihr Ding für sich und du kannst dich bei Jessi abreagieren!«, raunzte Sam Rob an.

Der packte ihn äußerst unfreundlich im Genick. »Mir scheißegal, was du machst … Ich werde der Schlampe beim Bumsen zuschauen und mir einen runterholen.« Er ließ ihn genauso schnell los, wie er ihn überrumpelt hatte. Sam strauchelte, kam aber gleich wieder zum Stehen. »Du Trottel!«

»Maul! Wir ziehen das hier durch!«

Beide schlichen sich näher an die Fensterfront.

Rob begierig und sexuell aufgepeitscht.

Sam beschämt und unsicher. Aber dennoch neugierig.

Robs Augen fixierten das Geschehen auf dem Tisch. Er sabberte fast. Seine Hände waren stetig in Bewegung. Eine strich über die Fensterscheibe, die angrenzende Hauswand, inclusive des dort wachsenden Gestrüpps. Die andere war an seinem Schritt schwer beschäftigt. Sam sah, wie Rob fest die imposante Beule unter dem Stoff massierte. Alle Achtung, waren noch seine Gedanken. Als er seinen Blick wieder auf das Paar in der Küche richtete, konnte er es verstehen.

Während sie beide sich wie Idioten benommen hatten, frönten diese dort ihrer sexuellen Lust. Und das ausgiebig. Der Postbote war jetzt zwischen den Schenkeln der Frau. Er küsste und streichelte ihren Fuß, ihre Zehen. Er huldigte regelrecht ihrem Körper. Mit einer sinnlichen Intensität bearbeitete er die zarte Haut. Erkundete das weiche Fleisch und eroberte sich so Zentimeter für Zentimeter. Als er an dem Scheitelpunkt ihrer Schenkel angekommen war, schenkte er ihr intime Küsse.

Bisher hatte Sam so was nur in Pornos gesehen oder mal in einer erotischen Geschichte gelesen. Das nun so nah bei anderen mitzubekommen, war der Hammer. Rob drückte gegen ein wandhohes Fenster, zu Sams Erstaunen gab es nach. Ganz langsam schwang es nach innen auf und stoppte etwa handbreit vom Rahmen. Von drinnen drangen nun auch die passenden Geräusche zu ihnen hinaus.

Am schärfsten fand Sam die der Frau. Eine Mischung aus Schnurren, Keuchen und spitzen Schreien. Ja, das war etwas, was ihn überhaupt nicht kalt ließ.

Mit Mühe unterdrückte er ein Aufstöhnen. Sein Puls raste durch den Körper und sein Herzschlag wummerte am Hals, in den Ohren und im Unterleib. Wie gebannt starrte er auf das Geschehen. Seine Lippen zitterten oder so. Eine ungewohnte Reaktion. Wollte diese doch genau dort ansetzen, wo der Postbote aufhörte, die auf dem Tisch liegende Frau zu verwöhnen.

Jede noch so unbedeutende Stelle wollte er berühren. Sie auslecken. Sie mit den Lippen streicheln. Und vielleicht, ja nur bei ein oder zwei Stellen würde er seine Zähne benutzen. Sie über die Haut kratzen lassen, an manchen Hautfältchen knabbern und sacht hineinbeißen wollen.

Die Vorstellung brachte eine ungeheure Hitze in ihm zum Aufsteigen. Kurz verschwamm das Bild vor ihm und nicht der muskelbepackte Mann stand zwischen ihren Schenkeln, sondern er, Sam, ihr Gärtnerjunge. Sie flehte ihn an. Bettelte ihn an, sie endlich zu nehmen. Er sollte seinen Schwanz in sie rammen. O ja … jaaa … jaaa …

Er war schon auf dem Weg zu ihr, als derbe Finger in seinem Nacken ihn aus seiner Traumwelt holten.

»Stopp!« Er spürte mehr den Luftzug am Ohr, als dass er das Wort vernahm.

Er folgte der Führung der Hand, die ihn mit sich zur Seite zog und fest gegen die Hecke neben der Fensterfront drückte. Unangenehm pressten sich harte Zweige in seine Haut. Doch irgendwie war ihm das egal. Er bewegte den Kopf, um die Szene in der Küche nicht zu verpassen. Dort stand der Mann nämlich gerade auf und starrte auf die Weiblichkeit vor sich. Den Schwanz fest in der Hand peilte er den Eingang an und mit einem gezielten Stoß drang er in sie ein.

Sams Erstaunen machte sich durch ein »Oh« Luft.

»Erst spielst du hier den Moralapostel und dann willst du auf 'nen Dreier hinaus? Entscheide dich, Sam! Ich an deiner Stelle wäre jetzt ganz ruhig und wir schauen den beiden weiter zu. Falls sie uns nicht entdeckt haben!«

Bisher war Rob arrogant und vorlaut gewesen. In diesem Moment war er bedrohlich und unberechenbar. Doch Sam interessierte das nicht weiter, er war einfach nur berauscht. Er realisierte kaum, dass Rob ihn so anblaffte.

Wie ein gigantischer Dolch hatte der Postbote sich mit immenser Kraft in die Frau gepresst. Ihr leichtes Zusammenzucken, als er nachschieben musste, entging Sam ebenfalls nicht. Es folgte keine wilde Rammelei, wie in den meisten Pornos gezeigt wurde. Nein … Der Mann verharrte in ihr. Blieb, wo er war, und forderte sie auf, die Augen zu schließen und sich zu konzentrieren.

Aus einem Reflex heraus, machte Sam genau das. Er schloss

die Augen und konzentrierte sich auf … auf seinen Penis. Auf seine Atmung. Auf die Finger im Nacken, die Rob immer noch dort ›verankert‹ hatte.

Wahrscheinlich dachte er, er würde wieder einfach so in die Situation hineinlaufen. Möglich. Er traute sich alles zu.

Sein Schwanz war gefangen in einer viel zu engen Jeans. Natürlich war das die ungünstigste Arbeitshose für einen Gärtner. Aber wie meinte Rob mal: Je enger die Klamotten, desto mehr Trinkgeld würden sie von den alten Geilen und den alleingelassenen Geilen bekommen. Es stimmte. Seine Trinkgeldeinnahmen waren fast in derselben Höhe wie sein regulärer Lohn.

Sein Kneten und Massieren taten ihr Übriges zu der unbequemen Lage. Die bildliche Stimulation machte seinen Zustand nicht weniger einfach. Ein harter Schwanz, loderndes Feuer in seinen Eingeweiden und kribbelnde Nerven ließen ihn zu einem sexbesessenen Monster mutieren.

Er wollte sofort zu der Frau. Den Kerl von ihr stoßen, sich in sie rammen. Ihre Nässe auf seiner Latte verteilen. Aber leider wurde er davon abgehalten und durfte nur zuschauen, nicht anfassen.

Das war Sams größter Verdruss.

Vielleicht war er nun derjenige, der sabberte. Doch das war ihm egal. Die beiden in der Küche teilten die pure Lust. Vergnügten sich am helllichten Tag. Er wollte einen Teil davon abhaben. Und wenn es nur ein bisschen wäre. Mal genauer gucken oder mal den Geruch einatmen. Egal wie nah er da an das Pärchen heranmüsste. Ganz verwegen wäre sein Wunsch, anzufassen.

Sein Atem rasselte. Er musste sogar den Mund aufmachen, um nach Luft zu schnappen. So viel Sauerstoff brauchte er, damit sein Hirn weiter funktionierte. Sein Verlangen wurde immer drängender. Der gierige Hunger nach Sex und nach dessen Erfüllung schwappte unermüdlich durch seine Eingeweide.

Vorhin hatte er sich noch über Rob lustig gemacht, ihn für peinlich gehalten. In diesem Moment fühlte er sich ihm näher als sonst irgendwann. Er konnte nachvollziehen, was so aufregend an der Szenerie war. Konnte verstehen, warum er so dringend weiter zugucken wollte.

Ein leises Stöhnen hörte er aus Robs Richtung. Der schnelle Blick zu ihm brachte sein gesamtes erregtes Potenzial zum Vorschein. Sein Schwanz hing, nein, stand aus der Hose, eine Hand umfasste ihn und vollführte eindeutige Bewegungen. Bei jeder Vorbewegung stieß sein Becken gegen seine Hand und sein Teil stupste lautlos an die Scheibe. Es hinterließ nur einen milchig verschwommenen Abdruck an der Stelle. Mit jedem Auftreffen vergrößerte sich der Fleck.

In Kopfhöhe hauchte er gegen das Fensterglas und wischte mit der Zunge darüber. Sams erster Gedanke war: Die arme Sau, die das Fenster putzen musste. Sein zweiter: Geile Scheiße!

Er getraute sich kaum, sich seine aufgeregten Gefühle einzugestehen, und die Kundin ließ sich einfach so gehen. Lebte seine Lust vor ihm aus.

Das Paar hinter den Scheiben war allerdings so auf sich fixiert, dass sie keine Notiz von ihnen nahmen. Gut, sie standen auch etwas abseits, aber dennoch so, dass sie sehen konnten, dass der Postbote sie nicht mit einem wilden Ritt vögelte.

Dessen Schwanz steckte tief in der Frau. Die spreizte die Beine so weit, dass es fast einem Spagat ähnelte, und versuchte immer, ihn in irgendeiner Weise zu animieren. Doch der Kerl blieb still vor ihr stehen. Murmelte immer etwas, dass sich anhörte, wie »Konzentriere dich!«, und sie dazu aufforderte, ruhig zu bleiben und zu genießen.

Sam wollte sich gegen den Kopf schlagen. Wie konnte der seine Geilheit so unter Kontrolle halten? Er selbst hätte sich in ihre nasse Fotze gerammt. Seine Hände hätten ihren Busen fest geknetet und massiert. Er wollte sie laut und geil stöhnen hören. Seinen Namen dabei rufen und … er wollte abspritzen. Hart, schnell und auf sie drauf.

Vor lauter lustvollem Verlangen rann ihm eine Gänsehaut über den Körper. So eine spezielle Mischung aus Hitze und Schauer hatte er noch nicht erlebt. Es war einfach nur ungewöhnlich und daher mächtig geil. Er musste nicht mehr angetörnt werden. Er war spitz wie Nachbars Lumpi.

Sam sammelte allen Mut, den er in sich finden konnte, griff sich voller Ansporn in den Schritt, umfasste seinen pulsierenden Schwanz, den es danach drängte, aus dem engen Gefängnis der Hose zu entkommen. Kurz beschlich ihn der Zweifel: Hatte er so viel Mut wie Rob? Konnte er sein bestes Teil einfach so herausholen und in Gegenwart von einem Mann wichsen? Dazu noch die beiden in der Küche?

Aber genau in diesem Moment begann sich der Postbote zu bewegen. Schob sich dichter an die Frau. Zog sich zurück und Sam konnte den nassglänzenden Schwanz sehen, konnte die Struktur des Pimmels ausmachen, konnte regelrecht spüren, wie die Feuchtigkeit auf der Haut des Mannes erst heiß war, dann abkühlte und bevor es unangenehm werden würde, stieß er sich wieder in sie.

Wurde umschlossen von empfänglichen Muskeln. Wurde von Wärme willkommen geheißen und da, er spielte das Spiel erneut.

Sam war am Rande des Wahnsinns. Die pure Verlockung lag dort auf dem Tisch und die bloße Gier stand davor.

Und auf einmal ging alles so schnell.

Sam war gar nicht in der Lage mehr, an sich herumzufummeln. Er konnte einfach nur zuschauen. In einem formidablen Tempo begann der nackte Postbote, sich in die Frau zu versenken, wieder und wieder.

Hart.

Schnell.

Intensiv.

Sam blieb der Mund offenstehen, denn er konnte diesen Vorgang nur inhalieren. Aufsaugen.

Bei dieser Geschwindigkeit musste der Mann das Hinterteil der Frau umfassen, sonst hätte er sie über den Tisch geschoben. Seine Stöße setzte er so gezielt, dass er, wenn er sich völlig aus ihr zurückgezogen hatte, nicht die Hilfe seiner Hand brauchte, um den Eingang zu treffen.

Es war ein perfekter Reigen. Ein jahrtausendealter Tanz.

Und so schnell, wie er begonnen hatte, endete er.

Sie bäumte sich auf, krächzte stöhnend dabei und sank zurück und kam ihm wieder entgegen.

Er hielt sich jedoch an sein Eindringen. Verringerte kaum das Tempo und als er den Kopf in den Nacken legte, seine Lippen sich erst zusammenkniffen und dann ein O formten, zog er sich aus ihr zurück und spritzte sein Sperma auf ihren Bauch.

Ohne sich aufzuhalten, reinigte er sich und war mit einem Mal verschwunden.

Weg.

Kein Wort. Na, zumindest war Sam so mit dem Anblick der Frau beschäftigt, dass er es nicht mitbekam.

Und auf einmal lag die Alte da auf dem Tisch völlig aufgelöst, mit weit gespreizten Beinen. Ihr Brustkorb hob und senkte sich noch heftig und sie legte sich einen Arm über die Augen, so als wollte sie die erlebten Gefühle in sich behalten.

Rob stieß die Fenstertür komplett auf. Trat in die Küche.

Sam bekam Schnappatmung. Was sollte das? Er wollte Rob anzischen, der drehte sich jedoch in diesem Augenblick um und legte sich den Finger auf den Mund. Seine Augen funkelten dabei diabolisch. Und Sam unterließ es.

Die Frau musste es aber gehört haben. Immerhin waren sie nicht gerade leise zur Tür rein. Auch wenn sie sich Mühe gegeben hatten.

Doch sie lag da und sonnte sich im wahrsten Sinne des Wortes in ihrem Erlebnis. Sie rekelte sich auf dem Glastisch, stellte die Beine so, dass sie gespreizt, aber hoch und abgestützt standen. Ein total sinnlicher Anblick.

Rob war bei der Frau. Sanft berührte er ihren Arm, folgte einer Linie und hüpfte dann mit den Fingern auf den weichen, breit liegenden Busen. Seine Fingerspitzen zwirbelten an der Brustknospe und brachten sie dazu, aufrecht und stolz zu stehen.

Sie streckten sich den reibenden Fingern entgegen und Sam konnte sehen, wie sich die Brüste strafften, sich in volle, runde Kugeln verwandelten.

Sam kratzte sich am Kopf. Emma, ach, wie konnte man als solch sinnliches Wesen so einen Namen haben?

Emma musste doch merken, dass es nicht mehr der Postbote war, der sie berührte? Zumindest sollte sie das! Aber sie ließ den Arm über ihren Augen und so sperrte sie die Realität aus.

Was für ihn und Rob sicherlich ein Vorteil war, denn was wäre, wenn sie sie davonjagen würde oder noch bescheuerter, die Polizei rufen würde? Sie würden ihr Geschäft verlieren, würden sich an der Uni nie wieder blicken lassen können. Ach verdammt!

Rob musste ihn schon ziemlich lange fixiert haben, denn als Sam den Kopf hob, schaute er ihm direkt in die Augen. Mit einer forschen Kopfbewegung dirigierte er ihn zu den Beinen der Frau.

Mit einer schnellen Bewegung leckte sich Rob über die Lippen und zeigte mit dem Kinn, wo Sam es ihm gleichtun sollte.

Genau da … Zwischen den Schenkeln. Da, wo noch vor ein paar Minuten ein dicker Schwanz begehrlich reingebumst hatte.

Es stieß Sam ab. Er wollte das nicht lecken.

Und doch …

Als er die zartrosa Haut zwischen den Schamlippen hervorlugen sah, kam die aufgestaute Lust zum Vorschein. Sein schlaffer Schwanz sprang förmlich in die Waagerechte. Und sein Blut begann, in den Ohren zu rauschen.

Scheiß drauf! Sie war bestimmt noch feucht. Er hatte vorhin das Verlangen gehabt, das unbedingt kosten zu wollen. Jetzt hatte er die Chance dazu. Mit zittrigem Atem und einem Puls, der bei der nächsten Gelegenheit aus den Adern springen würde, ging er auf die Knie. Unentschlossen, ob er seine Hände auf ihre Schenkel legen sollte oder nur seine Lippen auf ihre Möse.

Er schaute sie sich genauer an. Ein leichter dunkler Flaum überzog das Geschlecht vom Schambein über die Schamlippen, bis er in einem Streifen zwischen den Arschbacken verschwand. Sam drückte seine Nase darauf und hatte sich so entschieden, die Hände aus dem Spiel zu lassen.

Herber, ja, ein Hauch rauchiger Duft empfing ihn. Klebrige Feuchtigkeit drückte an seine Nasenflügel, Leidenschaft, die in den Härchen gefangen geblieben war.

Sam fragte sich, seit wann ihn so poetische Gedanken beflügelten. Hier … schon wieder! Eigentlich wollte er doch nur die Fotze der Frau lecken.

Und bevor er sich in dem Anblick vergaß, streckte er die Zunge heraus und bahnte sich einen Weg durch kitzelnde Härchen, fleischige Lippen und lauwarmer Nässe. Er nahm sich vor, diese erneut zum Glühen zu bringen. Würden er und Rob sie auch so zum Höhepunkt führen können, wie der Kerl vorhin es konnte?

So nah.

Er leckte in voller Breite über ihre Schamlippen. Blies durch die Nase seinen Atem über die feuchte Stelle, nur um dann das zuckende Fleisch erneut mit der Zunge zu verwöhnen. Rhythmisch bebte ihr Unterleib. Sam versuchte, es mit seinen Strichen zu beruhigen. Was aber das genaue Gegenteil bewirkte. Sie wurde immer unruhiger und ihr Becken presste sich kontinuierlich gegen seinen Mund.

Seine Zunge spielte mit ihrem festen Knubbel, der sich noch zwischen den Falten verbarg. Ausgiebig umkreiste und umspielte er dieses Stückchen Fleisch, was sie dazu brachte zu zucken. Mehr zu zucken. Ihm entgegenzuzucken.

Ach, war das ein Genuss für Sam. Er sandte gefühlte kleine Stromstöße aus. Sie trafen ihren Kitzler, um sich dort zu summieren, und dadurch vibrierte sie am gesamten Körper. Er ahnte, wie aufregend und erregend es für sie sein musste.

Denn allein ihr Geschmack, ihre Nässe brachten ihn dazu, innerlich zu schmelzen. Leuchtfeuer an hormongetränkten Wallungen schwappten durch seinen Körper. Nun, eigentlich war eher sein Unterleib betroffen. Sein Brustkorb hatte mit Atmen zu tun. Seine Nase, den so dringend benötigten Sauerstoff nicht einfach an ihre Möse zu pusten. Sie könnte dadurch abgelenkt werden. Was wieder zu einer Verkettung von Reaktionen führen würde, die keiner vorhersehen konnte.

So bemühte sich Sam, alles ein wenig unter Kontrolle zu behalten.

Was ihm nur sehr dürftig gelang.

Unkontrolliert schoss seine Luft durch Mund und Nase. Sein Oberkörper pumpte immer weiter und brachte das Luftholen ins Stolpern. Angebot und Nachfrage harmonierten nicht mehr.

Sein Schwanz spannte schmerzhaft und brüllte vor unbefriedigtem Verlangen. Er forderte seinen Teil dieses Spieles ein. Diese harte Fleischlatte war jetzt an der Reihe und zuckte bei jedem Gedanken, bei jeder umgesetzten Tat. Steckte er seine Zunge in sie – zuckte er vor freudiger Erwartung.

Leckte er nur über ihre Spalte – zuckte er vor gierigem Verlangen.

Und wenn ihr Geschmack seinen Gaumen kitzelte, dann zuckte er voller Tatendrang.

Emma lag noch genauso auf dem Küchentisch, wie Rob und er sie vorgefunden hatten. Doch etwas hatte sich geändert. Sie wirkte nicht mehr erschöpft und träge, auch wenn sie einfach nur dalag. Ihr leises Stöhnen und Zucken verriet sie. Rob und Sam hatten ihre Leidenschaft neu geweckt.

So intensiv wie er zwischen ihren Schenkel ihre Erschlaffung ausgenutzt hatte, so konsequent hatte Rob an ihren Brüsten gespielt. Sam hatte nicht genau gesehen, was er alles gemacht hatte, denn er war zu sehr mit seiner Spielfläche beschäftigt gewesen.

Lecken, Fingern, Streicheln.

Aber dass auch Rob erfolgreich war, zeigte sich an den dunkelroten Brustwarzen, die sich fest und aufrecht, den zärtlich suchenden Fingerspitzen entgegenreckten. Da sie feucht glänzten, nahm Sam an, dass sein Kumpel mit ganzem Körpereinsatz auf die Brüste von Emma eingewirkt hatte. Ein schwaches Grinsen huschte über seine Mundwinkel. So einen Arbeitstag wünschte er sich häufiger.

Sam streichelte mit der Zunge die triefende Mitte von Emma. Sein nächster Gedanke war, ob er in sie eindringen sollte, denn sein Schwanz drängte nach Erlösung. Hart, steif, angeschwollen stand er einfordernd vom Körper ab. Er achtete auch nicht mehr auf Rob. Der konnte sich selbst helfen. Er benötigte dringend heiße, nasse Muskeln um sein bestes Stück.

Den Gedanken hatte er noch nicht zu Ende gedacht, da kam Bewegung in die Frau. Sam kippte rückwärts, so saß er unter ihr, als sie auf die Beine kam. Sie schwankte etwas, hielt sich an der Tischkante und mit der anderen Hand an Sams Kopf. Ihre Finger krallten sich in kurze Stoppeln und der Griff hinterließ einen süßen Schmerz in den Eingeweiden.

Rob stand dicht hinter ihr und seine Hände lagen auf ihren Hüftknochen.

Sie sprachen kein Wort.

Emma zog Sam näher an ihren Schritt, forderte ihn nonverbal auf, sich daran noch einmal gütlich zu tun. Natürlich ließ er sich nicht lange bitte. Einer Frau schlug man doch keine Wünsche ab.

Umständlich kroch er näher, streckte sich, um die Stelle zu erreichen, und begann hier ein weiteres Mal sein Spiel mit der Zunge.

Robs Hände wanderten hoch zu ihren Brüsten. Umkreisten sie in ihrer Gesamtheit. Immer enger zog er seine Linien, bis er wieder mit Zeigefinger und Daumen die Brustwarzen massierte. Ein heiseres Stöhnen durchdrang den Raum.

Sam war sich sicher, dass es seins gewesen sein könnte. Oder war es Emmas? Robs?

Es war egal. Es hätte eh keiner auseinanderhalten können. Jeder war in seiner eigenen Hülle aus Verlangen und Lust gefangen. Es fehlte nur die Vereinigung, der Punkt, an dem sich alle Hüllen vereinten.

Aber sie arbeiteten daran. Erst ein jeglicher für sich, dann sacht und vorsichtig sich an den anderen annähernd, betastend und sich einander ergebend und damit brachen sämtliche Dämme.

Die eben noch besonnen und einfühlsamen Berührungen wurden zu einem wilden, ekstatischen Reigen. Küsse überall. Lippen, Münder, die sich rieben. Hände, die die erogen Stellen fanden.

Sam leckte wie verrückt über ihre Spalte. Er nahm sogar die Zähne zu Hilfe, sie so gut zu stimulieren, wie er es konnte. Es zeigte Wirkung. Vielleicht war es auch eine Mischung aus der Situation, seinem bedingungslosen Zungenspiel und Robs massierenden Händen und dessen Lippen, die ihren Hals und ihre Schultern verwöhnten.

Ihr Stöhnen wurde lauter, hemmungsloser, wilder.

Sie begann, sich zu winden, was es Sam erschwerte, seine Berührungen zielgenau einzusetzen. Ihn aber darin bestätigte, dass es genau richtig war, was er machte. Und als er ihre Schenkel streichelte, merkte er, wie sie zitterte. Als sie bei jedem Kontakt zusammenzuckte und aufkeuchte, schob er zwei Finger durch die nasse Hitze in ihr enges Fleisch.

Sofort reagierte sie. Sie sackte zusammen, ihre Beine gaben nach. Rob umfing sie fester, hielt sie aufrecht und Sam konnte weiter, tiefer und schneller in sie eindringen. Seine Finger drückten sich gegen ihr weiches, ihn willkommen heißendes, erregtes Fleisch. Sie war so nass. Glitschig und wollüstig.

Immer weiter masturbierte er tief in sie hinein. Seine Hand stieß hart an ihre Schamlippen. Reizte dadurch ihren Kitzler und zwischen ihr Keuchen mischte sich ein deutliches Wimmern.

Sam presste die Finger weiter hinein. Rieb in ihr eine Stelle, die er besonders anziehend fand. Er krümmte seine Fingerkuppen erst langsam, dann in einem immer schnelleren Rhythmus.

Ihre Muskeln, zuvor weich und nachgiebig, wurden auf einmal fest und zogen sich unter seinen Fingerspitzen zusammen. Mit jedem Zusammenziehen zitterte sie mehr, zuckte mehr.

Und dann war es so weit.

Ein spitzer Schrei löste sich aus ihr. Ihre Beine gaben völlig nach und nur mit Mühe wurde sie aufrecht gehalten. Sam ließ sich nicht beirren. Rasend schnell bewegten sich seine Finger. Und ihr Eingang wurde enger, umschloss ihn krampfhaft, löste sich kurz und zog sich wieder zusammen.

Es war traumhaft.

Ihre Nässe schmeckte rauchig und brannte etwas auf seiner Zunge. Diese Intensität ließ ihn vor lauter Lust übermütig werden und er zwickte mit den Zähnen in ihre intimste Stelle. Ein überraschter hoher Ton schallte im Raum.

Seine Finger wurden so eng umschlungen, dass er sie kaum bewegen konnte. Gleich darauf lockerte sich ihr Fleisch, sie wurde starr, dann zogen sich ihre Muskeln schlagartig wieder zusammen und sie bäumte sich in Robs Umklammerung auf.

Sam starrte sie aus seiner Position an, war fasziniert, wie sie sich hingeben konnten.

Ihr Höhepunkt ebbte nach und nach ab. Sie wurde weicher – überall. Sanft streichelte Sam sie mit Fingern und Zunge, während er sah, wie Rob sie zärtlich auf den Nacken küsste.

Auf einmal kam Bewegung in sie. Sie ließ sich auf die Knie sinken. Umfasste mit einem zielsicheren und festen Griff Sams Geschlechtsteil. Schaute sich um, zog Rob am Stoff seiner Hose näher zu sich, sodass sie auch seinen Schwanz in die Hand nehmen konnte.

Bei diesem Anblick ging für Sam ein Traum in Erfüllung. Eine Sexyfrau ihm zu Füßen, er mit offenem Hosenstall und sie sein bestes Stück umklammernd.

Sie zog an ihm. Und an Rob. Solange, bis sie beide Schwänze vor ihrem Mund hatte, dann leckte sie sich genüsslich über die Lippen, schaute erst ihn, gleich darauf Rob mit diesem typischen Blowjobblick an und legte sich beide Peniskuppen auf die Zunge.

Sam schnappte nach Luft und ganz nebenbei hörte er, wie Rob zögerlich seinen Atem ausstieß.

Der und zögerlich? Er wollte ihn aufziehen, ihm die Meinung sagen, weil er ihn vorhin so blöd behandelt hatte, aber in dem Moment rieb Emma ihre Zunge an ihren beiden Schwänzen und seine Gedanken verflogen.

Sexuelle Gier gewann endgültig die Oberhand.

Sie stöhnten beide. Nein. Sogar alle drei. Denn auch ihr konnte Sam die pure Lust ansehen. Genüsslich leckte sie, umkreiste, wechselte zwischen den Schwänzen hin und her. Züngelte. Stupste.

Dann nahm sie Sams Teil in den Mund und ihm sackten fast die Beine weg. Heiße Ströme zogen sich an den Schenkeln hoch. Im Bauch summte die heiße Lava, die er vorhin zum Kochen gebracht hatte. Heiß, heißer und glühend.

Alles in ihm spannte sich. Zog sich zusammen.

Brannte.

Seine Eier ... Oje ... hoben sich, wurden durch seinen Hodensack so beengt und zusammengedrückt, dass er sie gegeneinander reiben spürte. Es konnte auch Wunschdenken sein. Es konnten auch ihre Finger sein. Egal. Es fühlte sich saugut an. Hervorragend.

So gut, dass er laut aufstöhnte. Seine Finger verkrallten sich in ihre Schulter, seit wann die dort lag, war ihm nicht einmal klar. Die andere Hand sucht noch einen Halt und ganz nebenbei erwischte sie die Tischkante.

Sein Unterleib begann, sich heftig gegen ihren Mund zu bewegen. Immer fester drängte er dagegen.

Bis ... ja, bis nichts mehr aufzuhalten war. Sein Sperma schoss ungebremst aus ihm heraus. Benetzte ihre Wangen, traf ihr Ohr, ihren Hals und landete auf ihrem Dekolleté. Krampfhaft versuchte er, sich zu halten. An ihr, am Tisch.

Doch er stolperte rückwärts und hatte den Küchentresen im Rücken, an dem er sich aufrecht halten konnte.

Rob war noch nicht so weit. Er hatte den Kopf in den Nacken gelegt und Emma kniete nun so, dass sie ihn komplett in den Mund nehmen konnte. Sam war nur noch in der Lage, diese Szene wie durch Nebel zu betrachten. Verschwommen nahm er wahr, wie sich Emmas Kopf schnell vor und zurückbewegte. Rob sich im selben Rhythmus bewegte und doch irgendwie abgehackter wirkte.

Keine Sekunde später hörte er ihn kehlig aufstöhnen. Sein Körper zuckte einige Male und Emma öffnete ihren Mund, schnalzte mit der Zunge und sein Sperma lief über ihre Lippen. Sie schob es heraus und es tropfte auf alles, was unterhalb ihres Kiefers war. Ihre Hand, ihren Ausschnitt. Robs Penis.

Emmas verklärter Blick wanderte zwischen ihm und Rob hin und her. Sie kauerte auf dem Boden. Ein seliges Lächeln umspielte ihre Lippen und sie wirkte irgendwie entrückt. Verzaubert.

Sam fand sie in diesem Moment noch anziehender, noch aufregender als vorhin. Seltsam.

Er bekam einen heftigen Seitenstoß. Rob zeigte mit einer schnellen Kopfbewegung zur Tür.

»Hosen hoch und raus!«, raunte er ihm zu.

So schnell hatte Sam seine Hosen noch nie oben gehabt und war mit Rob über den Rasen zum Auto gestürmt.

»Das war geil!«, schrie Sam, als er sich in den Autositz plumpsen ließ.

»O Mann, da haste recht!«

»Ob wir das noch mal machen können?«

»Wohl kaum, du Trottel!«

»Arschloch!«

»Hast du ihren Mann nicht gesehen?«

»Nein!«

»Der stand in der Küchentür.«

»Neee …«

»Glaub's oder glaub's nicht! Mir egal! Aber dort werden wir mal 'ne Weile nicht aufkreuzen!«

Der Ehemann als Voyeur

Verdammt! Verdammt!

Sie hatte ja recht! Ungern gab er es zu und würde es wahrscheinlich vor ihr auch nie eingestehen. Er war ein Arschloch.

Als er sie damals gebeten hatte, bei ihm einzuziehen, wollte er sich wirklich um sie bemühen. Er hatte so viele Vorsätze gehabt und so gut wie jeden einzelnen gebrochen.

Umwerben hatte er sie wollen, erobern. Sie mit Romantik und Zuneigung und Liebe überschütten. Romantische Spaziergänge, Abende vor dem Kamin. Freunde besuchen.

Allerdings war es so weit gar nicht erst gekommen. Seine Arbeit hatte ihn fest im Griff. Ein Termin jagte den anderen. Jeder wollte etwas von ihm. Er musste halt Entscheidungen treffen und die waren nicht in einer Minute erledigt. So erklärte er sich und ihr und allen Bekannten, die sie je als Paar eingeladen hatten, seine Abwesenheit.

Ihm genügte zu wissen, dass sie seine Frau war, zu Hause auf ihn wartete und ihm gehörte. Das hatte die letzten Jahre gut funktioniert. Sie hatten sich arrangiert. So hatte er jedenfalls angenommen. Und dann das.

Als er morgens zur Arbeit ging, war da der verletzte Ausdruck in ihren Augen und diese Traurigkeit in ihrer Miene. Ausgerechnet heute hatte ihn das sehr aufgewühlt. Warum auch immer. Nur war es diesmal so deutlich gewesen, dass sie mit ihm nicht zufrieden war. Und das hatte ihn den ganzen Tag über zum Nachdenken angeregt. Etwas lästige Angelegenheit und eher zermürbend als aufbauend. Wie sollte er sich auf die Arbeit und sein Team konzentrieren, wenn er ständig ihr bedrücktes Gesicht vor sich sah?

Normalerweise waren seine vorherigen Bekanntschaften mit dem, was er ihnen geboten hatte, glücklich. Nun, zumindest eine Zeit lang. Dass nicht alle ihm treu ergeben waren, tja, vielleicht waren das alles Schlampen gewesen.

Doch Emma war anders. Und deshalb hatte ihm der Blick nicht gefallen.

Verdammt!

Sie war ihm damals gleich aufgefallen, als er bei dem einen Videodreh für den Film, den seine Firma finanzierte, anwesend war. Alle Darstellerinnen zeigten sich von ihrer aufgeschlossensten Seite. Flirteten mit jedem Mann, der an ihnen auf Armlänge vorbeilief. Nur Emma stand abseits, hatte ein dickes Heft in der Hand, in dem sie ständig hin und her blätterte. Sie fuhr mit ihren Fingerspitzen über den Inhalt und schüttelte alle paar Sekunden den Kopf. Dann schob sie sich mit dem Zeigefinger die Brille wieder dem Nasenrücken hinauf. Gleich darauf suchte der Finger wieder die Blätter ab. Dabei schien sie ihre Umgebung nicht aus den Augen zu lassen. Oder sie merkte, wenn sich ihr jemand näherte. Dann machte sie einen kleinen Schritt zur Seite und wich der Person aus. Die nackten Körper im Raum irritierten sie überhaupt nicht.

Als er auf sie zuging, drehte sie sich von ihm weg. Er wusste aber, sie musste ihn mitbekommen haben, denn einige der Männer begrüßten ihn lautstark.

Sie gab ihm dadurch die Möglichkeit, sie auch von hinten intensiv zu betrachten. Sie hatte schmale Schultern, einen schlanken Hals. Ihre Haare hatte sie mit einer Klammer hochgesteckt, wodurch einzelne Strähnen locker herausfielen und ihre eine Spur romantische Verwegenheit verliehen.

Der Hosenbund saß weit über der Taille, jedoch lag der Stoff eng um den wohlgeformten Po. Und der war heiß. Sein Körper reagierte sofort.

Wenn sie sich bewegte, rutschte ihr kurzer Pullover und offenbarte ihm ihre helle, glatte Haut. Der Kontrast dieses schmalen Streifens zwischen der dunklen Hose und dem fast schwarzen Pulli brachten ihn in Atemnot. Er verstand damals nicht, wie es sein konnte. In dem Etablissement liefen eine Handvoll nackter Frauen herum und ihn interessierte ausgerechnet die, die ihm beinahe prüde erschien.

Unglaubliche vier Wochen hatte es gedauert, bis sie seine Anrufe angenommen hatte. Vier Wochen! Er musste sich tatsächlich kümmern. Sie fiel ihm nicht einfach in den Schoß und garantiert nicht auf seinen Schwanz.

Seitdem er sie dort hatte stehen sehen, war es um ihn geschehen gewesen. Er musste sie haben. Er wollte sie haben. Und zwar ganz. Sofort.

Nur hatte das »Sofort« gedauert. Nach dem Monat ließ sie ihn weitere Wochen schmoren und war nur zaghaft bereit, sich auf ihn einzulassen. Ja, genau das hatte ihn an ihr gereizt.

Er musste sie erobern und eben dieses wollte er auch beibehalten. Funktioniert hatte es weitaus weniger, als er sich vorgenommen hatte. Zu dem Zeitpunkt allerdings war er ambitioniert. Und ihre Zweisamkeit war berauschend. Er sonnte sich darin, sie endlich bekommen zu haben.

Nur waren dann Romantik und Zweisamkeit alles, was sie wollte. Keine wilden Partys, kein ausschweifendes Nachtleben und das war ihm zu öde. Er wollte … ja, was eigentlich? Sie – unbedingt. Es wäre für ihn furchtbar zu wissen, dass sie ihn verließ, weil er sich nicht mehr bemühte.

Solche und ähnliche Gedanken umschwirrten ihn und er musste mit ihr die Sache klären, umgehend. Also entledigte er sich so schnell wie möglich dem sonst straffen Terminplan und fuhr nach Hause. Auch unterwegs grübelte er, wie er das mit Emma wieder geradebiegen konnte, denn er vermutete, dass sie nicht mehr lange brauchte, um ihn zu verlassen.

Er parkte vorm Haus, überlegte sich aber, ob er nicht lieber einen Strauß Blumen organisieren sollte. Den Hebel für den Rückwärtsgang hatte er schon eingelegt, im Navi das nächste Floristikgeschäft eingeben, da kam aus der Eingangstür ein muskelbepackter, gut aussehender Postbote herausgestürmt. Dieser wirkte seltsamerweise sehr überhitzt und auf dem Gesicht lag ein süffisantes Lächeln.

Das ließ ihn, Jordan, hellhörig werden. Was machte dieser Typ in seinem Haus?

Der Kerl pfiff auf den letzten Metern zum Auto und während er einstieg, griff er sich in den Schritt und richtete sein Teil.

Verdammt!

Was ging hier vor?

Ein ungutes Gefühl beschlich ihn. Mit unterdrückter Wut schob er den Hebel zurück auf Parken.

Was ging hier vor?

Sein Hirn war in einer Dauerschleife gefangen.

Ihm schossen zu viele, zu wirre und zu unvorstellbare Gedanken durch den Kopf. Er wusste nicht, was ihn erwarten würde. Ihn störte nicht der Postbote. Nein. Ihn störte dieses selbstgefällige Lächeln, das ein Mann nur aufsetzte, wenn er einen wahnsinnig geilen Orgasmus hatte.

Emma würde ihm das doch nicht antun?

Oder hatte er sie schon zu lange, sich selbst überlassen? Hatte er sie bereits verloren?

Das Postauto war verschwunden und er stand vor Wut kochend, sich alle möglichen Situationen vorstellend vor seinem Haus. Dabei hatte er doch völlig andere Gründe gehabt. Andere Vorhaben.

Er wollte sein Mädchen zurück.

Da merkte er, wie er wieder in die Rolle des selbstverliebten Gigolo fiel. Was, wenn sie aber nicht wollte?

Verdammt!

Er stieß die Haustür auf.

Stöhnen?

Keuchen?

Das hörte sich verdammt noch mal sehr nach Emma an. Er durchquerte den Flur. Was würde ihn dort erwarten? Trieb sie es mit einem weiteren Postboten? Sein Puls hämmerte in seinen Ohren. Sein Herz, sein Atem, alles raste so schnell, dass er dachte, er würde im nächsten Augenblick zerspringen.

Es gab keine Tür zur Küche. Jeder Raum war sehr offen und modern gestaltet. Er wusste, dass Emma dieses Zimmer mit dem Hauch von Wintergarten besonders liebte. Hier schrieb sie auch an ihren Büchern.

Er verharrte am Durchgang.

Emma.

Seine Emma lag auf dem immer streifenfreien Glastisch. Die Beine leicht gespreizt, der Arm über die Augen gelegt. Wie Ophelia nach dem Bade. Erschöpft, aber glücklich. Doch zwei Elemente störten ihn gewaltig. Die Kerle, die neben ihr standen und ihre Finger an seiner Frau hatten. Die Frage: Was ging hier vor, beantwortete er sich selbst. Seine Emma wurde auf ihrem Küchentisch gebumst.

Der lange, hagere Kerl, der neben ihrem Oberkörper stand und sich genüsslich mit ihren Brüsten beschäftigte, schaute sie gierig an. Zu gierig für seinen Geschmack. Er hatte seine Frau überhaupt nicht so auszuschauen. So eine Dreckfresse. Er sollte hineinstürmen und ihm eine Ordentliche ballern. Aber seine Füße machten nicht mit. Wie angewurzelt blieb er im Türrahmen stehen. Er starrte auf die drei Personen vor sich. Die Typen hatte er schon einmal gesehen.

Sein Augenmerk wurde von dem am Fußende angezogen. Mit seinen Berührungen huldigte er dem Körper von Emma. Wie zärtlich er ihre Füße liebkoste. Mit welchem genüsslichen Ausdruck er eine Zehe nach der anderen abschleckte und diese einsaugte.

Zum totalen Unverständnis regte sich etwas in seiner Hose. Sein Johnny nahm an Umfang zu und ein leichtes Pulsieren machte sich in seinem Körper breit. Seine Hände suchten nach irgendetwas zum Festhalten. Am Türrahmen fand er Halt. Mit größter Mühe gelang es ihm, die Beine dazu zu bringen, sich zu bewegen. Mit dem Rücken lehnte er sich an die Wand. Sein Herz raste, seine Lunge pumpte unaufhörlich Sauerstoff durch seine Blutbahnen und brachten ihn damit aus dem mentalen Gleichgewicht.

Seine Emma.

Die zwei Typen vergingen sich an ihr.

Sein Kopf sagte ihm, sofort zu ihr zu rennen, sie von den Kerlen zu befreien. Sein Bauch jedoch sagte etwas ganz anderes. Und seine Augen waren vorhin schon angetörnt gewesen.

Nicht nur seine Augen. Sein Johnny drückte mächtig erregt gegen den Hosenstoff.

Er zwang sich, tiefe Atemzüge zu nehmen. Die Luft bis weit nach unten in seinen Unterleib dringen zu lassen und zu versuchen, ruhig durchzuatmen.

Was ihm nicht gelang.

Was er da eben gesehen hatte, wühlte ihn auf. Erregte ihn. Wo es ihn doch abstoßen und er absolut sauer auf Emma sein sollte. Aber nein. Es machte ihn scharf!

Verdammt!

Was für ein Scheißtag!

Er beugte sich wieder vor, um in den Raum hineinsehen zu können. Emmas Beine waren nun gespreizt. Der junge Kerl hatte sich schon bis zu den Knien emporgearbeitet. Und der andere spielte mit einer Ausdauer an ihrem Busen, der sich ihm verlangend und erregt entgegenstreckte. Sie jedoch ließ alles über sich ergehen. Zeigte keine Reaktion, außer ein Stöhnen, wenn eine besonders empfindliche Stelle gereizt wurde. Und dieses leise Seufzen bohrte sich in sein Gewissen. Wie oft hatte er sie dazu gebracht, es auszustoßen? Richtig, in letzter Zeit gar nicht mehr. Er hatte sie sträflich vernachlässigt.

Der dunkle Haarschopf, der sich nun ihrer Körpermitte näherte, wurde immer wagemutiger.

Und jedes Mal, wenn der Kerl ihre Haut berührte, wenn seine Lippen über ihre Schamlippen strichen, hörte er diesen speziellen Laut, den sie immer von sich gab, wenn er sie oral befriedigte. Was er auch schon eine ganze Weile nicht mehr gemacht hatte.

Shit!

Er legte den Kopf zur Seite, beobachtete den Kerl genau. Begutachtete, was er da anstellte. Gleichzeitig versuchte er, Halt an der Wand zu finden, seinen Händen eine Aufgabe zu geben, sonst hätte er die womöglich um den Hals des jungen Mannes gelegt. Arschloch!

Der andere war ein noch größeres!

Die weichen Brüste seiner Emma gehörte ihm!

Was hatten denn dem seine ungepflegten Finger dort zu suchen?

Nur seine Hände sollten diese wohlgeformten Hügel streicheln und liebkosen dürfen. Er wollte die empfindlichen Knospen mit den Fingern zwirbeln. Spüren, wie sich die kleinen Unebenheiten zu festen Knubbeln formten, sie hart wurden, sich ihm entgegenreckten. Er wollte dagegen schnipsen, sehen wie sie stetig dunkler wurden.

Ein Schauer der Erregung überzog ihn. Es war, als könnte er die Knospen fühlen, wie sie sich aufbäumten unter ihm. Wie die

Brüste fester und straffer sich nach seinen Berührungen sehnten. Eben nach seinen, nicht nach denen von irgendwelchen dahergelaufenen Gärtnerjungen.

Mit einem Ruck zog er sich zurück, lehnte sich an die Wand und presste ungehalten seinen Atem durch die Nase.

Sollte er auf sie wütend sein? Auf die jungen Kerle? Die sich bestimmt nur das nahmen, was sie anbot!

Oder sollte er auf sich wütend sein, weil er daran schuld war, dass sie sich anderweitig das suchte, was er ihr vorenthielt.

Sein Brustkorb hob und senkte sich im Takt seiner selbstkasteienden Gedanken. Wo wäre der Anfang und wo würde es enden?

Da schob sich der Anblick von eben wieder in den Vordergrund.

Seine Emma, aufgebahrt wie eine heidnische Göttin auf dem Altar. Gehuldigt von Händen, Lippen und Fingern und Mündern und Augen, die sie verschlangen. So sollte eine Frau angeschaut werden.

In diesem Moment beneidete er die jungen Männer, die so nah bei ihr waren. Ihre weichen, nun festen Brüste liebkosen durften. Den Kerl zwischen ihren Beinen, der ihren Geruch einsaugen und ihren Geschmack auf der Zunge zergehen lassen konnte. Er war sauer auf Emma, dass sie denen das gab, was ihm zustand.

Und er war wütend auf sich selbst. Er müsste der sein, der jetzt dort neben ihr kniete und seine Zunge zwischen ihre Schamlippen drängen sollte.

Hätte sie ihm nicht sagen können, dass sie nicht zufrieden war? War es ihr so schwergefallen, mit ihm zu reden?

Verdammt!

Er hatte ihr doch keine Möglichkeit gegeben. Durch sein ständiges Auf-Arbeit-Gerenne war ihm nicht nur die Zeit davongelaufen, nein, auch die Gelegenheiten, sich mit ihr zu unterhalten.

Wie er es drehte, es war nicht nur ihre Schuld. Und diese Erkenntnis schmerzte ihn in diesem Augenblick besonders. Nicht nur diese Erkenntnis, am meisten sein Schwanz, der schon mächtig geschwollen war, gegen die Hose drückte und sich nach der warmen Feuchtigkeit einer willigen Muschi sehnte.

Seine Hand taste nach dem festen Teil, rieb beschwichtigend darüber, wollte ihm erklären, dass er möglicherweise später seine Chance bekam. Das Zucken und Kribbeln im Unterleib wurde stärker und drängender.

Langsam beugte er sich wieder so, dass er um den Türrahmen schauen konnte.

Seine Emma bäumte sich unter den Berührungen und Streicheleinheiten auf. Drückte den Rücken durch, öffnete die Beine weiter, zog an Haaren und bei diesem erotischen Tanz keuchte und stöhnte sie, als hätte sie lange auf solch einen Genuss verzichten müssen.

Ein Stich durchfuhr sein Herz. Ob er jemals diese Chance bekam, die er seinem kleinen Kumpel versprochen hatte?

Ihr Po zappelte auf dem Tisch. Er wollte am liebsten nur noch an dieser Stelle sitzen und sein Essen einnehmen. Immer mit der Erinnerung an diese Szene. Konnte man dauergeil werden?

Ihre Haut war leicht gerötet und sie schimmerte im Licht der hereinscheinenden Sonne, so sehr war sie erregt. Er liebte sie in diesem Zustand!

Daher fragte er sich, warum er ihr das nicht häufiger zugestanden hatte. Er war doch ein Arschloch.

Als sie kam, war es ein Fest für die Sinne. Anmutig, sinnlich und so intensiv, wie sie ihren Höhepunkt entgegennahm, war es ein Augenschmaus. Die zwei Kerle waren ebenfalls beeindruckt. Sie hielten in ihrem Tun inne und betrachteten sie, wie sie sich krümmte, wie sie zuckte, sich aufbäumte und dann weich und mit einem seligen Lächeln sich ergab.

Er wollte sofort zu ihr. Wollte in diesem Moment in sie eindringen. Die leichten Kontraktionen ihres Körpers genießen und sie erneut zu den höchsten Wonnen führen. Sich in ihr versenken, seinen harten Schwanz zwischen ihren Schamlippen hin- und hergleiten lassen. Sie umspielen, sie locken und reizen, um dann mit einem heftigen Stoß in sie einzudringen.

Sein Kamerad zuckte, drängte darauf, seine Wünsche auszuführen. Er war auch so weit, wollte sich dem hingeben.

Die Typen würde er mit einem forschen Auftreten verjagen und sich dann ganz seiner Emma widmen, die in dem Zustand immer sehr freigiebig war.

Dass sie aufstand, war nicht in seinem Plan eingerechnet. Etwas schwankte sie, wurde gestützt und dann ging sie langsam auf die Knie.

Was hatte sie vor?

Sie wollte etwa nicht …?

Jordan bekam Schnappatmung.

Nein … Er hatte doch andere Pläne mit ihr. Er wollte doch …

Verdammt!

Auf den Knien sah sie noch göttlicher aus. Ihr bezaubernder Po leuchtete unter dem kurzen Negligé hervor und lud ihn ein, ihn zu streicheln. Mit den Lippen zu liebkosen, die Zähne sacht hineinzudrücken, mit der Zunge jede entstandene Unebenheit zu erforschen und dann den Mund darauf zu drücken.

Sie scheute sich nicht, die Schwänze der Kerle einzufangen, zu umschließen und ihnen das zurückzugeben, was die ihr Gutes getan hatten. Er konnte nur ahnen, wie sie die Pimmel der anderen verwöhnte. Wie sie an ihnen leckte, sie erkundete und ihre Spielchen mit ihnen trieb.

Ihre Kopfbewegungen sprachen Bände.

Der Kerl, der vorhin sich zwischen ihren Beinen gütlich getan hatte, wurde zuerst an die Grenzen seiner Lust gebracht. Wie er stöhnte, sich an ihr und an der Tischkante festhielt! Der Bubi hatte nicht mal genug Stand, um die Wollust dieser göttlichen Frau zu empfangen. Weichei!

Sein Orgasmus kam dann auch ziemlich zügig. Was für ein Jammerlappen!

Der andere Kerl, der ihre Brüste so sehr gereizt hatte, dass er bald hingelaufen wäre und ihm eine in die Fresse geschlagen hätte, war als Nächster dran. Sein Höhepunkt war zwar etwas stilvoller, aber nicht weniger hektisch. Kaum das ihre Mission ein Erfolg war, zogen die beiden sich die Hosen hoch und machten sich aus dem Staub. Sie ließen Emma einfach auf dem Boden sitzen und verschwanden durch die Glastür.

Emma blieb sitzen, wischte sich das Gesicht mit ihrem dünnen Kleidungsstück ab. Er brauchte nur den Bruchteil einer Sekunde, um sich seiner Hosen zu erledigen. Die Unterhose gleich mit. Das Jackett ließ er ebenfalls auf den Boden gleiten. Da stand er nun, nur mit Hemd bekleidet und lief unsicheren Schrittes auf sie zu.

Jordan hatte keine Ahnung, wie sie reagieren würde.

Er hatte keine Ahnung, wie er reagieren sollte.

So machte er das, was sein Urinstinkt ihm riet.

Er trat hinter sie. Packte sie in den Haaren, zog sie hoch, schaute ihr dabei in die Augen und sein Atem beschleunigte sich sofort, als er die unverhohlene Gier nach ihm sehen konnte.

»Wir haben da was nachzuholen.« Hörte sich seine Stimme tatsächlich so unwirklich an?

Sie nickte nur. Presste sich an ihn.

Sein treuer Kumpel verhedderte sich in der Spitze, als sie ihren Unterleib gegen ihn drängte und sich sehr sinnlich an ihm rieb. Abwechselnd streiften die glatte Haut ihres Bauches und der raue Stoff des süßen Nichts über seine Peniskuppel.

Seit dem Eintreten durch die Tür lief sein Körper auf Hochtouren, sein Verstand hatte fast jede Möglichkeit ausgelotet und doch kläglich versagt. Hatte er damit gerechnet, als er von der Arbeit nach Hause fuhr? Sicher nicht!

Mit allem, mit einer weinenden, wütenden, zeternden Frau. Sie hatte ja jedes Recht der Welt, fuchsteufelswild und sauer zu sein. Aber sie sah ihn mit einem Blick der Verführung an. Sie streichelte förmlich sein Gesicht mit den Augen. Ihre Lippen waren noch feucht und glänzten. Er sammelte sich, kniff die Augenlider zusammen, er musste verdrängen, was er vor wenigen Minuten gesehen hatte. Er wollte es ihr nicht nachtragen. Ihr nicht vorwerfen.

Ihre Lippen waren geschwollen, formten sich zu einem Kussmund. Dann ließ sie die Zunge über die Unterlippe huschen und ihm wurde heiß. Nein. Heißer. O Gott, noch heißer.

Wie vorhin ließ sie sich hinabgleiten. Küsste ihn jedoch auf den Hals und im Hinabsinken zog sie sein Oberteil auseinander. Ihre Lippen streiften über seinen Kehlkopf, weiter über die empfindliche Stelle, wo sein Puls hart gegen die Haut schlug. Ihr Mund wanderte zu seinen Brustwarzen. Sie umkreiste und leckte sie innig, bis diese so empfindsam waren, dass er laut aufstöhnte.

Sie biss hinein und ihm schwanden beinahe die Sinne. Eine Lustwelle brach über seinen Körper herein. Durchflutete sein gesamtes Sein. Eroberte jede Haarspitze, jedes Gelenk und raste im ungebremsten Tempo bis in die Zehennägel.

Von dort zurück überflutete es seine Sinne und raubte ihm den letzten Rest seines schon arg lädierten Verstandes.

Seine Hand krallte sich noch in ihren Haaren fest, suchte die Verbindung zu ihr, gleichzeitig zur Realität. Doch beides stand auf wackeligen Füßen.

Mittlerweile war sie am Bauchnabel angekommen. Diese kleine nutzlose und unscheinbare Vertiefung wurde auf einmal zum Mittelpunkt seines Lebensinhaltes. Konnte es sein, dass dort so viele Nervenenden sich kreuzten? Sprühende Funken verteilten sich in alle Richtungen. Sein Bauch glühte. Tiefe, mächtige Atemzüge erschwerten ihm das vernünftige Denken. Der Sauerstoff durchdrang alle Poren, alle Zellen und weiteten diese, damit die in der Lage waren, SIE zu spüren.

Sie setzte einen Kuss auf sein Schambein. Bog seinen harten Kumpel einfach zur Seite und vergnügte sich drumherum. Sie zupfte an Hautstellen, knabberte an verborgenen Winkeln und drückte ihre Nase gegen sein sehnsüchtiges Fleisch.

Ihre Hände umspannten seinen Hintern. Kniffen hinein. Dann spielten die Fingerspitzen mit seinem Hodensack. Dort kniff sie auch hinein und er konnte nicht anders, er seufzte voller Wollust.

Liebend gern würde er die Augen schließen, aber er hatte Angst, irgendetwas von ihrem sinnlichen Angriff zu verpassen. So beobachtete er alles, was sie mit ihm, auf ihm und wegen ihm tat.

So sehr sehnte er sich danach, dass ihr Mund sich um seinen Kumpel schloss. Dass sie an ihm saugte, mit der Zunge jede Ader nachzeichnete und alle Unebenheiten entdeckte und sie diese mit Wonne erkundete.

Er zog an ihren Haaren.

Zog sie näher an sich heran.

Drängte ihren Kopf gegen sein Geschlecht. Rieb seine harte, lange Rute an ihrem Gesicht entlang. Ließ sie den Duft hautnah erleben. Schob sein bestes Stück gegen ihre Lippen. Zwängte ihm ihr so gegen den Mund, dass sie die Lippen öffnete und …

Sie leckte sich über die Unterlippe.

Da war es für ihn vorbei.

Mit der anderen packte er seinen Kumpan und presste ihn ihr zwischen die Lippen. Die feuchte Hitze ließ ihn aufkeuchen. Der Druck der Lippen beinahe explodieren. Mühevoll hielt er sich zurück. Er wollte nicht zu schnell kommen. Sie sollte etwas für ihre und seine Lust tun.

Genüsslich empfing sie ihn. Stülpte die Lippen über seine Peniskuppel und malte mit der Zunge den Hügel nach, ließ sie durch die schmale Spalte gleiten, fand das Loch und drückte provokant hinein. So nahm sie ihn Stück für Stück in sich auf. Erhöhte seine Geilheit, verdoppelte sein Verlangen nach ihr.

Die Hand in den Haaren konnte nun den Kopf umfassen und er zwängte sein Teil in ihren Mund. Tief, tiefer … so tief hinein, bis sie ein gurgelndes Geräusch von sich gab.

Ein Blick in ihr Gesicht: Ihre Augen glänzten, ihre Lippen schimmerten vor Feuchtigkeit und an ihren Mundwinkeln lief ihr Speichel herab. Ihr Mund gefüllt mit seinem harten Fleisch. Seine Hoden schlugen bei den Bewegungen gegen ihr Kinn. Es war einfach nur schön anzusehen und allein dieser Anblick hätte ihm gereicht, zum Orgasmus zu kommen. Aber er hatte mehr vor.

Mit einem Ruck entzog er sich ihr. Ihre Zähne kratzen bei dieser Behandlung über seinen Penis. Sie schaute ihn verdutzt an.

Mit einem weiteren Ruck zog er sie auf die Füße. Sie schwankte bei einem derart rabiaten Umgang. Doch es war ihm in diesem Moment egal. Seine Wollust ging mit ihm durch. Seine Hände legten sich für einen langen Augenblick auf ihre Brüste. Er knetete sie, massierte sie, umkreiste die harten Knubbel.

Allerdings reichte ihm das nicht mehr. Er drehte sie herum. So stand sie mit ihrem Rücken an seinen Bauch gelehnt. Sein Schwanz drängte sich zwischen ihre Pobacken. Die Fingerspitzen schickte er auf eine Erkundungstour über ihre Bauchdecke, den Brustunterseiten und knüppelharten Knospen.

Sie wimmerte leise. Sie stöhnte leise. Sie drehte ihren Kopf an seine Halsseite und hauchte ihm ihren heißen Atem dagegen. Eine Gänsehaut kroch über ihn. Eine explosive Mischung mit seinem vulkanheißen Inneren.

Grob beugte er sie nach vorn. Strich über ihren Rücken. Ihre Ellenbogen stützten sich auf den Glastisch. Es würde ihn sehr interessieren, ob die Brustwarzen die Tischplatte berührten. Ob die kühle Oberfläche sie mehr anregte und sie gleich bei seinen harten Stößen Erfüllung finden würde.

Er stellte ein Bein zwischen ihre leicht gespreizten. Zwang sie, diese weiter auseinanderzustellen. Sich ihm zu öffnen.

Mit den Fingern glitt er entlang ihrer Poritze, ertastete ihre Eingänge, die vor Nässe trieften. Die so empfindlich waren, dass jede Berührung sie zu einem kehligen Aufstöhnen animierte.

Weiter und weiter ließ er sie sich öffnen. Er massierte währenddessen die enge Rosette, glitt über den schmalen Damm in das tiefe Geheimnis ihrer Weiblichkeit. Gleich darüber hinaus zu dem dick geschwollenen Lustknubbel. Er gab ihr das wieder, was sie ihm vorhin angedeihen ließ. Er zwickte hinein. Kräftig.

Ihr Po zuckte ihm entgegen. Sie wimmerte.

Er streichelt sie sofort. Beschwichtigte sie mit sanften Berührungen, nur um im nächsten Augenblick wieder hineinzukneifen. Sprunghaft zuckte ihr Hintern hoch und er drang mit einem einzigen Stoß in ihre herrliche Nässe ein.

Pulsierende Muskeln empfingen ihn. Umschlossen ihn. Gaben ihm das Gefühl, dort zu sein, wo er sein sollte.

Er drängte sich tiefer in sie, presste sie weiter auf den Tisch. Hob ihren Po so an, dass ihr keine Wahl blieb, sie musste sich auf die Oberfläche drängen.

Am liebsten läge er jetzt unter dem Glastisch, um zu sehen, wie ihre Brüste gegen das Material nachgaben. Ihre Festigkeit gegen die Härte des Materials kämpften. Sicherlich würden die steinharten Brustwarzen Dellen in das Glas drücken – wenn es möglich wäre. Allein diese Vorstellung ließ ihn noch fester werden.

Sein Körper übernahm die Führung. Er drängte nach einem Rhythmus. Ohne zu zögern, gab er dem Verlangen nach. Erst langsam drang er in ihren aufgewühlten Unterleib ein. Begleitet von zuckenden Muskeln, war es ein wahrer Hochgenuss. Die ständige Reibung erhitzte nicht nur seine Lust, brachte sie zum Schmelzen, nein, auch Emmas Innerstes wurde empfänglicher, nachgiebiger. Bei jedem Stoß stöhnte sie, drängte sich ihm entgegen. Nahm ihn tiefer in sich auf. Sie wand sich unter ihm. Ihr Po hüpfte im Takt seines Eindringens. Ihre Körper waren im Einklang.

Ihre flüssige Hitze verteilte sich überall.

Sein bestes Stück glühte.

Mit den Händen umfasste er ihre Hüften, zog sie im Takt immer und immer wieder an sich heran. Sein Eindringen wurde zügiger. Kaum konnte er so schnell atmen, wie sein Körper sich in sie zwängte.

Er veränderte den Winkel.

Stieß ein weiteres Mal in sie und wurde mit einem Feuerwerk an miteinander kämpfenden Muskeln empfangen. Ruckartig zogen die sich zusammen. Erlaubten ihm kaum, ganz in sie einzudringen, und doch saugten sie ihn förmlich in sich hinein.

Sie hob ihren Kopf, bog ihren Hintern gegen ihn und ihre Beine zitterten. Mit einem lang gezogenen Laut der Erlösung konnte er sie kommen spüren. Rau und atemlos rief sie seinen Namen und suchte mit den Händen Halt an den Kanten des Tisches, um seinem Eindringen entgegenzuhalten. Heftig schob er sie stückchenweise über den Tisch.

Er trommelte gegen ihren Hintern. Ließ seinem Verlangen nach ihr freien Lauf. Ihr Körper wippte unter dieser Heftigkeit, doch sie hielt ihm stand.

Noch einmal drang er in sie ein. Ließ sich tragen von der Hitze, von der Feuchtigkeit und beim nächsten Stoß war es so weit. Sein gesamtes Ich, sein Körper, sein Geist, seine Seele … alles versteifte sich.

Hart pumpte sich sein Sperma in ihren Körper.

Die letzten sanften Kontraktionen begleiteten sein Ergießen in sie.

»Du bist schwer!«, hörte er sie nuscheln.

Erst da fiel ihm auf, dass er auf sie gesunken war. Er brauchte ein paar Atemzüge, um wieder zu sich zu kommen. Dann stützte er sich ab und hievte sich hoch. Nun war er es, der ziemlich weiche Knie hatte und sich lieber auf den nahestehenden Stuhl sinken ließ.

»Wow!« Mehr wusste er nicht zu sagen.

»Das war … wunderschön!«, hauchte Emma, die sich auch aufgerichtet hatte und etwas unsicher am Küchentresen stand. Sie hielt sich fest, ein sicheres Zeichen dafür, dass auch ihre Knie weich wie Pudding waren.

»Da gebe ich dir recht«, krächzte Jordan und versuchte verzweifelt, seinen Atem unter Kontrolle zu bekommen.

»Du bist heute früh zu Hause.« Es war eher eine Feststellung als Frage.

Verlegen kratzte er sich hinter dem Ohr. »Nun ja … Wir hatten heute Abend eine Verabredung, da dachte ich, ich bin mal pünktlich.«

»Okay …«

Ja, was sollte er ihr auch sagen, dass sie daran schuld war? Dass er gemerkt hatte, was schief lief? Und dass er, als er nach Hause kam, genau das bestätigt vorfand?

»Ich denke …«

»Jordan, es tut mir leid!«

»Ich denke, wir müssen beide an uns arbeiten. Ich habe mir vorgenommen, kürzerzutreten. Du bist mir einfach zu wichtig, um hier blöde Spielchen zu spielen. Ich wollte dich damals. Ich will dich verdammt noch mal immer noch! Verstehst du?«

»Aber …«

»Hör auf! Bitte. Es gibt kein ›Aber‹! Alles, was hier in diesem Raum abgelaufen ist, bleibt hier. Es betrifft nur uns beide!«

»Ich …«

»Liebe dich!«

»Ja … das tue ich!«

»Schön. Dann lass uns zu Udo und Sabine gehen!«

Drei stramme Kerle

Heißes Wasser lief über ihr Bein, schlängelte sich ihren Oberschenkel hinab und suchte sich einen Weg in die Wanne. Dort verteilte es sich und das wohlig warme Gefühl breitete sich mit ihm im Badewasser aus. Leicht ließ sie die Hand durch das Wasser gleiten, schob die Berge von Schaum hin und her. Einige kollidierten mit ihrem Körper. Dabei zerplatzen feine Bläschen und das Prickeln entlockte ihr ein zufriedenes Lächeln.

Emma gönnte sich ein entspannendes Bad. Der Tag war anstrengend genug gewesen. Sie hatte harte Verhandlungen mit ihrem Chef hinter sich und konnte einen kleinen Erfolg verbuchen, was ihr Honorar anging. Es konnte nicht sein, dass sie das Aushängeschild des Verlages war und kaum dafür eine Gegenleistung erhielt.

Sie konnte weitere vorteilhafte Argumente vorlegen. Zum Beispiel die Angebote von anderen Verlagen. Tja, manchmal sollten die Arbeitgeber ihre Mitarbeiter, die wirklich wichtig waren und gut arbeiteten, dementsprechend entlohnen.

Nachdem sie diese Auseinandersetzung hinter sich hatte, wartete noch die mit der Gärtnerfirma und einiger Papierkram hatte sich angehäuft. Es war ziemlich nervtötend gewesen. Daher genoss sie dieses Bad mit allen Sinnen.

Langsam ließ sie sich weiter in das heiße Wasser gleiten, schöpfte aus seiner Gesamtheit Kraft. Es bahnte sich seinen Weg an ihrem Körper entlang, nahm sie ein, so wie sie war. Ohne eine Grenze zu akzeptieren, umspielte es sie. Jede Rundung, jede Öffnung wurde von dem Badewasser erobert. Ihre Finger konnten nicht mehr stillbleiben. Sanft fuhren sie der Linie nach, die das Wasser vorgab. Bei ihren angewinkelten Schenkeln begann sie, glitt entlang der Außenseite, über die Hüfte, die unter der Wasseroberfläche lag, dann zu ihrem Busen, wo die Finger wieder auftauchten und mit ihren Brüsten spielten.

Die Wärme des Wassers hatte sie durchdrungen. Die sanften Berührungen taten ihr Übriges und erhitzten ihren Körper. Auch so manche Erinnerung, was in den letzten Tagen vorgefallen war, heizte sie auf.

Seit Kurzem hatte sie ein ausgesprochen intensives Verhältnis zu ihrem Mann Jordan. Das war lange Zeit nicht so gewesen. Durch seine Arbeitssucht hatte er sie vollkommen vernachlässigt. Dabei hatte er sich, als er sie kennenlernen wollte, so viel Mühe gegeben. Die erste Zeit hatte es funktioniert, doch dann … Aber jetzt lief es wieder genauso, wie sie es sich vorgestellt hatte.

Die dumpfen Schritte, die sich der Wanne näherten, hörte sie unter Wasser sehr verzerrt, zugegeben, es beunruhigte sie nicht mehr. Denn es konnte nur Jordan sein, er kam neuerdings immer pünktlich von der Arbeit.

Sie ließ die Augen geschlossen.

Wartete, was passieren würde.

Sie musste tatsächlich nicht lange warten.

Seine Anwesenheit war so intensiv, dass es keine Frage mehr war, ob er es wirklich sein konnte. Sie roch sein Eau de Parfum, da hatte er den Wannenrand schon erreicht. Dieser Duft machte sie stets wild und unberechenbar, was ihn betraf. Das Aroma konnte nur auf seine Persönlichkeit zugeschnitten sein. Dominant. Männlich. Verwegen.

Alles passte perfekt zu ihm.

Um mehr davon zu inhalieren, hob sie ihr Gesicht etwas aus dem Wasser und bekam auch eine Belohnung dafür. Raue Fingeraußenseiten strichen über ihre Wangenknochen. Einzelne Härchen, die auf seinen Fingerrücken wuchsen, kitzelten sie. Ein zufriedenes Lächeln huschte über ihre Mundwinkel.

Die Reaktion von ihm folgte sofort. Er kniff ihr in die harte Brustwarze. Zwickte so kräftig hinein, dass sie sich ihm entgegenwölbte, ihr Körper dabei aber vergaß, dass der Kopf dadurch ins Wasser rutschte.

Erschrocken schnellte sie hoch. Prustete durch die Nase und rieb sich die Augen frei.

»Du Schuft!«, schimpfte sie ihn und hustete dabei unaufhörlich das Wasser aus.

»Aber deiner!« Er grinste sie frech an. Seine Fingerspitzen umkreisten erneut ihre Brustwarzen. Die Berührung sandte lustvolle Schauer durch ihren Bauch, zwischen ihre Beine. Aus einem Reflex heraus legte sie ihre Hand genau an die Stelle, wo das Feuer am stärksten flammte.

»Ah, was hast du denn da? Verheimlichst du mir was?« Seine Hand glitt unter das Wasser und stieß ihre forsch weg. Fand sofort die Stelle, die auf ihn reagierte. Er rieb mit quälender Intensität darüber und brachte sie dazu, sich unter seinen Berührungen zu winden.

»Für so ein Entspannungsbad bist du viel zu unruhig.« Ein langer Finger glitt in sie, bewegte sich in einem raschen Tempo in ihrem Innersten und ihre Muskeln gierten nach schnelleren, stürmischeren und härteren Bewegungen. Sie hätte die Hände gern in sein Fleisch vergraben. Ihre Fingernägel wie Krallen in ihn gebohrt. Sie wollte ihn kratzen, ihn brandmarken. Doch sie schaffte es nur, den Wannenrand zu umklammern. Er senkte den Kopf und fing sich die ihm nächste Brustwarze. Saugte so hart und fest daran, dass sie vor Lust beinahe ohnmächtig wurde.

»Aaaaah … aaaaah!« War alles, was ihr Geistreiches einfiel.

Und als sich ihr Körper versteift, ihr Unterleib sich um seine Finger verkrampfte, ihr Leib sich mit dem heißen Wasser vermischte, hörte sie, wie er leise lachte.

»Du bist heute aber wieder ein böses Mädchen. Macht man so etwas in der Wanne?«

Sie starrte ihn durch einen Schleier der nachglimmenden Entspannung an.

Sacht ließ er sie rückwärts ins Wasser gleiten. Achtete darauf, dass ihr Kopf bequem an dem Wannenrand lag. Dann gab er ihr einen Kuss, der so intensiv und köstlich war, dass sie ihm ihre Arme entgegenstrecken und mehr davon haben wollte. Aber die sinnliche Schwere hinderte sie daran. So konnte sie ihn nur empfangen und sich daran laben.

»Fertig werden. Adam und Sam haben uns zum Abendessen eingeladen. Du hast noch eine Stunde!«

Abrupt setzte sie sich auf. Vorbei war die wohlige Entspannung.

»Wie bitte? Das sagst du mir jetzt?«

»Reicht das nicht?« Frech zwinkerte er ihr zu und war schon aus dem Bad verschwunden.

»Jordan!«, rief sie ihm hinterher, »Ich hasse dich!«

»Ich weiß, Liebling.« Sein tiefes Lachen dröhnte bis zu ihr.

Sie brauchte doch etwas mehr als eine Stunde. Mit zwanzig Minuten Verspätung standen sie bei Adam und Sam vor der Tür.

Die beiden waren wirklich ein supersüßes Pärchen. Adam war der Nerd-Typ, große Brille, gegelte Haare, Pulli und Pullunder, dazu eine Stoffhose. Sam dagegen das krasse Gegenteil. Sein kantiges Gesicht wirkte sofort beeindruckend. Der dunkle Bartwuchs betonte seine Umrisse noch heftiger. Die etwas lange, schmale Nase verlieh ihm einen aristokratischen Touch. Die vorgewölbte Stirn und die gezupften Augenbrauen gaben den

Augen diese traurige Tiefe. Doch sein Wesen war freundlich und er lachte gern. Ein Verwandlungskünstler.

Sam war bisexuell, das wusste sie schon eine Weile. Er hatte ihr für ihre Bücher so manchen Tipp gegeben und wie es sich auswirkte beziehungsweise er auf andere wirkte.

Sie waren beide seit langer Zeit gute Nachbarn und in den letzten Monaten echte Freunde geworden. Also nahmen sie ihre Verspätung nicht zu persönlich und flachsten mit ihr darüber.

»Meine Schönheit, was hat dich abgehalten, zu uns zum Abendessen zu eilen?« Erst Adam und dann Sam umarmten sie. Jordan reichten beide die Hand.

»Jordan«, antwortete Emma lapidar und grinste anzüglich dabei.

»Also alles wieder Mal deine Schuld?«

»Na, wie immer halt. Kann ich etwas dafür, dass sie ewig in der Wanne braucht und als ich ihr meine Hilfe angeboten habe, wurde die rundweg abgelehnt!« Als wäre das die normalste Entschuldigung, zuckte er mit den Schultern und betrat das Haus.

Die Tür fiel ins Schloss und Emma wusste auf einmal, heute war etwas anders. Irgendetwas lag in der Luft.

Sie schaute sich um, hier war alles beim Alten. Die Möbel standen am selben Fleck, der große Esstisch war schon gedeckt und es befanden sich einzelne Speisen darauf. Allerdings waren die Vorhänge zugezogen und die großen Lichter an der Decke waren gedimmt. Unzählige Kerzen verliehen dem Wohnzimmer einen romantischen Schein.

»Habt ihr heute noch etwas Intimeres vor? Nicht das Jordan und ich euch dabei stören. Oder Schatz?« Sie drehte sich zu ihrem Mann und musste feststellen, dass er sie mit einem Blick ansah, der sie schlucken ließ. »Was geht hier vor?«, hauchte Emma.

Sam trat neben sie, nahm ihren Ellenbogen und führte sie zum Tisch. Reichte ihr ein Glas Rotwein und begleitete sie zur cremefarbenen Sitzlandschaft.

Sie mochte die Einrichtung. Adam und Sam hielten alles sand- und terrakottafarben. Das hatte für sie so einen mediterranen Touch. Das Glas stellte sie auf den niedrigen Beistelltisch, damit sie sich auf dem großen Sofa bequem hinsetzen konnte.

Sam ließ sich neben ihr nieder und streckte die Beine lang aus. Lehnte sich zurück und dehnte sich, die Arme über dem Kopf. Die legte er dann seitlich hinter sie auf die feste Lehne aus Kissen.

»Das war die billigste Anmache ever«, erklärte sie süffisant.

»Das denkst du nur«, hörte sie ihn da schon gegen ihren Hals flüstern.

Sie ruckte ein Stück von ihm weg. »Jungs, was geht hier vor? Ihr seid heute alle drei so komisch!« Ihr Blick schweifte von Sam zu Adam und hielt bei Jordan an. »Raus mit der Sprache: Worum geht es hier?«

Nie hatte sie so verlegen dreinblickende Männer gesehen und bisher war ihr nie aufgefallen, dass Jordan auch rot werden konnte. Seine Wangen leuchteten regelrecht und das konnte sie bei dem diffusen Licht erkennen. Den verschämten Griff, um sich hinter dem Ohr zu kratzen, den kannte sie nur allzu gut.

»Raus mit der Sprache!«, herrschte sie die drei Männer an.

Von Adam kam die unerwartete Erklärung. Er setzte sich neben sie, strich ihr über den Schenkel, was Emma irritierte, denn sie wusste ja, dass er nicht an Frauen interessiert war.

»Emma.«

»Ja?«

»In einem Anfall von Großmütigkeit …«

»Aha.«

»Nun ja, Gönnerlaune wäre übertrieben. Aber wir saßen so alle zusammen und haben ein, zwei Bierchen getrunken, dann sind wir ins Erzählen gekommen und Sam und Jordan haben von ihren Erfahrungen erzählt. Da bin ich neugierig geworden.

Und als sie anfingen, ins Detail zu gehen, konnte ich mir es nicht vorstellen. Daher habe ich gefragt …« Er unterbrach sich und sah hilfesuchend zu den anderen Männern.

»Weiter!«, forderte sie ihn ungehalten auf. Emmas Stimme hatte einen atemlosen Klang. Ihr fehlte die Schärfe und Verurteilung, denn sie ahnte, was er sagen würde, und das war fast unvorstellbar. War sie selbst auch neugierig?

»Ich sage es einfach frei heraus!« Er hatte vorher zwei, dreimal tief eingeatmet, um es dann herauszusprudeln: »Ich will dabei sein, wenn Sam mit einer Frau schläft. Er und Jordan schwärmten so sehr davon, dass ich es selbst sehen wollte. Da Sam mich aber nicht betrügen will und Jordan sicherlich nicht mit einer anderen außer dir schlafen möchte, haben wir …«, er zeigte im Kreis auf die anwesenden Männer, »beschlossen, dass du diejenige sein sollst.«

»Wie großzügig«, war alles, was ihr dazu einfiel.

»Siehst du … so sind wir eben!« Sehr selbstzufrieden saß er neben ihr. Emma war sprachlos. Mittlerweile saß dicht neben ihr Sam, der nachgerutscht war und seinen Arm wieder hinter ihren Rücken gelegt hatte.

Und links Adam.

Er hatte so einen unschuldigen Blick. Adam starrte sie an wie ein treuer Hund, der auf sein Leckerli wartete.

Emma entschied, dass ihr dieser Anblick gefiel. Es törnte sie an, dass gleich drei Männer sich mit ihr beschäftigten. Wenn auch nur für das eine Thema, aber immerhin.

So einfach wollte sie es den Kerlen jedoch nicht machen. Die hatten es so mir nichts, dir nichts beschlossen: Sie eigne sich für so ein Vorhaben. Toll! Einfach nur toll!

Sie suchte in sich nach rechtsschaffender Empörung, versuchte, aufgebracht zu wirken. Doch irgendwie gelang ihr das nicht so recht. Ein Kribbeln machte sich in ihr breit. So eins wie in der Wanne, als die kleinen Bläschen an ihrer Haut platzten. Ein Aufregendes. Ein Verwirrendes.

Noch während sie sich über ihre Reaktion den Kopf zerbrach, nahmen ihr die Männer die Entscheidung ab. Sam streichelte ihre Schulter. Seine Fingerspitzen malten Linien und Kreise auf ihre Haut und sendeten ein weiteres Kribbeln durch den Körper. Jetzt wimmelte es nicht nur in ihrem Kopf von interessanten Bildern, auch ihr Bauch wusste, wo die Reise hinführen würde. Und sie atmete erst einmal zittrig aus.

Jordan hatte sich in der Zwischenzeit vor sie gekniet. Seine Finger tanzten über ihre Knie, ihre Schenkel. Malten dort Herzen und kleine Blumen. Hauchzart berührte er sie und löste einen atemraubenden, hitzigen Strom an aufgeladenen Nervenbahnen aus.

Alles an ihr flimmerte, zitterte und vibrierte und dabei hatten die beiden sie nur gestreichelt. Wahrscheinlich tat die Atmosphäre ihr Übriges. Oder vielleicht war es auch die Anwesenheit der Männer. Möglicherweise auch deren seltsame Stimmung. Anziehend.

Emma fühlte sich gut aufgehoben. Natürlich kam ihr diese Situation komisch vor. Immerhin waren Adam und Sam ihre Freunde und vor ihr kniete ihr Mann. Und trotzdem war da diese Faszination.

Jordans leuchtende Augen, der schnelle Atem von Sam und der ungläubige Ausdruck auf Adams Gesicht. Diese Mischung war es, die sie nicht den Rückwärtsgang einschalten ließ.

»Emma-Schatz, hättest du denn etwas dagegen?« Jordans raues Flüstern brachte sie zum Schmelzen.

Sie musste sich räuspern, denn sie hatte Angst, ihre Stimme würde völlig verzagen. »Sehe ich so aus?« Und während sie ihm dabei in die Augen schaute, spreizte sie ihre Beine ein wenig weiter.

Gleichzeitig gaben die drei Männer einen zischenden Ton von sich. Erleichterung, Aufregung, Erregung? Sie konnte es nicht genau definieren, aber es wird bestimmt alles dabei gewesen sein.

Jordan drückte ihr einen Kuss auf das Knie. Sam auf die Schulter und Adam?

Der hatte sich zu Jordan gebeugt und versuchte, genau zu erkunden, was dieser da trieb.

»Sag mir, was du da machst! Und wie es sich anfühlt!« Die Aufregung und Neugierde in seiner Stimme war überdeutlich zu hören.

Emma sah ihn ein bisschen bedauernd an. »Adam …«

»Sorry, bin ich zu nah? Soll ich …«

»Adam, Schätzchen, wenn du es wissen möchtest, probiere es selbst!«, forderte sie ihn leise auf.

»Nein!«, entsetzt machte er einen Ruck zurück, »Das geht nicht. Ich hatte noch nie …«

»Ich verrate es keinem!« Verwegen zwinkerte sie ihm zu.

»Sam, ich …«

Sam jedoch küsste Emma auf den Hals. »Komm her, mach es nach. Die zarte Haut findest du bei mir nicht. Und wie sie duftet. Lass uns beide ein Abenteuer mit Emma erleben. Und Jordan wird der arme Dritte sein.«

Emma konnte sein Lächeln an der Stelle spüren, die er mit seinen Lippen liebkoste.

Noch zögerlich lehnte sich ihr Adam entgegen. Unbeholfen und schüchtern versuchte er, nicht an ihren Busen zu streifen. Was sie umso mehr dazu brachte, ihn zu wollen. Sacht legte er den Mund auf die Beuge zwischen Hals und Schulter. Sie spürte seinen Lufthauch. Seinen ausgestoßenen Atem. Er streifte über ihre Haut und hinterließ eine Gänsehaut. Irritierend und so aufregend.

»Du riechst wirklich gut!« Hörte sie ihn verwundert flüstern.

Emma lachte auf. »Danke!«, keuchte sie kichernd.

Jordan hatte es sich zwischen ihren Schenkeln bequem gemacht. Mit den Fingerspitzen streichelte er sacht die Innenseiten und bahnte sich stetig einen Weg unter ihrem Kleid nach oben.

Sie drückte sich gegen die Kissen, was Sam und Adam dazu brachten, sich weiter zu ihr zu beugen. Über sie zu beugen. Und Adam hatte keine Chance mehr, sie nicht überall zu berühren. Er lag fast auf ihr.

Emma war überwältig von den Körpern, von den Händen, die sie berührten. Das vereinte Körpergewicht, das sie zusätzlich auf das Sofa niederdrückte, erhöhte ihren Puls.

Sam begann, sie zärtlich zu streicheln, wanderte mit den Fingerkuppen über jede nackte Stelle, die das Kleid freigab. Und das war einiges. Sie hatte ihre Kleiderordnung weise gewählt. Fast so, als hätte sie geahnt, was sie an diesem Abend erwartete. Und jede Berührung, die Sam ausführte, imitierte Adam auf der anderen Seite. Er tat das mit zunehmender Selbstsicherheit und Euphorie.

Es fühlte sich überwältigend an. Sie genoss jedes einzelne Streicheln, jedes noch so zarte Berühren. Sam war etwas mutiger und seine Finger krochen auch unter den Rand ihres Kleidungsstückes. Er kannte die Stellen, die Frauen gern mochten. Die sie zum Stöhnen brachten und dazu, einen Mann willig in sich aufzunehmen.

Mit leiser Stimme, die heiser gegen ihre Haut hauchte, erklärte er Adam, was er machte. »Wenn du … hier, dieser Linie entlangfährst …«, er setzte hinter Emmas Ohr an und ließ den Finger neben seinem Mund hinabgleiten. »Siehst du … so!«, raunte er. Ob er es zu sich selbst oder zu Adam sagte, blieb offen, denn er legte so viel Intensität hinein, dass sie nahe an einen Orgasmus kam.

Hauchendes Streifen.

Zärtliches Streicheln.

Lippenberührungen.

Zungen hinterließen feuchte Spuren.

Sie war erregt.

Sie wurde erregt.

Sam zog ihre dünnen Träger beiseite. Schob ihren BH einfach über ihren Busen nach unten.

Emma blinzelte, wollte sehen, ob sich Adam traute, diesem auch nachzueifern. Und tatsächlich, seine Finger lernten minütlich dazu. Sicherer und Sam nacheifernd, zog und schob er an ihrer Wäsche. Benutzte seine Finger, die Lippen und einen besonderen Einsatz fand die Zunge. Er lernte verdammt schnell.

Alles in ihr schäumte vor freudigen Erwartungen. Die Hautstellen waren von den intensiven Berührungen gereizt und bei jedem weiteren Streicheln entfuhr ihr ein Wimmern. Ein sehnsüchtiges Stöhnen.

So, als fehlten ihm die Worte, das zu beschreiben, was er Adam zeigen wollte oder was er selbst spürte, brummte Sam gegen den freiliegenden Busen.

Jordan drückte seine Finger fest in ihre Schenkel. Emma wollte sich ihm entziehen, denn der Schmerz stand im krassen Widerspruch zu dem, was Adam und Sam oben mit ihr anstellten. Um ihm das mitzuteilen, stöhnten sie lauter und versuchte, die Beine zu schließen.

Aber das war bestimmt nicht in Jordans Sinn. Er ließ es nicht zu, natürlich nicht. Seine Hände verließen den Kurs nicht und wanderten immer näher zu ihrem Schritt. Dort begann er seinen nächsten Eroberungsfeldzug. Seine Finger fuhren jeder Erhebung nach, erforschten ihre Täler und schmalen Krater. Er berührte sie, als würde er sie zum ersten Mal sehen. Als hätte er vorher nie ihr Fleisch berührt. Geschweige denn, sich in ihrem Inneren ausgetobt.

Nach den Fingern kam seine Zunge zum Einsatz, feucht und breit fuhr er mit der über ihre zitternden Schamlippen. Das kam so unverhofft, dass sie sich in eine sitzende Position drücken wollte, um sich ihm erneut zu entziehen. Sie war überfordert mit so vielen heftigen Gefühlen.

Die Zärtlichkeiten oberhalb des Dekolletés berauschten sie und Jordans Angriff auf ihre intime Mitte überrumpelte sie. Sie war überwältigt von Empfindungen.

Waren vor einiger Zeit die zwei Gärtnerburschen eine frische Überraschung gewesen, gegen die sie nicht in der Lage gewesen war, sich zu widersetzen, war das hier … das hier war eine ganz andere Nummer.

Sie war hier mit Freunden, hatte sich bewusst dafür entschieden und sogar Jordan beteiligte sich an diesem Spiel.

Ihre Reaktion ließ Adam zusammenzucken. Er entfernte sich von ihr. »Hab ich was falsch gemacht?« Ach, seine Unsicherheit war so entzückend.

Sam und Jordan grinsten und beide antworteten auf seine Frage mit einem: »Nein!«

»Warum …?« Verlegen suchte er wieder nach Worten.

Emma hatte erwartet, dass er nicht mehr so verschüchtert wäre, nachdem, was er schon alles mit ihr gemacht hatte.

Himmel, er hatte ihre Brustwarze beleckt. Da sollte er doch … »Machen das Männer nicht? Vor Verzückung sich versteifen? Zusammenzucken? Sich winden?«

Bei jeder Aufzählung gab Jordan ihrer Scham einen Kuss. Leckte provozierend durch ihre Spalte. Und Emma machte genau das. Sie zuckte zusammen, wenn seine Zunge über ihren geschwollenen Kitzler streifte. Sie versteifte sich, wenn er mit einem schnellen Zungenschlag sich zwischen ihre nervösen Falten zwängte.

Adam kroch immer näher zu Jordan. »Wie fühlt sich das an?«

»Was meinst du?«, fragte er, um dann gleich seine Zunge wieder in sie drücken.

»Das Lecken einer Frau.«

»Willst du es selbst ausprobieren?«

Das hatte er nicht gesagt! Oder? Emma gab einen zischenden Protestlaut von sich. Zu mehr war sie auch nicht in der Lage, denn Sam drängte sie, sich wieder in die Kissen zu stützen, und Jordan hatte sie zeitgleich an den Hüften gepackt, um sie weiter an die Sofakante zuziehen.

Sie ergab sich, was sollte sie schon großartig dagegensetzen. Solange sie dabei auf ihre Kosten kam, verließ sie sich darauf, dass die Männer auf sie aufpassten. Nur unterschwellig nahm sie wahr, wie die beiden sich über Zungenspiele unterhielten.

»... manchmal denkt man, man hält seine Zunge an eine Batterie. Da hat es so einen säuerlichen Beigeschmack und es kribbelte wie verrückt auf der Zunge ...«

Was erzählte er da? Sie wollte aufspringen und ihm gehörig den Kopf zurechtstutzen. Von wegen säuerlich. Sie konnte gleich mal sauer werden!

Emma war gerade dabei, sich in diese Sache hineinzusteigern, da wurde sie erneut überrumpelt. Auf einmal legte sich eine warme glatte Zunge auf ihre Scham, teilte die Lippen und suchte unbeholfen nach ihrem Kitzler. Mit Mühe hob sie etwas den Kopf an, nur so viel, dass sie erkennen konnte, dass Adam zu seiner Lehrstunde angetreten war.

Ihr Unterleib entwickelte ein Eigenleben. Er presste sich automatisch, rein aus einem reflexartigen Urinstinkt, gegen seine suchende Zunge.

Seine scheinbare Ungeschicklichkeit überwand Adam zunehmend. Nach wenigen Augenblicke kam es ihr so vor, als würde er es regelmäßig machen – Frauen mit dem Mund verwöhnen. Aber er hatte ein Gespür für die Feinheiten, für das Sanfte. Er wühlte nicht haltlos zwischen ihren Falten. Nein, er sortierte, strich Linie für Linie nach und umkreiste mit einer gewissen Stetigkeit ihren Kitzler. Ihr Becken hüpfte unkontrolliert bei so intensiven Berührungen. Alles in ihr strebte danach, härter und fester rangenommen zu werden. Der Druck in ihr schwoll an, wurde zu einer Welle, die sich in ihr in jede Pore ausweitete. Und genauso bewegte sie sich. Hoch, runter, vor, zurück.

Adams Zunge blieb stetig bei ihr. Egal wie sehr ihr Körper schwang, er ließ nicht von ihr ab. Sam hingegen hatte sich die ganze Zeit um ihre Brust gekümmert. Er hatte sich wie ein Kind positioniert und nuckelte während Adams sinnlichen Spiels an ihr. Er war tatsächlich geschickt darin, standhaft zu bleiben. Je heftiger sie sich bewegte, umso mehr brauchte er akrobatisches Talent, ihrem Leib zu folgen.

Ein heißes Ziehen kroch an den Innenseiten ihrer Schenkel hinab. Kehrte nahe den Knien um und schoss wie ein Pfeil zu ihrer pulsierenden Mitte. Sie schaffte es gerade noch, den Kopf auf ein Kissen zu drücken, bevor eine gigantische Welle der Lust sie überrollte. Ihr Körper spannte sich, suchte den Kontakt zu den sie küssenden Mündern. Sekunden später wurde er weich und nachgiebig, nur um ein weiteres Mal zu erstarren.

Vor lauter überschäumender Energie keuchte sie auf. Winkelte die Beine mehr an und umfasste ihre Kniekehlen und krümmte sich den lustvollen Gefühlen entgegen. Dieses Mal konnte Sam nicht mithalten. Ihre Arme verdeckten ihre Brüste. Was sie ein klein wenig bedauerte. Aber er hatte sich schon eine andere Zärtlichkeit ausgedacht, um sie durch die bebenden Momente hindurchzuführen. Wie Schmetterlingsflügel, so sacht und vorsichtig, küsste er ihren Nacken, ihre Schulter und seine Finger wanderten über ihren Rücken.

Adam saß ehrfürchtig vor ihrer pulsierenden Mitte. Das Erstaunen auf seinem Gesicht war schon wieder niedlich, musste sie feststellen, als sie es endlich schaffte, ihren Kopf in seine Richtung zu drehen.

»Jungs …« Oje, sie musste sich räuspern. »Jungs …«, begann sie von Neuem. »Lasst ihr mir beim nächsten Mal die Zeit, mich auszuziehen? Oder ich komme gleich nackt.«

Sie lag ziemlich derangiert auf dem Sofa. Ihre Kleiderträger und die ihres BH waren nach unten geschoben, ihr Busen hing komplett heraus. Darunter begann ihr Kleid. Zusammengeschoben, zerknittert, heillos ruiniert. Vollständig entblößt prangte ihre Scham vor den Männern. Wann wurde ihr der Slip ausgezogen?

Wo war überhaupt Jordan?

Suchend schaute sie sich um, sah ihn am Tisch sitzen. Den Arm aufgestützt in ihre Richtung blickend.

»Weißt du, wie scharf du aussiehst, wenn du kommst?«

Emma schüttelte den Kopf. Auf einmal hatte sie das Bedürfnis, ihm sehr nah zu sein. Sie richtete sich auf, schob Sam und Adam sacht, aber bestimmt zur Seite und machte sich auf den Weg zu ihrem Mann. Das Kleid rutschte wieder herunter, da die Träger es nicht hielten, landete es im nächsten Augenblick auf dem Fußboden und sie wäre beinahe gestolpert. Doch elegant, wie sie auch andere Situationen meisterte, stieg sie aus dem Haufen und war mit wenigen Schritten bei ihm.

Sie verstanden sich ohne Worte. Er öffnete seine Hose, holte sein Geschlecht heraus und streckte ihr seine Hand entgegen. Emma wusste genau, was er wollte. Und sie brauchte und wollte genau dasselbe.

Mit einer schwungvollen Bewegung hob sie ihr Bein über seinen Schoss. Nur weit entfernt nahm sie wahr, dass sich ihnen Sam und Adam näherten. Adam sich vor Jordan kniete und Sam sich seitlich positionierte.

Jordan fixierte Emma mit seinem Blick. Entließ sie nicht aus seinem Bannkreis. Forderte sie auf, ihn zu küssen. Darauf ließ sich Emma nicht zweimal hinweisen. Sie benässte ihre Lippen, als sie mit der Zunge über die Unterlippe fuhr. Legte dann ihren Mund auf seinen. Zupfte an seinen Lippen. Ließ ihre Zunge darüber gleiten. Spielte mit ihm.

Bis es ihm zu viel wurde und er sie auf sich zog, mit einer Bewegung in sie glitt.

Sie ausfüllte. Sie dehnte.

Durch leichte Bewegungen drang er noch tiefer in sie ein. Seine Präsenz an dieser Stelle machte sie demütig. Ließ sie erschauern. Aber er erregte sie mit diesen Schwingungen dermaßen, dass sie aufhören musste, ihn zu küssen. Sich seinen Bewegungen anpasste, den Kopf in den Nacken warf und ihm ihre Brüste anbot.

Erst da bemerkte sie, dass da mehrere Hände auf ihre waren. Forsche Hände drückten auf einmal ihren Busen. Kniffen in die erregten Brustwarzen. Umspannten ihr festes Fleisch. Und dann waren da noch die sachten, unsicheren Berührungen an ihrer Rosette.

Die Schnappatmung nahm von ihr Besitz.

Während sie versuchte, ausreichend Luft zu bekommen, mischten sich kehlige Laute in ihre sinnliche Verzweiflung. Ihre Kehle wurde immer rauer. Ihr Atem immer schneller und Jordans Bewegungen immer drängender.

Sie wippte auf seinem Schoss. Überall spürte sie Hände, überall waren da die zärtlichen Berührungen.

Doch eine war ihr besonders wichtig. Eine gehörte nur ihr. Jordan tief in ihr. Er berührte nicht einfach nur ihre Muskeln, brachte nicht einfach nur ihr Fleisch zum Glühen. Nein. Er berührte sie so tief, dass es ihre Seele traf. Es war, als wollte er sie mit jedem Stoß daran erinnern, dass er sie besaß. Dass er sie immer wollte und alles dafür tun würde, um sie glücklich zu machen. Und sie war ihm ausgeliefert. Sie wusste es und war bereit, jeden Weg mit ihm zu gehen.

Adam und Sam vergnügten sich an ihr. Sie begnügten sich nicht mit einfachem Handauflegen oder Streicheln, nein, sie spielten, berührten, tasteten und erprobten Griffe und Stellen an ihr, die sie stetig höher trieben. Sie immer näher an einen weiteren berauschenden und sinnesauflösenden Orgasmus brachten.

Ihre Bewegungen wurden schneller. Ihr Auf und Ab fahriger. Ihre stöhnenden Laute kamen ungebremst und begleiteten sie zu einem traumhaften Höhepunkt.

Ihr Atem brauchte eine Ewigkeit, um sich zu beruhigen. Vor Erschöpfung hatte sie den Kopf in Jordans Halsbeuge gelegt, so pressten sich ihre Brüste an seinen Oberkörper und sein unregelmäßiges Luftholen umfing sie. Er hielt sie. Hatte sie umschlungen und sein Penis befand sich noch in ihrem Körper. Seine Härte hatte schon nachgelassen, aber er gab ihr ein wohliges Gefühl.

Emma kuschelte sich an ihn, blendete alles um sich herum aus.

Erst die Stimme von Sam holte sie zurück. Er sprach nicht mit ihr, sondern mit Adam. »Weißt du jetzt, was wir meinen? Frauen haben da ihren eigenen Stil. Und ich denke, Emma wird nicht immer so devot empfänglich sein. Sie kann sicherlich auch mal die Krallen ausfahren. Doch heute war sie ein gehorsames, sinnliches Frauenzimmer.«

»Ja, es war wirklich eine Offenbarung. Die Weichheit, der Geschmack, die Laute. Ich bin schon ein ganzes Stück weiter gekommen. Aber eins fehlt mir noch …«

»Und das wäre?«

»Wenn sie kommt, dann will ich auch mal in ihr sein!«

Ausgepowert und unendlich befriedigt gähnte Emma, dann schaute sie Adam an. »Du wirst doch nicht auf den Geschmack kommen wollen?«

Sie grinste dabei frech und zwinkerte ihm zu. Was sicherlich mehr wie ein Runterklappen des Augenlids wirkte. Garantiert nicht sexy.

»Nein … auf den männlichen Hintern möchte ich nicht verzichten. Auch der hat so seine Reize. Durch euch habe ich gelernt, auch mal eine andere Perspektive zu beleuchten. Ich werde das so fortsetzen.«

»Guter Plan!« Emma hörte, wie Sam und Jordan ihm zustimmten, gleich darauf war sie eingeschlafen.

MÄDELSABEND

Es war Mittwoch!

Amy tänzelte durch die Küche. Sie hatte Pizza bestellt, den Wein kaltgestellt, im Wintergarten eine gemütliche Sitz- und Liegeecke vorbereitet – ja, sie war bereit.

Mädelsabend.

Der schönste Abend in der Woche! Kein Kerl, der sie störte. Sie konnten quatschen und lachen. Sie konnten über die Kerle herziehen, sich pikante Details erzählen und romantischen Träumereien nachhängen. Der Tag war einfach perfekt.

Sie freute sich schon auf das Treffen, denn Emma hatte am Telefon so seltsame Andeutungen gemacht und Lotta meinte, es hätte sich viel ereignet. Gespannt wie ein Flitzebogen erwartete sie die beiden Frauen.

Noch vor ihnen kam der Pizzabote und das war ein echter Leckerbissen. So einen schnuckeligen Typ hatte sie lange nicht mehr zu sehen bekommen. Leider war das Objekt ihrer visuellen Begierde schnell wieder verschwunden. Manchmal wünschte sie sich, sie könnte so sexy und erotisch wirken wie Emma. Oder so welterfahren wie Lotta.

Nur zehn Minuten später klingelte es erneut und dieses Mal standen ihre Freundinnen davor. Mit großem Hallo begrüßten sie sich, so als hätten sie sich ewig nicht gesehen, Bussi links, Bussi rechts. Vielleicht war auch ein wenig Gekreische dabei. Ob jemand es sah und was sie davon hielten, war ihnen einerlei. Dieser Abend gehörte ihnen.

»Schön, dass ihr da seid! Kommt rein!« Sie winkte die beiden durch die Tür. »Lasst uns in den Wintergarten gehen.«

»Hm, hier riecht es nach Essen.« Emma hob die Nase und schnüffelte in die Luft. »Pizza?«

»Du hast aber ein gutes Näschen.«

»Eher ein feines«, flachste Lotta mit.

»Tja, nicht jeder kann sich damit rühmen.« Emma schlängelte sich um die Möbel und lief voraus in den Wintergarten.

Amy hakte sich bei Lotta ein. »Was gibt es so Aufregendes? Und wenn es so aufregend war, wieso kannst du da so lange damit hinterm Berg halten?«

»Hey, ich will auch wissen, um was es geht. Also kommt, beeilt euch!« Emma schaute um die Ecke und machte ein verdrießliches Gesicht.

Lotta und Amy lachten und legten einen Schritt zu.

»Du hast es wieder wunderhübsch hergerichtet. Ich beneide dich um dein kreatives Händchen.« Lotta schwärmte bei dem Anblick der ausgebreiteten Decken und Kissen. Alles passte farblich zusammen. An der Seite standen niedrige Tische, die mit Getränken und der Pizza bestückt waren. Kerzen und Lichterketten hüllten den Raum in ein romantisches Licht. Die verschiedensten Pflanzen warfen Schatten und verliehen so dem Ganzen etwas Mystisches. Auf der anderen Seite waren in die zimmerhohen Bäume Gestelle für Teelichter gewunden, dort flackerten garantiert zwanzig Stück und ließen die Gewächse von innen heraus leuchten.

Es sah wirklich fantastisch aus.

Emma war da praktischer. Sie hatte sich schon ihrer Schuhe entledigt und lag bequem in einer Ecke. Die Beine ausgestreckt und übereinandergeschlagen, hielt sie Amy ein Glas hin. »Wenn du jetzt noch einen guten Tropfen hast … Tja, dann schließe ich mich Lotta an.« Sie grinste.

Amys Lächeln war selbstgefällig. »Nun, wenn du nur mit einem guten Tropfen zufrieden bist, trinken Lotta und ich den Rest!«

Verdutzt starrte Emma sie an. Dann brachen alle in ein schallendes Gelächter aus. Es dauerte eine geraume Weile, bis sie wieder Luft bekamen.

»Na toll. Jetzt ist die Pizza kalt und der Wein warm. Und es sollte doch alles perfekt sein.« Amy verzog schmollend das Gesicht.

»Schnucki, es ist perfekt! Wirklich.«

Mittlerweile saßen alle drei lässig auf dem Boden. Angelehnt an die dicken Kissen und nippten an den Weinschoppen. Jede hatte einen Teller mit Pizza vor sich. Emma auf dem Schoß, Lotta neben sich und Amy balancierte noch, um die passende Stelle zu finden. Sie genossen ihr Essen in vollen Zügen.

»Ich liebe es.«

»Das ist Pizza.«

»O ja … Muss ja nicht immer Kaviar und Ambrosia sein!«

Amy lachte auf. »Nächsten Mittwoch bitte bei dir. Nur das Feinste vom Feinen!«

»Hey, wer sagt, dass ich das will und brauche!«

»Mädels …«

»Was?«

»Ihr wolltet was erzählen!«

»Ach ja …«

»Komm, jetzt tut nicht so, als wären das Lappalien. Sonst wärt ihr nämlich nicht so aufgeregt gewesen.«

Emma wiegelte ihre Antwort mit einer Kopfbewegung ab. »Ich lasse Lotta den Vortritt, ich habe Hunger.«

»Ja, ja, du bist nicht du selbst, wenn du Hunger hast. Wissen wir!«

»Also …« Lotta putzte sich übertrieben die Hände ab. »Wenn ihr das hört … ihr fallt vom Glauben ab! Ich hatte ein absolut geiles Erlebnis.«

»Wie geil?«

»Mädels … so was von geil! Absolut der Oberburner. Ich war danach so fertig. Dann hatte mich mein Götterbote noch beglückt. Ich sag's euch … Ich habe den ganzen Tag verschlafen. So befriedigt bin ich gewesen.«

»Jetzt spann uns nicht auf die Folter. Was ist passiert?«

»Ihr kennt doch mein Schlafzimmer?«

Amy und Emma nickten.

»Das große Fenster auf die Terrasse?«

Erneut bestätigten es beide durch ein kurzes Nicken.

»Dann wisst ihr auch, dass ich selten die Vorhänge schließe und es liebe, nackt durch die Räume zu laufen.«

»Lotta! Wir wissen das! Was hat das denn …«

»Lass mich doch ausreden!« Sie verdrehte die Augen und nippte, um es noch ein wenig hinauszuzögern, an ihrem Wein.

»Lotta!« Kam es zeitgleich von Amy und Emma.

»Hattet ihr schon mal Sex vor einem Fremden?«

Amy starrte sie entsetzt an. »O mein Gott! Nein. Wie peinlich! Das geht ja gar nicht. Ich würde mich nie wieder unbeobachtet fühlen!« Sie wirkte aufgewühlt und sichtlich erschrocken.

Emma hielt sich zurück, biss in ihre Pizza und gab vor zu kauen, um nicht antworten zu müssen. Sie blickte gespannt zu Lotta, was diese weiter zu erzählen hatte.

»Amy, komm runter. Ich war allein im Zimmer und der Typ hat mich nicht mal angefasst. Aber wir haben uns gegenseitig so aufgegeilt, dass ich mindestens zweimal gekommen bin. Ehrlich. Es war einfach eine geniale Erfahrung. Erst stand ich vor der Fensterscheibe. Er draußen davor. Ich hab mich an die Scheibe gepresst und er hat das Glas berührt, als würde er meine Brüste küssen und liebkosen.« Um es mehr zu verdeutlichen, streifte sie ihren Busen und rieb ihn, so wie es angeblich der Fremde getan haben sollte. »Wisst ihr, wie verrucht ich mich gefühlt habe? Wie geil es sich angefühlt hat, dass er alles sehen konnte, aber nichts anfassen?« Sie spielte mit ihren Fingern über ihrem T-Shirt. Zwirbelte die Brustwarzen und presste dann die Hände flach auf ihre Brüste. Das weiche Fleisch quetschte sich an der Seite breit und Lotta stöhnte leise, so als würde sie die Situation erneut erleben.

»Ich glaub das nicht! Lotta! Der Kerl hat dich so dicht gesehen?« Amy saß im Schneidersitz vor Lotta und starrte sie fassungslos an. Sie war so fasziniert und wahrscheinlich auch abgestoßen, denn ihr Mund war geöffnet und sie wartete ungeduldig, bis weitererzählt wurde.

Emma stupste sie an. »Amy, beruhig dich.«

»Ich bin ruhig.«

»Klar – sieht man ja.«

»Doch … aber ich finde das …«, sie schaute von Emma zu Lotta, »macht es euch nichts aus, wenn eure Männer das erfahren würden?«

Lotte sah sie erstaunt an. »Schätzchen, du wirst es nicht glauben, aber nach dem ich einen ultimativen Orgasmus hatte, kam unverhofft Roger ins Schlafzimmer und hat mich durchgevögelt, als würde es kein Morgen geben.«

»Er hat dich … Nachdem du Sex mit einem Fremden hattest?«

»Ich hatte keinen Sex, keinen direkten, mit ihm. Eigentlich habe ich mich mehr selbst befriedigt und er sich. Aber das war so geil!«

»Was denn nun! Ich komme nicht mehr mit! Ich denke, du hast … oder nun doch nicht? Klärt mich auf!«

»Ich hatte es mir selbst gemacht auf dem Bett. Und der Typ hatte mich dabei beobachtet. Dann haben wir zusammen gespielt. Am Fenster. Er davor. Ich in meinem Zimmer. Wenn du willst – ganz anständig.« Lotta kicherte anzüglich bei der Erinnerung daran. »Du, der konnte mit der Zunge arbeiten. Die Fensterscheibe war danach reif zum Putzen. Dem seine Finger waren so heiß, dass ich stellenweise dachte, die Hitze durch die Scheibe zu spüren. Und ich war geil. Scheiße war ich scharf. Ich bin davongeschwommen. Mein Möschen tropfte dermaßen.« Ihr Gesicht verzog sich zu seinem sinnlichen Grinsen. »So erregt bin ich lange nicht mehr gewesen. Mir sind die Beine weich geworden. Ich habe mich auf den Fußboden gelegt, an die Scheibe gedrückt und mich von dem Kerl … ja, eigentlich verwöhnen lassen.«

»Geht das überhaupt?«

»Was?« Lotta schwebt in Gedanken ihrem Abenteuer nach und wusste nicht sofort, worauf Amy hinauswollte.

»An die Scheibe drücken.«

Lotte kicherte verlegen. »So richtig wohl nicht. Aber irgendwie habe ich es geschafft. Ich lag auf dem Rücken, die Beine hochgestreckt am Fenster und habe ihm alles gezeigt.«

Amy hustete. »Nicht dein Ernst!«

»O doch. Und wie. Und der Typ lag dann auf der Terrasse und …«

»Hat sich einen runtergeholt?«

»Ehrlich? Ich habe keine Ahnung. Ich habe mich tatsächlich nur auf mich konzentriert und ich sage es euch noch mal: Es war geil!«

»Puh … schön, aber ich kann es mir nicht vorstellen.« Amy blickte sich um. »Emma«, sprach sie sie direkt an, »was sagst du denn dazu?«

Emma gab sich unwissend. »Zu was?«

»Zu Lottas Abenteuer!«

»Nett.«

»Bitte?«

Lotta schaute Emma sehr eindringlich an. »Sag bloß, du kannst das toppen?«

»Vielleicht.« Emma schlürfte aus ihrem Glas.

»Erzähl!«, forderte Lotta sie auf.

»Eine Dame genießt und schweigt.«

»Du und eine Dame!« Amy und Lotta kicherten.

»Hey! Das ist … wohl wahr!« Emma fiel in das Kichern ein. »Aber ehrlich, das war vielleicht geil, aber du hattest ja keinen Körperkontakt mit ihm. Ich dagegen … Die Story glaubt ihr mir eh nicht …«

»Lass es drauf ankommen!«

»Allerdings ist die Vorstellung schon ein wenig erregend. Du und dein Unbekannter. An der Scheibe sah das bestimmt umso aufregender aus. Aber gut … Kennt ihr den Postboten, der die Expresslieferungen macht? Nein? Ich jetzt sehr genau. Und damit meine ich … sehr genau.«

»Uh, du bist deinem Jordan fremdgegangen?«

»Och, das würde ich nicht so sagen. Ich habe weitere Optionen geprüft. Ich bezweifle, dass er diese Nummer überhaupt mitbekommen hat.«

»Diese? Mach es nicht so spannend!«

»An dem Vormittag hatte ich die geilsten, längsten und intensivsten Orgasmen, die Frau haben kann.« Emma lehnte sich in die Kissen. Nahm einen Schluck aus ihrem Glas und schaute die beiden Frauen gönnerhaft an.

Lotta machte eine fordernde Handbewegung. »Los, erzähl!«

»Diese intensiven Gefühle kann ich gar nicht alle wiedergeben. Der Postbotentyp hat mit mir Sachen gemacht, auf die Idee ist Jordan bisher nie gekommen. Habt ihr euch schon mal auf den Schwanz in euch konzentriert? So richtig? Das ihr euch bewusst gemacht habt, wo er genau ist, was er berührt und wie eure Muskeln ihn umspannen? Wenn wir länger Zeit gehabt hätten, dann garantiere ich, hätte ich seine Form erfühlen können. Da wurde nicht schnell rein und rausgestochert, der blieb hart und steif in mir ruhen. Ich bin fast durchgedreht. Erst wollte ich Bewegung, Reibung, Druck an den richtigen Stellen. Aber dieses bloße Fühlen war so gigantisch. So … nervenaufreibend. So speziell. Als mein Orgasmus kam, dachte ich, ich muss sterben. Ich war einfach nur überwältigt. Als er seinen hatte, hatte er noch was gesagt, aber Mädels … ich habe keine Ahnung, was das war, und dann war er fort. Ich lag wie erschlagen auf dem … haltet euch fest, das hatte ich ja gar nicht erwähnt … auf dem Glastisch in der Küche. Der perfekte Ort für den perfekten Orgasmus. Ich war hin und weg.«

»Wow …« Amy starrte sie fassungslos an und Lotta nickte anerkennend.

»Na, als ich wieder so zu mir kam, also mein Verstand angefangen hat zu arbeiten, da waren auf mir überall Hände. Die Brüste wurden liebkost, traktiert, umspielt – erregt. Und zwischen den Beinen hatte ich einen weiteren jungen Kerl knien, der mein Möschen erneut auf Hochtouren brachte.«

»Was?«

»Das ist nicht passiert! Das denkst du dir aus!«

»Quatsch, bestimmt nicht. Die zwei jungen Männern, die hier in der Gegend die Gartenpflege übernehmen, standen in meiner Küche neben dem Glastisch, auf dem ich noch immer lag, und berührten mich an allen intimen Stellen am Körper. Ich sage es euch: Ich wurde innerhalb kürzester Zeit wieder geil. Aber so geil, dass ich weder die Energie aufbrachte, mich gegen die zu wehren oder davonzujagen. Ich konnte nur abwarten, wie weit die gingen. Und die beiden waren zügellos. Hemmungslos. Sie nutzten jede Möglichkeit, mich zu berühren. Überall. Nein, Amy. Die waren nicht brutal, nicht aufdringlich. Sie nutzten einfach, was sich ihnen geboten hatte. Die haben bestimmt zugesehen, als der Postbote mich gebumst hat. Und wollten garantiert ihren Teil haben. Ich war nicht böse drum. So gut geleckt und so ausgiebig gestreichelt bin ich zu dem Zeitpunkt schon lange nicht mehr gewesen. Ihr wisst ja, Jordan und ich hatten da unsere

Probleme. Mein ausgehungerter Körper nahm auch das alles willig an. Und als ich diesen ultramegastarken Höhepunkt hatte, war ich einer Ohnmacht näher als dem klaren Verstand. Aber danach, ich hatte noch nicht aus dem Nebel der Lust – und das meine ich jetzt nicht theatralisch – herausgefunden, stand Jordan vor mir. Keine Vorwürfe, keine Anschuldigen – nichts. Er nahm mich in die Arme, küsste mich und wir haben die geilste Nummer seit Langem geschoben. Und seitdem wurde es nur besser.«

»Woooh, woooh, wooh … Das hast du dir ausgedacht!« Amy schaute ungläubig zu den beiden anderen. »Das sind doch Szenen aus deinen Büchern!«

»Ich habe gleich gesagt, ihr glaubt mir nicht!« Emma lag lässig in den Kissen und zuckte gelangweilt mit der Schulter. Dabei lag ein hintergründiges Lächeln auf ihren Lippen.

»Lotta, sag ihr, sie soll uns nicht verschaukeln!«

»Sag es ihr selbst. Ich befürchte ja, sie hat das wirklich erlebt.«

Amy und Lotta sahen gleichzeitig zu Emma. Diese nickte nachdrücklich.

Entgeistert schaute Amy sie an. »Das glaube ich fast nicht.«

»Sag ich doch.«

»Lotta …?«

»Mir ist schon ganz heiß von diesen Geschichten.«

Emma legte den Kopf schräg. »Mein Verhältnis zu Jordan hat sich seit dem Tag schlagartig gebessert. Keine Ahnung, ob die Szene in der Küche ausschlaggebend war oder der Zufall, dass er ausgerechnet da eher heimkam. Eins kann ich euch aber verraten: Die Innigkeit, die wir seitdem miteinander tauschen, ist unbezahlbar.«

»Ich denke, ich weiß, was du meinst. Roger und ich haben zurzeit auch ein richtig sinnliches Verhältnis. Wenn wir uns lieben, ist es völlig anders, als wenn man nur nach purer Lust strebt.«

»Genau. Sex ist gut und schön. Aber das Gefühl der Zusammengehörigkeit, das Verstehen, das Aufeinandereingehen, das kommt bei schnellem Sex nicht rüber. Du bist nur auf Erlösung, auf deine Geilheit fixiert und wenn der Höhepunkt vorbei ist, fühlt es sich leer und kalt an.«

Emma und Lotta bestätigten sich ihre Aussagen mit einem leichten Bewegen des Kopfes. Amy dagegen schaute verdattert abwechselnd von einer zur anderen.

»Gehts euch gut?«, fragte sie die beiden und eine Spur Sarkasmus konnte sie nicht verbergen.

»Doch, doch.«

»Kann nicht klagen, Danke.« Die Antworten kamen ziemlich schnell und mit einer gewissen Belustigung darin.

Lotta schloss für einen Moment die Augen, sie focht einen inneren Disput aus. Ihre Mimik gab auch gleich zu verstehen, wer dieses Streitgespräch gewonnen hatte. Ihre Augen wirkten plötzlich verhangen, ein Schlafzimmerblick vom Feinsten. Sie leckte sich über die Lippen und strich sich mit der Hand vom Hals zur Mitte ihres Dekolletés. Der Klang ihrer Stimme wurde rauer. »Wollen wir Amy zeigen, was wir meinen?«

Emma hatte sie währenddessen beobachtet. Das Schließen der Augen, ihre sachten Berührungen über dem Ausschnitt. Sie hatte geahnt, dass es auf so etwas hinauslaufen würde. Umsonst hätte Lotta dieses Thema nie so intensiv verfolgt.

Emma zog die Unterlippe zwischen die Zähne und nagte daran. Es reizte sie, diese Situation auch aus dieser Perspektive zu erkunden. Das hörte sich natürlich hochtrabender an, als sie es meinte. Sie war auf keinen Fall abgeneigt, dieses Spiel mit Lotta und Amy auszuprobieren.

Sie stellte sich vor, wie es sich anfühlte, ihre Lippen um die festen Knospen einer Frau zu legen. In gewisser Weise verspürte sie eine Neugier, die ihr erst vor Kurzem von einem anderen

Mann aufgezeigt worden war. Das Unbekannte, das Neue war verdammt aufreizend. Schon wurde es in ihr warm. Der Alkohol zeigte Wirkung und die Streicheleinheiten, die Lotta auf ihrer Haut verteilte, ließen sie nicht kalt.

Außerdem hatten die Erzählungen sie angeregt. Eine gewisse Feuchte machte sich zwischen ihren Schenkeln breit. Und als wollten ihre Brüste ihr die Erlaubnis erteilen, stellten sich die Brustwarzen wie perfekt geformte Kiesel auf.

Sie hatte heute auf einen BH verzichtet, so war es ein Leichtes zu erkennen, was sie dachte.

»Ich wusste es doch.« Es war kein erstaunter Ausruf, nein, eher eine felsenfeste Feststellung, sich nicht geirrt zu haben.

»Was habt ihr vor?« Amy war einfach in manchen Sachen zu unbedarft.

Lotta zog sich ihr Oberteil über den Kopf, nahm die Spange aus den Haaren und ihre Mähne schüttelte sie sich nach hinten auf. Dabei schwangen ihre Brüste verführerisch hin und her. Das pralle Fleisch war so wohlgeformt und ihr Hautton hob sich von den hellen Kissen ab. Ihre Vorhöfe waren dunkel und ihre Warzen standen ebenso fest und erwartungsvoll von ihrem Körper ab. Sie wiegte die Schultern hin und her und kam auf alle viere.

Emma ließ sich nicht lumpen. Kurzerhand zerrte sie an ihrem Shirt und keine Sekunde später lag es auf dem Boden. Ein Ziehen ging von ihren Brüsten aus und endete genau zwischen ihren Beinen. Vorfreude keimte auf. Erregung flammte durch ihre Blutbahnen. Sie fuhr sich mit den Fingern durch ihre Haare und lockerte sie auf. Wild und leidenschaftlich blickte sie zu Lotta und dann zu Amy.

»Mädels, das könnt ihr nicht machen. Was soll das?«

Emma und Lotta krochen zu ihr. Nahmen sie zwischen sich, berührten sie. Drückten ihre Nasen in ihr Haar, an den Hals und mit den Zungen hinterließen sie feuchte Spuren, die beide gleichzeitig anhauchten. Außerhalb von Amys Blickfeld lächelten sie sich an. Sie wussten, worauf es ankam.

Ihre Hände fassten nach Amys Oberteil und zogen es ihr über den Kopf. Die Offenbarung folgte sofort. Ihr BH war einer der praktischen Sorte. Wenig aufreizend, dafür aber gut im Sitz und die Form war auch ergiebig ausgefüllt. Er war stimmig. Passte zu ihr.

Lotta öffnete den Verschluss und streifte sehr behutsam die Träger von Amys Schultern. Ihre Finger tanzten dabei über jeden Zentimeter Haut, der von dem Stoff erst berührt und dann freigelegt wurde. Sacht und so sanft wie mit einer Feder brachte sie deren Haut dazu, zu reagieren. Feine Härchen richteten sich unter den Fingern auf, aufgeladen vom sinnlichen Streicheln. Poren erhoben sich um einen halben Millimeter. Reihe um Reihe, Zahl um Zahl. Bis zusehends eine Welle an Gänsehaut Amys Nacken hinaufschoss, um dort im Haaransatz zu verschwinden.

Emma und Lotta betrachteten fasziniert das Minischauspiel. Ließen ihren Fingern die Freiheit, dieser Reaktion zu folgen. Bei jedem weiteren sinnlichen Angriff auf Amys Sinne kamen sie ihrem Ziel näher, sie von dem zu überzeugen, was sie vorhin debattiert hatten. Ihr zu zeigen, dass Lust und Erfüllung unter Freunden und Liebenden wesentlich erfüllender werden würde.

Emma und Lotta küssten vereinzelte Stellen an Amys Körper. Sie wagte sich vorsichtig an den Hals heran. Ihre Lippen folgten einer Spur vom Ohrläppchen bis zur Kinnlinie und von da zurück zur Halsbeuge. Unter ihrer Zunge pochte der Puls in einem rasenden Tempo. Amys Duft war rein und verströmte eine angenehme Wärme. Sie konnte eine Winzigkeit Widerstand gegen ihre Zärtlichkeiten bemerken, denn Amy saß sehr steif da und ihr Atem ging reichlich abgehackt. Doch auch

Neugierde war da, ansonsten hätte diese sie schon längst aufgehalten. Scheinbar wartete sie darauf, was als Nächstes geschah. Daher bemühte sich Emma, ihre Berührungen zart und sanft zu halten. Sie wollte Amy doch überzeugen, an ihren Spielen und ihrem Vergnügen teilzuhaben. Auf keinen Fall hatte sie vor, sie zu verschrecken.

Emma legte ihre Nase hinter Amys Ohr. Sog den warmen weiblichen Duft ein. Streifte mit ihrem Busen an Amys Oberarmen entlang und die harten Knubbel ließen elektrische Stöße über ihre Haut fegen. Eine Mischung aus hitziger Oberfläche und kühlem Luftzug. Aus zartem Streicheln und wollüstigen Aneinanderpressen.

Es war eine berauschende Erfahrung.

Da Amy nicht den Rückzug antrat, wurden auch Emmas Berührungen mutiger. Intensiver und noch mehr lockender. Verlockender. Die Auswirkungen folgten sofort. Amy gab nach. Ihr Kopf neigte sich zur Seite, gab für Emma die gesamte Fläche frei. Und diese nutzte es aus. Sie ließ ihre Lippen darübergleiten, sie leckte, sie knabberte. Unaufhörlich setzte sie ihre Angriffe auf die sensiblen und empfindlichen Stellen fort. Auch ihr Atem wurde immer schwerer und tiefer.

Lottas Mission war etwas komplizierter angelegt. Ihr Ziel war nicht der Hals. Ihr Ziel waren Amys massiven Brüste. Sie ließ ihre Fingerspitzen über jede Wölbung, jede Rundung wandern. Umkreiste einen kleinen Leberfleck, malte Blütenblätter daran, betupfte ihn in der Mitte. Dafür befeuchtete sie ihren Finger mit Speichel. Noch warm auf der Fingerkuppe kühlte er auf dem Weg zum angezielten Punkt ab. Und erhitzte sich erneut auf Amys Haut.

Dieses sinnliche Reiben erzeugte eine Gänsehaut und Amy erschauderte. Ein Schütteln ließ ihren Körper erbeben und Amy zog die Schultern zusammen. Sanft bebten ihre Brüste dabei und Lotta nutzte diese Bewegung, um sich weiter vorzuwagen. Mit Fingern, mit Lippe und den Handflächen. Sie kauerte vor Amy, legte sich die Brustunterseiten in ihre Hände. Wiegte sie. Betrachtete sie und fand, der rote, dicke Knubbel lockte sie mit Versprechungen des höchsten Genusses.

Ein Blick zu Amys geneigtem Kopf bestätigte ihr, wie ihr die Zärtlichkeiten, die Emma und sie ihr zukommen ließen, gefielen. Amys Atem wurde immer hektischer. Ihr Brustkorb hob sich so schnell, dass Lotta fast die Fülle in ihren Händen verlor.

Sie wollte aber noch mehr von dem herrlichen Busen haben. In einer fließenden Bewegung beugte sie sich so weit zu Amy, dass sie direkt mit ihrem Mund an die Brustwarzen stieß. Sofort umschloss sie den festen Knubbel. Sog ihn ein. Ließ ihre Zunge darum spielen, erkundete jede feine Unebenheit, jede Furche und genoss den ungewohnten Geschmack. Sie nahm ihre Hand zu Hilfe, hob den Busen an, um mehr von ihm zu naschen. Um ihn tiefer einzusaugen. Wie sanfte Trommeln ließ sie ihre Finger über die Rundung wandern und ein zartes Summen, das sie einsetzte, um ihrem inneren Aufruhr ein Ventil zu geben, ließ Amy seufzen.

Sie spielten mit ihr.

Sie gaben ihr einen Vorgeschmack auf das, was sein könnte.

Emma und Lotta umgarnten sie. Verführten sie.

Amy schwebte auf ihrer Erregung. Sie verlor sich in Hitze, Feuchtigkeit und heißem Atem. Sie flog auf einer Wolke aus purer Lust. Sie stöhnte leise, legte den Kopf noch weiter schräg, wollte alles, was die beiden ihr zukommen ließen, uneingeschränkt genießen.

Sie verstand nun, was Emma meinte, als sie von einem ausgehungerten Körper sprach. Diese süßen Sinnlichkeiten, diese hauchzarten Liebkosungen. All das saugte sie auf, ließ es durch sich hindurchfließen. Ihre Körpermitte zog sich unter den erotischen Berührungen pulsierend zusammen.

Das Saugen an ihren Busen wurde immer stürmischer. Die intensiven Küsse auf ihren Hals taten ihr Übriges. Ihr Körper kam in Bewegung. Zucken, Pulsieren. Hektisches Gezappel. Die Beine wollten sich strecken oder doch nur spreizen? Ihr Oberkörper wollte sich aufbäumen oder sich doch nur an Emma lehnen? Sie war gefangen in einem Für und Wider. In Lust und Zweifel. Und sie versuchte, sich zu entscheiden.

Emmas und Lottas Bemühungen, sie auf den Gipfel der Lust zu führen, gewannen. Unglaublich, wie diese Berührungen sie erregten. Wie tief sie sich in ihr manifestierten. Ungeheure Hitze sammelte sich unterhalb ihres Bauchnabels und drohte sie zu verglühen.

Sie hatten ihr nicht einmal einen Kuss geschenkt. Nein. Sie verzauberten sie mit sinnlichen Attacken, die wollüstige Wellen in ihr auslösten.

Saugende, schmatzende Laute vereinten sich mit stöhnendem Gemurmel. Sie erlaubte sich, dass zu holen, was sie wollte. Dann doch die Erlösung. Die Befriedigung ihrer Bedürfnisse.

Und dennoch war es ein Zusammensein. Eine Innigkeit der verzweifelten Gefühle. Mit einem tiefen Aufseufzen bäumte sie sich auf. Japste nach Luft. Sank zusammen und erstarrte erneut im Aufbäumen. Ihre weitaufgerissenen Augen waren gefüllt mit Erstaunen, mit unerklärbarer Verzückung. Und je weiter sich ihre hochtobende Welle abflachte, je ebener die Oberfläche des Verstandes wurde, umso verlegener wurde Amy.

»Puh …«, krächzte sie, »das haben wir jetzt nicht wirklich getan?«

Emma hatte die Flasche aus dem Kühler genommen, schenkte drei Gläser voll. »Auch wenn es keine Champagnergläser sind! Hoch die Tassen, Mädels! Amy hat heute auch ihre eigene lustvolle Geschichte zu erzählen!«

Beim Verteilen schwappte die perlende Flüssigkeit über Lottas nackte Bein. Die drei starrten wie gebannt auf diese Stelle.

Amy war noch nicht so weit, ihnen von ihrem Abenteuer mit Babsi zu erzählen. Aber der Tag würde kommen. Oder Abend. Sie fand es erquicklich, wie sich ihre Freundinnen um sie bemühten. Und was die beiden gerade mit ihr angestellt hatten – das war der Hammer.

Heiser stellte Emma fest: »Ich glaube, das ist ein Zeichen. Wer weiß, was man alles mit gutem Champagner erleben kann.«

Ein sinnliches Raunen belebte den Raum und ganz gewiss wurde dieser Abend noch sehr lang.

Swingende Nachbarschaft

»Marie und Sandro laden zu einem Gartenfest ein. Stand da Poolkleidung auf der Einladung?« Amy saß in der Küche auf einem Hocker und ließ die Beine baumeln, während sie mit Lotta telefonierte.

»Ja, wir haben auch eine bekommen. Was ist denn Poolkleidung? Ich hole sie mal, warte …« Eilige Schritte hallten durchs Telefon. »Hier … geeignet für Garten und Pool, steht bei uns drinnen.«

»Ach, vielleicht habe ich mich einfach verlesen. Was ziehst du da an?«

»Bikini und darüber ein Kleid oder was luftig Sommerliches. Mal schauen, was der Kleiderschrank hergibt. Ansonsten werde ich tatsächlich noch Einkaufen fahren müssen. Na, so ein Pech aber auch.« Ein übermütiges Lachen war zu hören.

»Cool! Wenn du einkaufen gehst, sag mir Bescheid, dann gehe ich mit. Kann ja schlecht den Bikini vom letzten Jahr anziehen.«

»Haha, da hast du natürlich recht. Ich melde mich! Bis später!«

Amy rutschte vom Stuhl und kniff die Augen zusammen. Ein nachhallender ziehender Schmerz fuhr ihren Schenkel entlang bis über den Hintern. Aber es war ein wunderbarer Schmerz. Die Erinnerung, warum er vorhanden war, ließ sie selig lächeln.

Hatte doch ihr Mann gestern Abend sie mit einem romantischen Date überrascht. Sie waren zusammen bei ihrem Lieblingsitaliener gewesen, hatten einander in die Augen gesehen. Viele

Worte brauchten sie nicht zu wechseln. Als er über den Tisch nach ihrer Hand griff, war ihr eine warme Flut von zärtlichen Empfindungen für ihn durch den Körper gerast. Es war schon viel, dass er ihr in der Öffentlichkeit Zärtlichkeiten schenkte. Er war halt nicht der Typ dafür. Umso mehr freute sie sich über seine spontane Geste. Minutenlang saßen sie einfach nur da, starrten auf ihre Hände und als er mit dem Daumen Kreise auf ihre Haut zu malen begann, betete sie, dass die Pizza schnell gegessen war. Am liebsten hätte sie ihn in diesem Moment angesprungen. Sich auf ihn gesetzt und ihn so innig und gierig geküsst, dass er sie an Ort und Stelle genommen hätte. Sie musste laut geseufzt haben, denn als er in dem Moment den Kopf hob, konnte sie in seinen Augen Verlangen lesen. Unruhig war sie dann auf dem Stuhl hin und her gerutscht. Ihr Hintern rutschte sogar bis an die Kante.

In ihr schwelte ein Feuer, das mit jeder Berührung von ihm mehr Brennstoff erhielt und es ihr von Minute zu Minute heißer wurde.

Seinem: »Lass uns schnell essen!«, hatte sie nichts entgegenzusetzen. Gar nichts. Und wie aufs Stichwort erschien in dem Moment der Kellner mit der Pizza für sie und den Spaghetti Frutti di Mare für ihn.

Amy hatte sich noch ein Glas Wein bestellt, welches hervorragend zu ihrer Pizza passte. Dunkler, rauchiger Geschmack, der alle sonnengereiften Beeren der Provence enthielt. So wirkte er auch bei ihr. Erhitzte ihr Innerstes weiter, ließ den Kopf schweben und die Arme schwer werden. Der aromatische Geruch verteilte sich in ihr und legte sich auf ihre Haut.

Der Abend wurde noch spannender.

Im Eilzugtempo hatten sie gegessen. Ryan bezahlte beim Hinausgehen, wartete nicht mal, bis der Kellner an den Tisch kam.

Er war so gierig. Begierig.

So kannte sie ihn kaum. Sie würde sich aber schwer hüten, nachzufragen.

Ihre Beziehung hatte sich etwas geändert. Seit dem Besuch von Babsi und Bodo gelang es Ryan immer öfter, sie zu erregen. Sie zu überraschen. Wie mit dem Essen.

Bis nach Hause brauchten sie eine Viertelstunde. Doch er zog sie in die andere Richtung, hinunter zum Strand. In ihrer angeheiterten Euphorie war ihr das Recht und die romantische Geste ließ sie ihn am Arm ziehen, bis er stehen blieb. Sie stellte sich vor ihn, auf die Zehenspitzen und küsste ihn direkt auf den Mund.

Seine vor Unglauben, weil sie diejenige war, die ihn küsste, weit aufgerissenen Augen ließen Amy ihn noch mehr lieben. Ohne lange zu zögern, umfasste er sie und drückte sie an die nächste Hauswand. Sein Gewicht war erdrückend, doch an diesem Abend fand sie es erregend. Er küsste sie beinahe besinnungslos. Schwer atmend hatten sie einander angestarrt und danach rannten sie fast zum Strand.

Doch sie waren nicht die Einzigen, die das schöne Wetter nutzten. Bei so vielen Menschen war eine wilde Sexszene leider nicht ausführbar. Frustriert hatten sie den Heimweg angetreten und sich durch zärtliche Berührungen weiter aufgestachelt.

Der Weg nach Hause dauerte dann doch gefühlte Stunden. Ryan riss die Tür auf, drängte sie in die Wohnung, zerrte ihr die Klamotten vom Leib – was allein sie schon antörnte. So gierig wollte sie ihn immer haben.

Die Nummer, die dann folgte, war für sie beide ungewöhnlich. Vielleicht war es das erste Mal, dass sie es richtig machten, als aufeinander scharfes Paar. Oder lag es an der Stellung?

Aber an welcher? Bei dem Gedanken kicherte Amy und rieb sich über ihren Hintern. O Gott, am schärfsten war es, als er sie über die Sofalehne gebeugt hatte. Ihre Beine regelrecht in der Luft hingen und er sie so bumste, dass ihr Hören und Sehen verging und ihr Körper bei jedem Stoß mitschwang. Hart hüpfte das

Fleisch ihrer Brüste auf und ab. Sie stützte sich mit den Händen auf, nur um diese Bewegungen betrachten zu können. Das ließ sie so tief Luft holen, dass sie seine Aufmerksamkeit darauf lenkte. Umso mehr strengte er sich an. Er bumste in ihren Körper, brachte alles an ihr zum Wippen, Schwingen, Schaukeln.

Er trommelte gegen ihren Hintern. Erst hielt er sie an den Hüften fest, dann wanderten seine Hände zu ihren Pobacken und er massierte und drückte sie, so wie er sie haben wollte.

Seine Leidenschaft, seine Verausgabung machten sie noch wilder und sie erlaubte ihm, sie so zu nehmen, wie er es in dem Moment tat.

Danach waren sie erschöpft zusammen aufs Sofa gefallen und kuschelnd eingeschlafen. So eine Erinnerung wollte sie für immer in sich aufheben.

Am Morgen hatte er sich von hinten an sie angeschmiegt und sie mit sanften Stößen aufgeweckt. Sein Brummbärbauch war dabei recht hinderlich, er konnte nicht so tief in sie eindringen. Aber die bloße Reizung ihrer äußeren Muskelringe verschafften ihr pure Lust und eine maximale Entspannung.

Daher war sie supergelaunt und gern bereit, die Einladung von Marie und Sandro anzunehmen. Die beiden kannte sie noch nicht so gut wie Emma und Lotta. Aber seit Babsi und Bodo ihr die Scheu vor neuen Abenteuern genommen hatten und sie auch gut damit leben konnte, bisexuell zu sein, machte sie sich über Gerede keine Gedanken mehr.

Im Schrank fand sie einen Bikini, den sie schon ganz vergessen hatte. Beim Anprobieren konnte sie sich nicht mehr vorstellen, warum eigentlich. Die Farbe unterstrich ihren Hautton, wirkte nicht zu bieder, aber auch nicht zu aufreizend. Das Höschen war eher ein Stringtanga und schon nicht mehr als züchtiger Stoff zu bezeichnen. Sie drehte sich vor dem Spiegel und ließ ihre Formen auf sich wirken. Ja, sie sah gut aus.

Das Sommerkleid, das sie dazu passend fand, war schnell herausgelegt und so freute sie sich auf den heutigen Abend.

Emma rief kurz nach dem Mittag an und sagte die Einkaufstour ab, da auch sie eine geeignete Badebekleidung gefunden hatte. Eine kurze Absprache, wann sie sich treffen wollten, und dann hieß es, sich vorzubereiten.

Drei Stunden später war sie gebadet, rasiert, frisiert und mit ihrem stylishen Klamotten fertig für die Party.

Während sie beim Schminken war, kam Ryan von der Arbeit, huschte an ihr vorbei, nicht ohne ihr einen Klaps auf den Hintern zu geben. Er sprang unter die Dusche und mit seinem dunklen Bariton schmetterte er ein Lied, prustete, wenn das Wasser über das Gesicht lief und sang danach unbeirrt weiter.

Ja, jeder hatte so seine Allüren.

Pünktlich trafen sie sich mit Emma und Jordan, Lotta und Roger vor der Wohnung von Marie und Sandro.

Nach einer herzlichen Begrüßung schauten die Paare sich in der Wohnung um.

»Ziemlich klein.«

»Wo ist der Pool?«

Sandro kratzte sich am Kopf. »Ich glaube, mir ist da ein klitzekleiner Fehler unterlaufen.«

Alle Anwesenden blickten ihn fragend an.

»Die Karten waren vorgedruckt, ich habe den Text gar nicht durchgelesen und einfach Tag und Uhrzeit eingetragen und in die Umschläge gesteckt. Mein Fehler …«, er hob entschuldigend die Hände. »Ich war nicht bei der Sache, würde ich sagen.«

»Dir Bürohengst passiert so ein Fauxpas?«, höhnte Roger.

Jordan bekam einen Lachanfall und Emma, Lotta und Amy kicherten.

Nur Marie schaute betreten nach unten.

»Was wird nun mit der Poolparty?«

»Party kann ich euch bieten – Pool eher nicht.«

»Und was machen wir da nun?« Amy hatte sich so gefreut, ihren Bikini zur Schau stellen zu können, und war daher pikiert.

»Wir könnten die Wanne nehmen.«

»Noch so ein sinnfreier Vorschlag und ich schlage dich – Sandro!« Erbost stierte Marie ihn an.

Dass er sofort rot anlief, ließ die anderen hellhörig werden.

Jordan räusperte sich, um nach dem Lachflash wieder ordentlich sprechen zu können. »Wie wäre es, wenn wir zu uns fahren? Packt das Essen und Trinken ein und wir machen eine Gartenparty … mit Pool.«

Der Vorschlag löste erst eine dramatische Ruhe aus. So, als müssten sie die Worte verarbeiten und deren Bedeutung verstehen. Dann kam Bewegung in die acht Personen und alle sprachen aufgeregt durcheinander. Wie immer übernahm Emma die strategische Organisation. Es wurden Körbe mit Essen befüllt, die Sitze in den Autos verteilt und innerhalb von zwanzig Minuten wurde die Wohnzimmer-Badewannen-Party verlegt. Kurzerhand in Emmas und Jordans Garten.

Der Fahrzeugtross sah schon etwas seltsam aus. Fahrzeug um Fahrzeug bog in die Einfahrt und verschwand hinter dem heckenbewachsenen Weg. Das große Tor schloss sich nach dem letzten Auto und die Welt wurde draußen gelassen.

Hohe, blickdichte Hecken umsäumten das Grundstück und hielten jeglichen unerlaubten Eindringversuch stand. Es vermittelte ein Gefühl der Sicherheit und des Abgeschottetseins.

Tische und Stühle wurden in den Garten verteilt. Jordan schürte den Gartengrill an und eine halbe Stunde später versammelten sich die Männer um den Grill und gaben Ratschläge, wie er ihn besser zum Glühen bringen konnte, auf welcher Seite die Würste ihre perfekte Bräunung erhielten und ob das Feuer mit Wasser oder Bier gelöscht werden sollte.

So verging eine weitere halbe Stunde, bis endlich das Essen auf dem Tisch stand und sich mit Wurst, Fleisch, Salat und verschiedenen Spießen der Bauch vollgeschlagen werden konnte. Nachdem die Männer ihre Bäuche in die Abendsonne gehalten hatten, holten die Frauen eine Musikbox heraus und begannen, sich im Takt der Musik zu bewegen.

»Wie könnt ihr jetzt tanzen? Ich bin so voll, dass ich mich die nächsten drei Jahre nicht bewegen möchte!« Ryan saß eingequetscht in der Liege und streichelt sich seinen behaarten Brummbärbauch. Amy tänzelte auf ihn zu. Strich nur mit den Fingerspitzen über seine kugelige Erhebung und wühlte sich in die Bauchhaare hinein. Dann beugte sie sich vor und gab ihm einen Schmatzer darauf.

Ihr war so. Sie wollte das in dem Moment tun. Es ging ihr gut. Sie hatten ein super Verhältnis aufgebaut und alles hatte sich gebessert. Amy wollte ihm einfach Danke sagen, sich ihm zugehörig zeigen.

Dass sie mit dieser Aktion ein völlig falsches Zeichen setzte, wurde ihr erst hinterher bewusst. Lotta trat zu Roger. Emma zu Jordan und Marie zu Sandro. Zärtlichkeiten wurden ausgetauscht. Küsse verteilt. Berührungen gezielter eingesetzt.

So zog Roger seine Lotta auf seinen Schoß. Ließ sie breitbeinig langsam auf sich herabsinken. Er umfasst sie und bei dem Küssen wurde dem Betrachter heiß. Ihre Münder liebkosten erst einander, dann duellierten sie sich, bis die Zunge mit ins Spiel kam, beide stöhnten und Lotta begann, unruhig auf seinem Schoß zu zappeln. Mit einer schnellen Bewegung öffnete Roger Lottas Bikinioberteil. Das Kleid hatte sie schon vor dem Essen ausgezogen, mit der Begründung, es nicht volltropfen zu wollen.

Schwungvoll warf er das Oberteil auf die Seite und er starrte nur noch auf die Brüste seiner Frau. Als er sich einer näherte, zog Lotta vor lauter Erwartung die Luft ein. Seine warmen, feuchten

Lippen trafen auf ihre Haut und sie vergaß, wo sie war, legte den Kopf in den Nacken und ergab sich einem innigen Stöhnen.

Marie kniete vor Sandro. Schon das zeigte eine deutliche Erregung bei ihm. Sie streichelte seinen Bauch und rieb ihr Kinn darüber. Drückte mal kurz, dann wieder länger ihre Lippen darauf. Zog mit geöffnetem Mund lange Linien vom Bund der Badehose, bis sie sich nicht mehr dehnen konnte. Der Weg zurück, führte seitlich an ihm hinab. Sie leckte und schmatze auf ihm, ließ sich völlig von seiner Präsenz einnehmen und zog mit einer geschickten Bewegung die Hose über sein Geschlechtsteil. Das dieses ihr schon erregt entgegensprang, ließ sie vor Freude jauchzen und sich genussvoll auf es stürzen. Sie nahm es mit sichtbarer Wonne in den Mund, hielt es mit einer Hand fest und leckte an seiner Kuppel, als wollte sie es wie ein Eis aufschlecken. Sie fuhr die schmale Spalte entlang. Umrundete die dunkle Eichel, nahm dann die Kante zum Schaft in ihre Berührungen auf und er konnte nichts anderes tun, als heiser aufzustöhnen.

Jordan stand ruckartig auf und zog Emma zum Poolrand. Diese kreischte, als er sie mit einem Schubs ins Wasser schickte. Er trat drei große Schritte zurück, nahm Anlauf und sprang mit einer Arschbombe hinterher.

Noch einmal kreischte Emma, weil sie eine mächtige Fontäne abbekam. Sie war eben fertig gewesen, sich die Haare aus dem Gesicht zu wischen. Wild fuchtelte sie mit den Händen, da sie den Rand erreichen und gleichzeitig ihre Haare daran hindern wollte, wieder ihre Augen zu bedecken.

Sie wurde auf einmal sehr ruhig. Hielt in der Bewegung inne und ihr Gesicht nahm einen seltsamen Ausdruck an.

Durch Jordans platschendes Eintauchen wurden die anderen auf diese Aktion aufmerksam. Eine geraume Weile sah man nur Emma unbeweglich im Wasser stehen, die Hände verschränkt hinter dem Kopf und absolut still.

Wo war Jordan?

Erst als Emma einen quietschenden Laut von sich gab, lachten die Männer am Rand. Noch einmal quietschte Emma, dann tauchte Jordans Kopf aus dem Wasser auf und im Mund hielt er ihr Bikinihöschen.

Die Männer grölten und die Frauen johlten.

Die Stimmung heizte sich zunehmend auf.

Alle sprangen in den Pool und Roger probierte das aus, was Jordan eben bei Emma so eindrucksvoll demonstriert hatte. Auch sein Erfolg wurde unter großem Hallo gefeiert und obszöne Rufe schwirrten durch die Luft. Mit jedem Satz wurden die Männer draufgängerischer und versuchten, die Tat des anderen zu übertrumpfen. So wurde Amys Bikinioberteil mit Zähnen geöffnet und nur mit dem Mund ausgezogen. Selbstredend war natürlich, dass das Ergebnis unter Argusaugen kommentiert und nachgeahmt werden sollte. Nun hatte Lotta keins mehr an, so blieb nur noch Marie. Die zierte sich erst und hielt mit den Händen ihr Oberteil fest.

»Hey Jungs … ich brauch Hilfe!«, rief Sandro übermütig in die Runde.

Und wie es so war, ließ sich keiner der Männer zweimal bitten. Plötzlich war Maries Körper übersät mit Händen. Große, kräftige, weiche, behaarte Hände, die sich zwischen ihre Schenkel stahlen, lange, schmale und … zarte – weibliche Finger. Sie lösten ihre Bänder, fuhren mit den Fingerkuppen die Linien nach, wo der Stoff ihre Haut berührt hatte. Jetzt trafen sich dort hitzige Finger und kühles Wasser mit heißer, erregter Haut. Ein Vulkan braute sich zusammen. Sinnliche Wellen umspülten Marie. Sinnliche, die sich aber im Verlauf durch ihren und um ihren Körper änderten. Wie das Wasser schnell an ihrer Figur hinabperlte, so raste die aufsteigende Leidenschaft zwischen ihren Beinen hinauf zum Bauchnabel, kroch durch die Rippen zum Herzen, ließ es hektisch schlagen, um weiter in ihren Kopf zu fließen. Dort, ja dort sollte sie realisieren, was gerade mit ihr geschah. Sie sollte feststellen, dass sie dieses Mal nicht die Dominante im Reigen war. Keine Einzige, nicht mal die flüchtigste Vorstellung in ihrem Kopf gelang es, sich gegen diese Menge an überzeugenden Fingerargumenten zu wehren. Nur ein Gedanke schoss ihr durch den Kopf – den Genuss voll auszukosten.

Ihr willkommenes Seufzen nahmen die anderen zum Anlass, ihre Finger einzutauschen. Zu ersetzen. Nun folgten Zungen und Lippen den Spuren des Wassers. Bereiteten sie auf den höchsten Genuss vor. Sandro küsste sich einen Weg von ihrem Hals über das Dekolleté hinab zum Bauch. Dass dieser dabei schon weit unter Wasser war, schien ihn nicht zu beeindrucken. Mit hingebungsvollen Lippenbewegungen bahnte er sich einen Weg zu ihrem bloßen Dreieck. Sie war entzückt und so berauscht, dass ihre Knie nachgaben. Von zahlreichen Händen wurde sie gehalten. Und ohne sich dessen recht bewusst zu sein, nach hinten gedrückt. An ihren Beinen befanden sich Hände, die sie hochzogen und zusätzlich spreizten. Toter Mann. Genauso lag sie auf der Wasseroberfläche. Unter ihrem Körper, auf ihm, seitlich und … an einer Stelle … die wirklich erwartungsvoll war … berührten sich Körperteile. Von ihr, von Lotta, Roger, Emma, Jordan, Amy, Ryan und … Sandro stand zwischen ihren Beinen und starrte auf sein freizügig dargebotenes Lieblingsspielzeug. Stellenweise schwappte das Wasser über sie und kühlte ihre erhitzten Stellen ab. Dann versuchte sich ein vernünftiger Gedanke zu etablieren, aber sobald kreisende Finger ihre Haut berührten, war er verschwunden und die Hitze in ihr war nahe am Kochen.

Stetig wurde sie weiter erregt. Überall auf ihrem Körper suchten Finger nach den sensibelsten Stellen an ihr. Streichelten, massierten und kneteten Körperpartien, die nie gleichzeitig berührt werden konnten.

Als Sandro begann, sich mit dem Mund an ihr gütlich zu tun, war ihre Beherrschung vorbei. Flinke Finger unterstützten sein Vorhaben bei ihren Brüsten und die leidenschaftliche Welle in ihr brandete in einem ruckartigen Zusammenziehen ihres Körpers. Sie brachte so viel Kraft auf, dass sie sich kurz versteifte, dann butterweich in den Armen schmolz. Das Wasser um sie herum schien förmlich zu brodeln und die Hitze im Pool sich auf die anderen zu übertragen.

Eine rauschende Party an berauschenden Zärtlichkeiten, Liebkosungen und Berührungen hielt alle in Atem. Jeder versuchte, seine Lust zu stillen. Seine Gier zu befriedigen.

Amy hing an Ryans Vorderseite und er schob sich mit ihr an den Rand. Hievte sie aus dem Wasser und setzte sie auf die noch warmen Fliesen, die den Pool umrahmten. Er ließ ihr keine Zeit, sich zu orientieren, sich bequem hinzusetzen, denn er zog sie gleich in Position. Sie saß sehr abschüssig.

Ryan zwängte sich zwischen ihre Beine. Hielt sie so an Ort und Stelle und hatte den besten Platz überhaupt. Sein ersehntes Ziel war ohne Hindernisse erreichbar. Der Ansturm auf ihre Vagina erfolgte auch zielstrebig. Er ließ keine andere Option zu. Begehrte ungestüm Einlass und eroberte mit nur wenigen Liebkosungen ihre Scham. Sein Vorhaben war nicht unbemerkt geblieben. Denn auf einmal umschlangen sehr feminine Finger ihre Brüste. Drückten sich in ihr weiches Fleisch und als sich nasse Zungen beteiligten, fand Amy, begleitet von erquicklichen Seufzern, ihre innere Befriedigung.

So setzte sich das Spiel aus Leibern und Mündern fort. Nacheinander wurden Lotta und Emma, Marie und Amy verwöhnt. Sie fanden sich auf den höchsten Gipfeln der Lust wieder und hatten Mühe, sich nicht ganz in den berauschenden Gefühlen zu verlieren.

Nach einer Weile, als sich die Gemüter beruhigt hatten, lagen die Männer selbstgefällig auf den Liegestühlen. Grinsten in sich hinein. Jeder von ihnen wusste, wie man die eigene Frau verführte und zum Höhepunkt brachte. Mit vor Stolz geschwollener Brust, aber einer nicht abgeschwollenen Erregung warteten sie darauf, was ihre Frauen sich einfallen ließen.

Die waren leicht ermattet und ihre Wohlfühlblase hüllte sie in gutmütige Gedanken und Ideen ein. Sie flüsterten miteinander, während sie eng beieinander auf einer großen Sofalounge lagen. Nackt, wie Gott sie geschaffen hatte. Freche Blicke sendeten sie ihren Männern. Blinzelten ihnen zu. Warfen Luftküsschen und so manche streichelte der anderen ihren Busen.

Je anzüglicher ihre Bewegungen und Anreize wurden, umso mehr brummten die Männer und erwarteten, dass die Mädels dieses Mal an der Reihe seien und sich um sie zu kümmern hätten.

Doch da mussten die Männer sich gedulden. Die Frauen hatten ihr Spiel gerade erst begonnen.

Emma und Amy lagen in Löffelchenstellung. Amy hinter Emma und konnte so deren Brüste herrlich streicheln. Ihr Kneifen in die Brustwarzen wurde unter großer Zustimmung zur Kenntnis genommen.

»O Gott, drück fester!«

»Du wirst kräftiger ziehen müssen!«

Amy lachte auf. »Werdet euch einig!«, raunte sie gegen Emmas Haare und drückte doch fester mit ihren Finger in die harten Knubbel hinein.

Sie ließ ihre Fingerspitzen sacht weiterwandern, zog unsichtbare Linien entlang von Emmas Formen, bis sie sich zwischen ihren Schenkeln wiederfand. Emma hob eins ihrer Beine an und stellte es angewinkelt über Amys. Sie gab damit den Blick auf den intimsten Teil ihres Körpers frei.

Amy begann, sich in die verdeckte Spalte zu streicheln. Mal tauchte sie den Finger nur kurz ein, dann wieder legte sie ihn die gesamte Länge nach zwischen die Falten. Ihre Finger glitten leicht und geschmeidig durch das feuchte Geschlecht. Sie rieb und massierte. Emmas Becken zuckte unter den Berührungen und Amys Griffe wurden fester, um den Halt nicht zu verlieren. Gern hätte sie länger auf der triefenden Vagina gespielt, doch Emma wurde zu unruhig. Als sie den Finger in Emmas verborgenes Geheimversteck gleiten ließ, stöhnte nicht nur diese auf. Da war dunkles Brummen, heiseres Aufstöhnen und heftige Atemstöße zu hören. Die Männer genossen das Schauspiel.

Lotta und Marie ließen sich davon anheizen. Sie schmiegten sich aneinander. Rieben sich ihre Brüste gegeneinander. Jede versuchte, den Nippel der anderen zu reiben, was erst ein rauchiges Kichern auslöste und keinen Moment später in kratzigem Seufzen endete.

Ihre Zärtlichkeiten waren explizit. Und nicht nur für sich selbst gedacht. Mit großem Vergnügen achteten sie darauf, dass die vier Männer jede noch so kleine Berührung mitbekamen.

Auf dem großen Sofa waren verschlungene Körper, die sich streichelten, sich mit Zärtlichkeiten und Liebkosungen überschütteten. Dort war Aufseufzen zu hören, wenn wieder eine besonders pikante Stelle entdeckt wurde, und es wurde gelockt, verführt und eingeschmeichelt.

Der Plan ging auf.

Stürmisch wurde die gepolsterte Wohnlandschaft erobert. Unter dem zusätzlichen Gewicht knarzte sie etwas und die Polster gaben nach, was aber auch dazu führte, dass Leiber zueinander rutschten.

Roger und Sandro bestaunten die Streicheleinheiten ihrer Frauen aus der Nähe. So nah, dass ihnen nichts mehr entgehen konnte. Sie drückten die Gesichter an die Busen und keine Sekunde später kümmerten sich Lotta und Marie um ihre Ehemänner.

Die Gier in den Blicken der Männer war unbeschreiblich. Unaufhaltsam eroberten sie die Leidenschaft ihrer Frauen mit Küssen, mit Liebkosungen und … mit ihrer Männlichkeit.

Lotta gab Marie ein Zeichen. Diese verstand sofort. Beide lösten sich aus den Umarmungen und stellten sich auf allen vieren vor ihren Männern in Position. Erneut präsentierten sie ihnen, wie sehr sie sich nach ihnen sehnten.

Und natürlich wurden solche Angebote nicht abgelehnt.

Doch wollten Lotta und Marie nicht auf sich verzichten. Sie drehten sich so, dass sie sich weiterhin küssen konnten. Als die Männer hinter ihnen ihr Vorhaben bemerkten, stöhnten diese auf und beide Frauen wurden mit nur einem einzigen Stoß erobert. Gefüllt. Gepfählt. Sie wurden um die Hüften festgehalten, doch schwangen sie unter der leidenschaftlichen Einnahme ihrer Männer vor und zurück.

Stürmische Bewegungen, innige Küsse, ausufernde Lust.

Alles vereinte sich in diesem Garten, auf diesem Sofa.

Es dauerte nicht lange und Emma, Jordan, Amy und Ryan fanden sich mit in dem Spiel ein.

Ein Reigen aus Körpern, die sich berührten. Münder, die suchend nach empfänglichen Stellen über Schultern und Rücken fuhren. Finger, die sich Weg bahnten.

Die Hitze zwischen ihnen steigerte sich. Schweißbedeckt wurde sich aneinander gerieben. Ungezügelte Küsse getauscht. Es war auf einmal egal, wer welche Körperteile berührte.

Maries dominante Seite war vollkommen verdeckt. Emmas künstlerische Neigung war erstaunt, sie hatte in der letzten Woche viel erlebt, doch das überstieg alle bisherigen Fantasien. Lotta war mit Küssen und Lecken beschäftigt. Roger nahm sie mit schnellen und harten Stößen von hinten. Sie wippte im Takt gegen Maries Scheide. Trieb dort ihre Zunge tief zwischen deren Falten und stöhnte, als sich ihr Körper auf einen weiteren Höhepunkt vorbereitete.

Sie befanden sich in einem Meer aus zuckenden Leibern. Stöhnenden Menschen, die alle nur eins wollten … Erlösung von ihrer aufgepeitschten Lust. Die Bewegungen wurden straffer, gierig er. Vor Wonne wurde gekniffen, gezwickt.

So mancher Hintern würde später rote Male von diesem Erlebnis davontragen. Münder Muskelkater vom Lecken und Saugen haben.

Es war tatsächlich ein Fest der Sinne.

Die Vorlieben jedes Einzelnen waren für diese Party über Bord geworfen worden. Einige vereinten sich möglicherweise mit längst verborgenen Wunschvorstellungen, andere mussten ihre Fähigkeiten und Illusionen neu überdenken. An diesem schwülwarmen Abend ergaben sich neue Chancen, neue Herausforderungen. Sicherlich würden die Anwesenden nicht abgeneigt sein, wenn sich diese Party wiederholen sollte.

Als sich kehlige und ekstatische »O mein Gott«-Rufe über den Garten verbreiteten, war es Zeit, zu gehen.

Als Leser. Als Zuschauer.

Von den Akteuren verlangen wir es nicht, es könnte schwerwiegende Schäden an Frau oder Mann hinterlassen, so aus ihrer Lust herausgerissen zu werden.

Millicent Light
Fahrschule der Lust

Fahrlehrer Rolf ist allzeit bereit - kein Wunder, wenn eine heißer ist als die andere, die da zu ihm in den Wagen steigt. Er lebt seinen Traum. Frei, unabhängig, wild. Erotische Abenteuer, wann und wo er will. Angebote, gleich wie lüstern - er schlägt selten eines aus.
Und alle wollen nur ihn, denn keiner kann den »Schaltknüppel« so gut bedienen wie er. Da freut man sich über jede Extrastunde! Erst recht, wenn die Fahrt auf einem einsamen Waldweg endet oder auf der Kühlerhaube - da ist Rolf ganz flexibel, schließlich ist die Kundin Königin.
Rolf hat jede genossen. Doch mit Bea kann keine mithalten ...

Millicent Light
Kloster der Sünde

»Wie kann so etwas Schönes Sünde sein?« Penelope schüttelt verständnislos den Kopf. Sünde! Immer wieder benutzt ihr Vater dieses Wort. Was sie und Randolf getan haben, war doch ...
Sünde! In jeder Faser ihres Leibes klingt diese Anschuldigung nach. Die Strafe: Ihr Vater verstößt sie aus der Familie! Abgeschoben. In ein Kloster.
Verflixt - wenn sie doch nur ihre Finger ruhig halten könnte. Aber nein, ständig gehen diese frechen, aufmüpfigen Dinger auf Wanderschaft. Wollen so viel erkunden und erleben. Wie soll sie ihnen das ermöglichen? Noch dazu in einem Kloster?

Millicent Light
Sünden auf der Arbeit

Was macht die Arbeit leichter, interessanter, aufregender? Wenn Fantasie ins Spiel kommt.
Wie wäre wohl ein Quickie mit der Stewardess in 10.000 Metern Höhe, ein sinnliches Picknick mit der Verkäuferin im Supermarkt? Was, wenn die Dienstleistung der Friseuse über das Haareschneiden hinausgeht oder die Zahnarzthelferin die Schmerzen oben mit lustvollen Gefühlen unten vertreibt? Und wer wird nicht schneller gesund, wenn die Krankenschwester sich wirklich um alle Körperteile kümmert?
Erleben Sie in zehn prickelnden Abenteuern voll erotischer Spannung, wie der Arbeitstag noch lustvoller gestaltet werden kann ...